用文字照亮每个人的精神夜空

领读文化传媒
LINGDU Culture & Media

微信 | 微博 | 豆瓣　领读文化

漫说文化丛书·续编

家庭内外

陈平原 颜 浩 编

湖南人民出版社·长沙·

● **如何收听《家庭内外》全本有声书？**

① 微信扫描左边的二维码关注"领读文化"公众号。
② 后台回复【家庭内外】，即可获取兑换券。
③ 扫描兑换券二维码，免费兑换全本有声书。

● **去哪里查看已购买的有声书？**

方法 ①
兑换成功后，收藏已购有声书专栏，
即可在微信收藏列表中找到已购有声书。

方法 ②
在"领读文化"公众号菜单栏点击"我的课程"，
即可找到已购有声书。

总序

陈平原

　　三十年前钱理群、黄子平和我合编的"漫说文化"丛书前五种由人民文学出版社推出；两年后，后五种刊行时，我撰写了《漫说"漫说文化"》，提及作为分专题编散文集的先行者，我们最初只是希望有一套文章好读、装帧好看的小书，可以送朋友，也可搁在书架上。没想到书出版后反应很好，真可谓"无心插柳柳成荫"。十三年后，复旦大学出版社（2005）予以重印。又过了十三年，北京时代华文书局（2018）重新制作发行。

　　一套小书，能一而再再而三地刊行，可见其生命力的旺盛。多年后回想，这生命力固然主要得益于那四百多篇精彩选文，也与吹响集结号的八十年代文化热、寻根文学思潮以及"二十世纪中国文学"的视野密切相关。时过境迁，这种小里有大、软中带硬、兼及思考与休闲的阅读趣味，依旧有某种特殊魅力。有感于此，出版社希望我续编"漫说文化"丛书。考虑到钱、黄二位的实际情况，我改变工作方式，带领十二位在京工作的老学生组成读书会，用两年半的时间，编选并导读改革开放以来四十多年的散文随笔。

当初发给合作者的编选原则很简单：第一，文化底蕴（不收纯抒情文字）；第二，阅读感受（文章好读最重要）；第三，篇幅短小（原则上不收六千字以上的长文）；第四，作者声誉（在文坛或学界）。依旧不是梁山泊英雄排座次的文学史，而是以文学为经、以文化为纬的专题散文集。也就是《漫说"漫说文化"》说的："选择一批有文化意味而又妙趣横生的散文分专题汇编成册，一方面是让读者体会到'文化'不仅凝聚在高文典册上，而且渗透在日常生活中，落实为你所熟悉的一种情感，一种心态，一种习俗，一种生活方式；另一方面则是希望借此改变世人对散文的偏见。让读者自己品味这些很少'写景'也不怎么'抒情'的'闲话'，远比给出一个我们自认为准确的'散文'定义更有价值。"

考虑到初编从1900年选起，一直选到20世纪80年代中期，续编从改革开放起，一直选到2020年，中间几年重叠略为规避即可。两个甲子的风起云涌，鸟语花香，借助千篇左右的短文得以呈现，说起来也是颇有气势与韵味的。参与其事的都是专业研究者，圈定范围后，选哪些作者，用什么本子，如何排列组合等，此类技术问题好解决，难处在入口处——哪些是你想要凸显的"文化"？根据以往的阅读经验，先大致确定话题、视野及方向，再根据选出来的文章，不断调整与琢磨，最终成了现在这个样子。

初编十册分别题为《男男女女》《父父子子》《读书读书》《闲情乐事》《世故人情》《乡风市声》《说东道西》《生生死死》《佛佛道道》《神神鬼鬼》，而续编十二册则是《城乡变奏》《国学浮沉》《域外杂记》《边地寻踪》《家庭内外》《学堂往事》《世间滋味》《俗世俗民》《爱书者说》《君子博物》《旧戏新文》《闻乐观风》，略为比勘不难发现二者的联系与差异。

既然是续编，自然必须与初编对话。明显看得出承继关系的，有《城乡变奏》之于《乡风市声》，《爱书者说》之于《读书读书》，不过前者第二辑"城市之美"从不同层面呈现了当代中国城市的多彩风姿，以及后者第三辑"书叶之美"谈封面、装帧、插图、毛边书、藏书票等，与初编的文风与趣味还是拉开了距离。《家庭内外》的第一、第三辑类似《父父子子》，而第二、第四辑则接近《男男女女》。《域外杂记》与《国学浮沉》隐约可见《说东道西》的影子，但又都属于说开去了。至于《世间滋味》仅从饮食入手，不再像《闲情乐事》那样衣食住行并举，也算别有幽怀。所有这些调整，不管是拓展还是收缩，都源于我们对四十年来中国文化思潮及文章趣味的体验与品味。不再延续《世故人情》《生生死死》《佛佛道道》《神神鬼鬼》的思路，并非缺乏此类好文章，而是觉得难以于法度之中出新意。

另起炉灶的六册包括《边地寻踪》《学堂往事》《俗世俗民》

《君子博物》《旧戏新文》《闻乐观风》，其实更能体现续编的立场与趣味。没有依傍初编，不必考虑增减，自我作古的好处是，操作起来更为自由，也更为酣畅。《边地寻踪》和《俗世俗民》两册，有些话题不太好把握与论述，最后腾挪趋避，处理得不错。最为别出心裁的，当数《旧戏新文》与《君子博物》——实际上，这两册的确定方向与编选过程最为曲折，编者下的功夫也最多。最终审稿时我居然有惊艳的感觉。

比较前后两编，最大的感叹是：前编多小品，后编多长文；前编多随意挥洒，后编多刻意经营；前编多单纯议论，后编多夹叙夹议；前编多社会人生，后编多学术文化；前编多悲愤忧伤，后编多平和恬淡——当然，所有这一切，与社会生活及文坛风气的变迁有直接关系。至于不选动辄万言的"大散文"，以及遗落异彩纷呈的台港澳文章，既是为了跟前编体例统一，也有版权等不得已的因素。

十二册小书，范围有宽有窄，题目有难有易，好在各位编者精诚合作，选文时互通有无，最后皆大欢喜——做不到出奇制胜的，也都能不负众望。作为一个集体项目，能走到这一步，已经很不容易了。

身为主编，除了丛书的整体设计，也参与了各册题目及选文的讨论。至于每册前面的"导读"文字，则全靠十二位合作者。选家大都喜欢标榜公平与公正，可只要认真阅读各册的"导读"，你就会明白，所有选本其实都带个人性情与偏见。十二篇随笔性质的"导读"，或醇厚，或幽深，或俏皮，或淡定，风格迥异，并非学位论文，不妨信马由缰，能引起阅读兴趣，就算完成任务——毕竟，珠玉在后。

2021年2月19日于京西圆明园花园

导读：多元文化语境中的人伦变奏

颜　浩

　　在中国现当代的散文创作中，家庭始终是最重要的主题。五四新文化运动改变了家族伦理与王朝政治同构的社会传统，人们开始以新的眼光审视父子、夫妇、兄弟等人伦关系，表达关于爱情、亲情的现代体验。这不仅使文学创作在题材上有较大的突破，也相应地建构了新的价值理念和美学原则。

　　以家庭为中介思考个人与社会的关联，书写时代变迁中的情感故事，也是二十世纪八十年代以来文学的审美关注视域。但与五四时期色彩鲜明的反传统不同，四十多年的社会环境复杂多变，思想观念多元杂糅，对于两性、婚姻、家庭的理解呈现出多种形态，也因此为文学创作开辟了多重话语空间。

- 一

　　尽管处在政治、经济和文化的快速转型之中，但情感观念的变化仍然是观察这四十年最有效的途径。改革开放突破了固有的社会组织模式，也改变了家庭的形式与结构，甚至结婚成家、生儿育女都不再是人生必然的选择。生物学革命和人工智能技术的发展，使得家庭和婚姻的本质都受到质疑与挑战，人们对于亲密关系的体认必然不同于以往。但是，传统的伦理观依然具有强大的影响力。尤其是在深受消费主义和工业化影响的新世纪语境中，社会原子化造成的孤独、游离的个体，将对家庭的回归和依附视为抗争和自我拯救的手段，也会因此强化伦理体系中的共同性因素。这种矛盾和悖论的状态在两性议题上体现得最为直接。虽然这些年来女性在政治、经济和法律上拥有越来越多的权利，但整体上看，社会的性别意识并未同步提升，争取性别平等的道路依然阻碍重重。由此带来的首先是女性对于自我定位的困惑。唐敏在《女孩子的花》中坦言，因为深感女性生存不易，所以不愿意生育女孩，"爱到根本不忍心让她来到这个世界"。她在文章中做出的"女子是一种极其敏锐和精巧的昆虫"和"男人是泥土造的，苦难使他们坚强"之类的对比，和韩小蕙在《千古男女》中以更激进的态度发表的"女人怨恨男人是有道理的""女人天生就是男人的阶梯"等言论，都不能从反本质主义的角度作出简单批判，更应该看到其中体现出的女性在处理自身经验时所遭遇的壁垒和承载的重负。

不同于五四时期以"出走的娜拉"来对抗封建专制，和新中国成立初期"姐姐妹妹站起来"的革命召唤，二十世纪八十年代以来关于两性问题的探讨主要集中在结构性和体制性的层面。因为剥离了宏大叙事和民族寓言的表达方式，更多地显示出性别议题中坚硬与暧昧、清醒与含混、偏执与包容并存的特征。例如，同样是关涉性爱的主题，舒芜在《爱情的灵肉一致》中借助"五四"资源的重新引入，辨析性道德中的时代内涵，倡导以性自由为标志的女性权利；女作家叶梦则在《生命的辉煌时刻》中大胆直白地书写初夜体验，以对情欲的正视来张扬自觉的女性意识。在情感与道德的选择中，塞壬在《漂泊、爱情及其他》中坦承婚外恋带来的孤独感，展示了恋爱自由口号下的欲望与伦理的冲突；而史铁生在《爱情问题》中将性爱视为获取灵魂自由的中介，因此不拒绝"性吸引从来不是一对一的，从来是多向的"假设；周国平在《宽松的婚姻》中则认为婚姻应在忠诚与宽容之间谋求平衡，"以便为爱情留出自由呼吸的空间"。情感在现代社会中扮演的往往是矛盾的角色。爱情与性的私有性和日常性所标识的个人意志，与婚姻、家庭的公共属性之间必然会产生的抵触与激荡，在文化多元主义的当下中国显得尤其突出。

然而，多元并存的时代语境也开拓了性别言说的新空间，赋予了多维度思考情感和两性问题的可能性。在陈丹燕的《初为人妻》中，曾经热衷于阅读乔治·桑作品的女大学生将贤妻良母观视为封建糟粕，也为婚后无法顾全事业而焦虑不安，但最终解决问题的途径仍是女性主动付出与牺牲，"当她心里充满温柔地体恤他的时候，她在精神上就平等了"的表述，并非向传统价值观妥协，而是显示出二十世纪八十年代特有的理想主义姿态。王安忆在《李章给我照相》中借日常小事表达对婚姻中平等问题的思考，也带有二十世纪八十年代的时代特征，但"他对他们说，老婆是作家协会的打字员"的结尾，观照的是平等话语所遮蔽的生存现实。如果与王安忆同时期完成的小说"三恋"对照来看，更能凸显出女性作家对于性别秩序的困惑与自省。李银河在悼念王小波的文章中，通过渲染心灵互通、智力对等的诗意爱情，表达了失去灵魂伴侣的深切痛苦。然而"被爱已经是一个女人最大的幸福"等文字，还是在不经意间显露出知识女性自身性别观念的复杂面向。

相较而言，男作家大多回避了性别议题中的挑战性和抗争性因素，更习惯于"借题发挥"，通过探讨爱情和婚姻问题来针砭现实之弊。周涛关于"离婚的人有胆，不离婚的人有心"的判断，指向的是金钱与欲望的博弈这个颇具时代感的命题。梁晓声在何为真正的"现代家庭"的探讨中，蕴含的是对现代性价值内涵的深层反思。韩石山在《妻子》中糟糠之妻不下堂的誓言、刘心武在《有家可归》中对家庭共同体的理解、蒋子龙在《家的快乐有时在房子外面》中对夫妻相处之道的阐述，以及张中行在《关于贤妻》中对女性贤内助的定位，都体现出以儒家传统伦理文化和情义观影响现代婚姻理念的意图。王小波在《我是哪一种女权主义者》和《"奸近杀"》中的反道德主义立场，则显示了具有现代意识的知识分子的理性自觉。

然而，如此众声喧哗的状态在近十年间有所变化。随着全球化的深度发展，社会的性别意识更加多样化，婚姻关系的形态也更为复杂，未婚同居、婚外恋情、开放式婚姻、同性恋与形婚等多种模式共存，进一步改变了关于婚姻的传统认知，也对文学观察和表达生活提出了新挑战。但从最近十年的创作成果看，文学的应对显然有所滞后，散文直击世态人心的功能并未得到充分发挥，这也造成本选集在选文上的时间空当。不过换一个角度来看，这种现象也可以证明，从思想性和历史性的角度对当代中国家庭问题的考察，仍然有着待充分拓展的空间。

· 二

作为人伦的重要一环，家庭代际关系也在百年里经历巨变。五四新文化运动倡导的"幼者本位"的现代伦理观颠覆了"长者、尊者本位"的传统伦理，涤荡了祖先迷信、愚忠愚孝等"东方古传的谬误思想"，为反抗父权与君权确立了思想根基。共和国成立初期，在主流意识形态的询唤之下，血缘伦理焦虑切换为阶级伦理认同，代际矛盾更多地体现为政治理念的不同和知识水平的差异。改革开放之后，现代性的追求解构了革命大家庭的想象，城市化进程改变了乡土家族的格局，独生子女政策则将当代中国家庭的主旋律导向了以养育后代为中心。但与五四时期"幼者本位"中的立人和启蒙的意图不同，当下社会对于"子一代"的重视，更多的是与传承、责任、回报等情感命题相关。在封建父权退场和革命话语隐身的后现代语境中，代际关系中的新变化不仅具有伦理层面的意义，更显示出我们对于家庭的理解有了不同的内涵。

　　费孝通曾将一对夫妇和子女所构成的核心家庭称为"社会结构中的基本三角"，孩子的降生是这个三角关系得以成立的基础。这显然是西方家庭的基本模式，而非中国传统的网络化、差序化的家族结构。但在变革和转型的四十年间，中国的家庭形态也经历流动、分离与裂变。以子女为中心的小家庭成为主流，不仅解构了聚族而居的旧有格局，也更新了家庭价值的认知体系。在贾平凹的《母亲》、张承志的《对奏的夜曲》、斯妤的《凝眸》中，都有因为子女的出生而感叹人生翻出新意的内容。贾平凹强调"孩子成了我们幸福的源泉和理想的寄托"，认为共同哺育子女的经历有助于夫妻关系的稳固。张承志则将守护孩子的成长视为体验生命的过程，并由此获得重新审视自我的动力。女作家斯妤细腻地描述了孕育和生养的真实感受，欣喜于"孩子，你使我新生，使我强壮"，显示出女性通过母亲身份的体察来建构性别主体意识的清晰路径。

借助于"儿童的发现"来反思国民性、呼唤具有独立意识的新国民，是五四时代精神的重要组成部分。这也促使儿童从"家"的狭小空间走出，汇入民族国家的宏大叙事中。从贾平凹等人写于二十世纪八十年代的文章来看，新时期以后知识分子对于儿童问题的解读，在观念上激活了五四传统，重视少儿作为"新人"的意义，但同时也剥离了意识形态的规训和政治工具的色彩，强调血缘亲情的伦理价值。情感性因素牵引儿童重新回归家庭的范畴，"祖国的花朵"的社会化想象被"太阳出世"的世俗化追求覆盖，时代转型的深刻印记也由此凸显。

从"体制型家庭"（institutional family）向"伴侣型家庭"（companionate family）的转变，意味着代际关系的重新理解和家庭权力模式的重新建构。余华在两篇具有连续性的文章《儿子的出生》和《父子之战》中，写出了从初为人父到产生父子矛盾的过程，并通过与上一代父子关系的对比，反思"儿子瓦解父亲惩罚的过程，其实也在瓦解着父亲的权威"。联系余华在同时期的先锋小说中对于父子关系的书写，可以看出他将瓦解父权等同于精神上的"弑父"，并视为个体成长的必由之路。同样也是通过两代父子关系的比较来反思为父者的角色，老一辈的汪曾祺则显得更为达观，"多年父子成兄弟"不仅是生活智慧，更是对自我权威的主动放弃和对生而平等的认可。北岛在《女儿》中将代际矛盾与文明冲突同构，"下一代怎么活法"的困惑蕴含在历史反思之中，体现出更具思想内涵的反专制和自我解构的意图。相较而言，吴祖光的《训子篇》和蒋子龙的《儿子长大以后》中对于子女成长的焦虑、烦恼，甚至愤怒，或许更具有普遍性。在日常化的琐碎纠纷之中，隐藏着传统亲族伦理与个人主义价值观的冲突。蒋子龙关于父子之间不该是"革命的法则，解放的法则"的无奈叹息，如果与五四时代反抗封建父权的言论进行对照，可以清晰地看出家庭权力结构演变的历史逻辑与时代特征。

"父母对于子女，应该健全的产生，尽力的教育，完全的解放"，这是百年前鲁迅针对"我们现在怎样做父亲"给出的答案。五四知识分子希望通过瓦解基于传统孝道的代际联系，将个人从家庭束缚中解放出来。但不可否认的是，由于血缘、情感和责任的存在，父母与子女的关系具有超乎想象的韧性和弹性。进入新世纪以后，由于市场化和全球化带来的压力，个人反而更深地嵌入家庭代际关系之中。"啃老"是这种"再家庭化"的直接例证，而且值得关注的并不只是成年子女对于父母的依赖，还有父母通过经济支援和让渡权力来重构亲密关系的意愿。与此类似的还有孝顺、感恩等传统话语模式的回归，"你养我大、我养你老"的代际合作与互惠，以及父母相亲会中的权力分配和利益交换等现象。尽管表现形态不断变化，但代际关系始终是理解中国家庭和社会的重要基点，也可以为文学创作提供取之不尽的题材资源。

- 三

　　与处理和子女的关系相比，如何理解和评价自己的父母，恐怕是一个更艰难的课题。近现代中国对儒家纲常的批判打破了固有的家庭等级秩序，父母的权威地位受到前所未有的挑战。但思想观念上的反父权与日常的人伦经验之间，不能直接画上等号。对父母的天然情感并不会就此消失，只是投向父母的眼光难免发生微妙的变化。另外，五四时期对于父母之"恩"的解构与对于亲子之"爱"的呼唤同步共生。冰心把"爱的哲学"引入家庭内部，将神圣的母爱渲染为"济世之源"，写过"怜子如何不丈夫"的鲁迅也将舐犊之情称作"生物的天性"。李泽厚评价朱自清《背影》的好处在于"表现了新一代知识者在走上人生道路中对传统的转换了的感受和体验"，正是因为文中的父亲并非传统礼教之下刻板的严父形象，"那肥胖的、青布棉袍黑布马褂的背影"显露的是父子间真实的情感。二十世纪八十年代以来的社会环境不同于五四，但人伦的自然属性与社会属性之间的复杂关系依然存在。这也意味着关于父母形象和亲情的书写，必然要经历一个去蔽与重塑的过程。

　　由于受习俗和观念的影响，我们对父母的情感表达往往采用追忆的形式。隔着时空的距离，怀想已逝的双亲，最初的动机多是"子欲养而亲不待"的痛悔之情。史铁生在《合欢树》中回忆母亲为自己的残疾付出的辛劳，面对亡母手植的合欢树，发出"树犹如此，人何以堪"的感慨，朴素深沉的笔调颇有《项脊轩志》的风韵。李修文对母子永诀之时的追念、陈平原因工作繁忙而无法陪伴父亲的自责，都能唤起为人子者共同的情感体验。虽然未涉及生死，但韩少功在《母亲的看》中刻画的苍老、病弱的母亲形象，也具有类似的共鸣效应。这是血缘伦理特有的情感召唤机制，显示出具有普遍意义的共同人性。

追忆双亲的另一层效果，便是与父母关系最为紧密的童年记忆和成长经验被唤醒。历经岁月沧桑，青少年时代的反叛精神不再，更多的是人到中年的理解与认同。莫言感怀母亲在艰难生活中给予的自尊教育，将母亲辛勤劳作的模样视为"我人生记忆的起点，也是我文学道路的起点"。考察他在《丰乳肥臀》等小说中对于女性"地母"形象的塑造，可见此言不虚。汪曾祺关于自己三位母亲的温情记忆，与他在小说中对女性的悲悯与关怀也有内在的关联。张兆和在《大大和朱干干》中回忆代替母职的保姆，感念她在幼时的严格教育令自己终身受益。张洁在《母亲的厨房》中侧重于母亲走后的反思，尤其是"她的一生都很寂寞"的感叹和对女性生存价值的思考，体现出较为明晰的女性主义立场，同样可与她的小说代表作《爱，是不能忘记的》《无字》互为对照。

除了情感宣泄与抚慰的作用外，从历史的维度来看，子女对于父母的回忆和追述还有"代父母立传"的个人史和家族史价值。深感中国缺乏传记文学传统的胡适，在自己撰写的《四十自述》中将个人写传的意义推崇为"给史家做材料，给文学开生路"。无论是自传还是他传，个人史的写作可以穿透正史宏大叙事的垄断和壁垒，展现时代风云中的个体命运，呈现私人记忆中的历史细节，以去中心化和去英雄化的方式，建构起观察国家史和民族史的新视野。铁凝的《面包祭》、王安忆的《父亲的书》等篇章，都通过回溯父母的人生经历来重新审视历史，再现历史变局中普通人的离合悲欢。个人视角的加入提供了在场感和纪实性，呈现出难得的丰富与真实，因而具有历史建构和主体塑造的意义。

然而，儿女代父母立传也存在以真实性为原则的叙事伦理与"子不言父之过"的世俗伦理之间的冲突。身为人子评判父母的道德品格，本身便非易事。尤其是面对父母人生经历较为复杂、父子／母子之间存在矛盾等状况，儿女的回忆文章如何避免主观化和情绪化带来的遮蔽，既不夸饰，也不隐恶，显然更具有挑战性。宗璞的《三松堂断忆》将父亲冯友兰的人生选择置于二十世纪知识分子心灵史的脉络中，强调"评价每一个人时，也不要忘记历史"，体现了将个人命运历史化的理性思维。苏叔阳在祭父文《早该说的一些话》中，没有回避父亲在婚姻关系上处理不当带来的伤害，但也写到了自己中年以后对父亲的理解和原谅。尤其是以"当一个人抛弃了他的过失并且竭力追回正直的时候，就能无愧地勇敢地面对死亡"为父亲做出的人生总结，使得父子和解超越了情感需求，表现出哲理思考的力量。

　　由于篇幅所限，本选集没有收录老鬼的《母亲杨沫》和李南央的《我有这样一个母亲》，但这两篇颇具影响力、同时也极富争议的长文是"代父母立传"另一种形态的代表。两篇文章大胆直白地书写父母复杂的人生历程，披露家人之间长期的纷争与冲突，甚至毫不留情地揭发了一些不为人知的隐私。不可否认，两篇文章都有揭示革命或政治扭曲和异化人性的意图，但如何在感性和理性、真实性与文学性之间求得平衡，如何以同情之理解面对历史大潮中的个人，或许这两篇长文提供了可以深入辨析的例证。

　　众所周知，改革开放后的四十年间，中国社会经历了复杂而深刻的变革。在这特殊的历史时空中，农业文明、工业文明和后工业文明等多种文明形态并存，传统性、现代性和后现代性等文化因素不断碰撞和交锋。家庭的性质、结构、功能和伦理关系的变化，正是这个多元共生的时代最直观的缩影。其中固然有矛盾和危机，但也蕴含着突破、希望和新的可能。文学是历史记忆的证词，是世态人心的记录。如果想要回望这四十年里我们的"家"，就请翻开这本小书，一起来细细品读吧！

目 录

辑一 关于父母

辑二　夫妇之间

辑三 家有儿女

辑四 情理之思

辑一 关于父母

合欢树

史铁生

　　十岁那年，我在一次作文比赛中得了第一。母亲那时候还年轻，急着跟我说她自己，说她小时候的作文做得还要好，老师甚至不相信那么好的文章会是她写的。"老师找到家来问，是不是家里的大人帮了忙。我那时可能还不到十岁呢。"我听得扫兴，故意笑："可能？什么叫'可能还不到'？"她就解释。我装作根本不在意她的话，对着墙打乒乓球，把她气得够呛。不过我承认她聪明，承认她是世界上长得最好看的女的。她正给自己做一条蓝底白花的裙子。

　　我二十岁时，我的两条腿残废了。除去给人家画彩蛋，我想我还应该再干点别的事，先后改变了几次主意，最后想学写作。母亲那时已不年轻，为了我的腿，她头上开始有了白发。医院已明确表示，我的病目前没法治。母亲的全副心思却还放在给我治病上，到处找大夫，打听偏方，花了很多钱。她倒总能找来些稀奇古怪的药，让我吃，让我喝，或是洗、敷、熏、灸。"别浪费时间啦，根本没用！"我说。我一心只想着写小说，仿佛那东西能把残疾人救出困境。"再试一回，不试你怎么知道会没用？"她每说一回都虔诚地抱着希望。然而对我的腿，有多少回希望就有多少回失望。最后一回，我的胯上被熏成烫伤。医院的大夫说，这实在太悬了，对于瘫痪病人，这差不多是要命的事。我倒没太害怕，心想死了也好，死了倒痛快。母亲惊惶了几个月，昼夜守着我，一换药就说："怎么会烫了呢？我还总是在留神呀！"幸亏伤口好起来，不然她非疯了不可。

后来她发现我在写小说。她跟我说："那就好好写吧。"我听出来，她对治好我的腿也终于绝望。"我年轻的时候也喜欢文学，跟你现在差不多大的时候，我也想过搞写作。你小时候的作文不是得过第一吗？那就写着试试看。"她提醒我说。我们俩都尽力把我的腿忘掉。她到处去给我借书，顶着雨或冒着雪推我去看电影，像过去给我找大夫、打听偏方那样，抱了希望。

三十岁时，我的第一篇小说发表了，母亲却已不在人世。过了几年，我的另一篇小说也获了奖，母亲已离开我整整七年了。

获奖之后，登门采访的记者就多。大家都好心好意，认为我不容易。但是我只准备了一套话，说来说去就觉得心烦。我摇着车躲了出去。坐在小公园安静的树林里，想：上帝为什么早早地召母亲回去呢？迷迷糊糊的，我听见回答："她心里太苦了。上帝看她受不住了，就召她回去。"我的心得到一点安慰，睁开眼睛，看见风正在树林里吹过。

我摇车离开那儿，在街上瞎逛，不想回家。

母亲去世后，我们搬了家。我很少再到母亲住过的那个小院子去。小院在一个大院的尽里头，我偶尔摇车到大院儿去坐坐，但不愿意去那个小院子，推说手摇车进去不方便。院子里的老太太们还都把我当儿孙看，尤其想到我又没了母亲，但都不说，光扯些闲话，怪我不常去。我坐在院子当中，喝东家的茶，吃西家的瓜。有一年，人们终于又提到母亲："到小院子去看看吧，你妈种的那棵合欢树今年开花了！"我心里一阵抖，还是推说手摇车进出太不易。大伙就不再说，忙扯些别的，说起我们原来住的房子里现在住了小两口，女的刚生了个儿子，孩子不哭不闹，光是瞪着眼睛看窗户上的树影儿。

我没料到那棵树还活着。那年，母亲到劳动局去给我找工作，回来时在路边挖了一棵刚出土的绿苗，以为是含羞草，种在花盆里，竟是一棵合欢树。母亲从来喜欢那些东西，但当时心思全在别处。第二年合欢树没有发芽，母亲叹息了一回，还不舍得扔掉，依然让它留在瓦盆里。第三年，合欢树不但长出了叶子，而且还比较茂盛。母亲高兴了好多天，以为那是个好兆头，常去侍弄它，不敢太大意。又过了一年，她把合欢树移出盆，栽在窗前的地上，有时念叨，不知道这种树几年才开花。再过一年，我们搬了家，悲痛弄得我们都把那棵小树忘记了。

与其在街上瞎逛，我想，不如去看看那棵树吧。我也想再看看母亲住过的那间房。我老记着，那儿还有个刚来世上的孩子，不哭不闹，瞪着眼睛看树影儿。是那棵合欢树的影子吗?

院子里的老太太们还是那么喜欢我，东屋倒茶，西屋点烟，送到我跟前。大伙都不知道我获奖的事，也许知道，但不觉得那很重要；还是都问我的腿，问我是否有了正式工作。这回，想摇车进小院儿真是不能了。家家门前的小厨房都扩大了，过道窄到一个人推自行车进去也要侧身。我问起那棵合欢树，大伙说，年年都开花，长到跟房子一样高了。这么说，我再看不见它了。我要是求人背我去看，倒也不是不行。我挺后悔前两年没有自己摇车进去看看。

我摇车在街上慢慢走，不急着回家。人有时候只想独自静静地待一会。悲伤也成享受。

有那么一天，那个孩子长大了。会想起童年的事，会想起那些晃动的树影儿，会想起他自己的妈妈。他会跑去看看那棵树。但他不会知道那棵树是谁种的，是怎么种的。

1985年

（录自《我与地坛》，人民文学出版社，2008年版）

面包祭

铁　凝

　　你的脑子有时像一团飘浮不定的云，有时又像一块冥顽不化的岩石。你却要去追赶你的飘浮，镌凿你的冥顽。你的成功大多在半信半疑中，这实在应该感谢你冥顽不化、颠扑不灭的飘浮，还有相应的机遇和必要的狡黠。

　　于是，你突然会讲一口流利的外语了，你突然会游泳了，你突然会应酬了，你突然会烤面包了。

　　我父亲从干校回来，总说他是靠了一个偶然的机遇：庐山又开了一个什么会，影响到当时中国的一个方面，干校乱了，探亲的、托病的、照顾儿女的……他们大多一去不返，慢慢干校便把他们忘了。父亲的脱离干校是托病，那时他真有病，在干校得了一种叫做阵发性心房纤颤的病，犯起来心脏乱跳，心电图上显示着心律的绝对不规律。父亲的回家使我和妹妹也从外地亲戚家回到了他身边，那时我十三岁，妹妹六岁。母亲仍被留在干校。

那时的父亲是个安分的人，又是个不安分的人。在大风大浪中他竭力使自己安分些，这使得军宣队、工宣队找他谈话时总是说"像你这样有修养的人""像你这种有身份的人"当如何如何，话里有褒也有贬。但因了他的安分，他到底没有受到大的磕碰。关于他的大字报倒是有过，他说那是因为有人看上了他那个位置，其实那位置只是一家省级剧院的舞美设计兼代理队长。于是便有人在大字报上说他不姓铁，姓"修"，根据是他有一辆苏联自行车，一台苏联收音机，一只苏联闹钟，一块苏联手表。为了证明这存在的真实性，大字报连这四种东西的牌子都做了公布，它们依次是"吉勒""东方""和平""基洛夫"。

"也怪了。"事后父亲对我说，"不知为什么那么巧，还真都是苏联的。"

这大字报震动不大，对他便又有了更具分量的轰炸。又有大字报说：干校有个不到四十岁的国民党员，挖出来准能把人吓一跳，因为"此人平时装得极有身份"。大字报没有指名道姓，父亲也没在意。下边却有人提醒他了："老铁，你得注意点，那大字报有所指。"父亲这才感到一阵紧张。但他并不害怕，因为他虽有四件"苏修"货却和国民党不沾边。当又有人在会上借那大字报旁敲侧击时，他火了，说："我见过日本鬼子见过伪军，就是没见过国民党。"他确实没见过国民党，他生在农村，日本投降后老家便是解放区了。鬼子伪军他见过，可那时他是儿童团长。

大字报风波过去了，父亲便又安分起来。后来他请病假长期不归也无人问津，或许也和他给人的安分印象有关。

父亲把我们接回家，带着心房纤颤的毛病。却变得不安分起来：他刷房，装台灯，做柜子，刨案板，翻旧书旧画报，还研制面包。

面包那时对于人是多么的高不可攀。这高不可攀是指人在精神上对它的不可企及，因此这研制就带出了几分鬼祟色彩，如同你正在向资产阶级一步步靠近。许多年后我像个记者一样问父亲："当时您的研制契机是什么？"

"这很难说。一种向往吧。"他说。

"那么，您有没有理论或实践根据？比如说您烙饼，您一定见过别人烙饼。"

"没有。"

"那么您是纯属空想？"

"纯属空想。"

"您为什么单选择了面包？"

"它能使你有一种莫名其妙的冲动。"

父亲比着蜂窝煤炉盘的大小做了一个有门、门内有抽屉的铁盒子，然后把这盒子扣在炉上烧一阵，挖块蒸馒头的自然发酵面团放进抽屉里烤，我们都以为这便是面包了。父亲、我和妹妹三人都蹲在炉前等着面包的出炉，脸被烤得通红。父亲不时用身子挡住我们的视线拉开抽屉看看，想给我们个出其不意。我和妹妹看不见这正被烘烤着的面团，只能重视父亲的表情。但他的表情是暧昧的。只煞有介事地不住看表——他的"基洛夫"。半天，这面包不得不出炉了，我和妹妹一阵兴奋。然而父亲却显不出兴奋，显然他早已窥见了那个被烤得又糊又硬的黑面团。掰开闻闻，一股醋酸味儿扑鼻而来。他讪讪地笑着，告诉我们那是因为炉子的温度不够，面团在里边烘烤得太久的缘故。妹妹似懂非懂地拿起火筷子敲着那铁盒子说："这炉子。"父亲不让她敲，说，他还得改进。过后他在那盒子里糊了很厚一层黄泥说："没看见吗？街上烤白薯的炉里都有泥，为了增加温度。"再烤时，泥被烤下来，掉在铁抽屉里。

后来他扔掉那盒子便画起图来。他画了一个新烤炉，立面、剖面都有，标上严格的尺寸，标上铁板所需的厚度。他会画图，布景设计师都要把自己的设计构想画成气氛图和制作图。他画成后便骑上他的"吉勒"沿街去找小炉匠，后来一个小炉匠接了这份活儿，为他打制了一个新炉子。新烤炉被扣在火炉上，父亲又撕块面团放进去。我和妹妹再观察他的表情时，他似有把握地说："嗯，差不多。"

面包出炉了，颜色真有点像，这足够我们欢腾一阵了。父亲嘘着气把这个尚在烫手的热团掰开，显然他又遇到了麻烦——他掰得很困难。但他还是各分一块给我们，自己也留一块放在嘴里嚼嚼说："怎么？烤馒头味儿。"我和妹妹都嘎嘎嚼着那层又厚又脆的硬皮，只觉得很香，但不像面包。我们也不说话。

后来父亲消沉了好一阵，整天翻他的旧书旧画报，炉子被搁置门后，上面扔着白菜土豆。

一次，他翻出一本《苏联妇女》对我说："看，面包。"我看到一面挂着花窗帘的窗户，窗前是一张阔大的餐桌。桌上有酒杯，有鲜花，有摆得好看的菜肴，还有一盘排列整齐的面包。和父亲烤出的面包相比，我感到它们格外的蓬松、柔软。

也许是由于画报上面包的诱发，第二天父亲从商店里买回几只又干又黑的圆面包。那时我们这个城市有家被称作"一食品"的食品厂，生产这种被称作"面包"的面包。不过它到底有别于馒头的味道。我们分吃着，议论、分析着面包为什么称其为面包，我们都发言。

那次的议论使父亲突然想起一位老家的表叔，四十年代，这表叔在一个乡间教堂里，曾给一位瑞典牧师做过厨师。后来这牧师回了瑞典，表叔便做起了农民，父亲专程找到了他，但据表叔说，这位北欧传道者对面包很不注重，平时只吃些土豆蘸盐。表叔回忆了他对面包的制作，听来也属于烤馒头之类。这远不是父亲的追求。从表叔那里他只带回半本西餐食谱，另外半本被表叔的老伴铰了鞋样。面包部分还在，但制作方法却写得漫无边际，比如书中指出：发面时需要"干酵母粉一杯"。且不说这杯到底意味着多大的容积，单说那干酵母粉，当时对于一个中国家庭来说大概就如同原子对撞，如同摇滚音乐，如同皮尔·卡丹吧？再说那书翻译之原始，还把"三明治"翻作"萨贵赤"。

一天，父亲终于又从外面带回了新的兴奋。他进门就高喊着说："知道了，知道了，面包发酵得用酒花，和蒸馒头根本不是一回事。真是的。"我听着酒花这个奇怪的名字问他那是一种什么东西，他说他也没有见过。想了想他又说："大概像中药吧。"我问他是从哪里听说的。他说，他在汽车站等汽车，听见两个中年妇女在聊天，一个问一个说，多年不见了，现时在哪儿上班；另一个回答在"一食品"面包车间。后来父亲便和这个"一食品"的女工聊起来。

那天，酒花使父亲一夜没睡好。第二天他便远征那个"一食品"找到了那东西。当然，平白无故从一个厂家挖掘原料是要费一番周折的。为此他狡黠地隐瞒了自己这诡秘而寒酸的事业，只说找这酒花是为了配药，这便是其中的一味。有人在旁边云山雾海地帮些倒忙，说这是从新疆"进口"的，以示它购进之不易。但父亲总算圆满了起初就把这东西作为药材的想象。

"很贵呢。"他举着一个中药包大小的纸包给我看，"就这一点儿，六块钱。"

那天他还妄图参观"一食品"的面包车间，但被谢绝了，那时包括面包在内的糕点制作似都具有一定保密性。幸好那女工早已告诉了他这东西的使用方法，自此他中断一年多的面包事业又继续起来。

他用酒花煮水烫面，发酵，接面，再发酵，再接面，再发酵……完成一个程序要两天两夜的时间。为了按要求严格掌握时间，他把他的"和平"闹钟上好弦，"和平"即使在深夜打铃，他也要起床接面。为了那严格的温度，他把个面盆一会儿用被子盖严，一会儿又移在炉火旁边，拿支温度表放在盆内不时查看。

一天晚上，他终于从那个新烤炉里拽出一个灼手的铁盘，铁盘里排列着六个小圆面包。他垫着屉布将灼手的铁盘举到我们面前说："看，快看，谁知道这叫什么？早知如此何必如此！"我看着他那连烤带激动的脸色，想起大人经常形容孩子的一句话：烧包。

父亲是烧包了，假如一个家庭中孩子和大人是具平等地位的话，我是未尝不可这样形容爸爸一下的。我已知道那铁盘里发生了什么事，放下正在写着的作业就奔了过去。妹妹为等这难以出炉的面包，眼皮早打起了架，现在也立刻精神起来。父亲发给我们每人一个说："尝呀，快尝呀，怎么不尝？"他执意要把这个鉴定的权利让给我们，那次他基本是成功的，第一，它彻底脱离了馒头的属性；第二，颜色和光泽均属正常。不足之处还是它的松软度。

不用说，最为心中有数的还是父亲。

之后他到底又找到了那女工，女工干脆把这位面包的狂热者介绍给那厂里的一位刘姓技师。他从刘技师那里了解到一些关键所在，比如发酵后入炉前的醒面，以及醒面时除了一丝不苟的温度，还有更严格的温度。

后来，当父亲确信他的面包足以超过了"一食品"（这城市根本没有"二食品"）所生产的面包时，他用张干净白纸将一个面包包好，亲自送到那面包师家去鉴定。

父亲回忆当时的情景说，那个晚上刘技师一家五六口人正蹲在屋里吃晚饭，他们面前是一个大铁锅，锅里是又稠又黏的玉米面粥，旁边还有一碗老咸菜，仅此而已。一个面包师的晚餐给他终生留下了印象。

面包师品尝了父亲的面包，并笑着告诉他说："对劲儿。自古钻研这个的可不多。我学徒那工夫，也不是学做面包，是学做蛋糕。十斤鸡蛋要打满一小瓮，用竹炊帚打，得半天时间。什么事也得有个时间，时间不到着急也没有用。"他又掰了一小口放在嘴里品尝着，还把其余部分分给他的孩子，又夸了父亲"对劲儿"。

父亲成功了，却更不安分起来，仿佛面包一次次的发酵过程，使他的脑子也发起酵来，他决心把他的面包提到一个更高阶段。

那时候尼迈里、鲁巴伊、西哈努克经常来华访问，每次访问不久便有一部大型纪录影片公映，从机场的迎接到会见、参观，到迎宾宴会。父亲对这种电影每次必看，并号召我们也看。

看时他只注意那盛大的迎宾国宴，最使他兴奋的当然莫过于主宾席上每人眼前那两个小面包了。他生怕我们忽略了这个细节，也提醒我们说："看，快看！"后来他干脆就把国宴上那种面包叫作"尼迈里"了。那是并在一起的两个橄榄形小面包，颜色呈浅黄，却发着高贵的乌光。父亲说，他能猜出这面包的原料配制和工艺过程，他下一个目标，便是这"尼迈里"。

为烘制"尼迈里"，他又改进了发酵工艺及烤炉的导热性能。他在炉顶加了一个拱形铁板，说，过去他的炉子属于直热式，现在属热回流式。

他烤出了"尼迈里"说："你面对一个面包，只要看到它的外观，就应该猜到它的味道、纤维组织和一整套生产工艺。"自此我也养成了一个习惯，便是对面包的分析。多年之后当我真的坐在从前尼迈里坐过的那个地方。坐在纽约曼哈顿的饭店里，坐在北欧和香港那些吃得更精细的餐馆里，不论面前是哪类面包，我总是和父亲的"尼迈里"作着比较，那几乎成为我终生分析面包的一个标准起点。也许这标准的真正起点，是源于父亲当年为我们创造的意外的氛围。我想，无论如何，父亲那时已是一位合格的面包师了。

这些年父亲买到了好几本关于面包烘制法的书籍，北京新侨饭店的发酵工艺、上海益民厂的发酵工艺、北京饭店的、瑞典的、苏格兰的……还买了电烤箱，我们所在的城市也早已引进了法式、港式、澳大利亚式面包生产线，面包的生产已不再是当年连车间都不许他进的那个秘密时代了，然而父亲不再烘制了，他正在安分着他的绘画事业。只在作画之余，有时任意翻翻这些书们说："可见那时我的研究是符合这工艺的。"后来我偶然地知道，发酵作为大学里的一个专业，学程竟和作曲、高能物理那样的专业同样长短。

　　一个生着锈的老烤炉摆在他的画架旁边，作为画箱的依托。也许父亲忘记了它的存在，但它却像是从前的一个活见证，为我们固守着那不可再现的面包岁月。

1989年12月

（录自《女人的白夜》，江苏文艺出版社，1996年版）

父亲的书

王安忆

　　人们都知道我的母亲茹志鹃，而我的父亲王啸平却极少有人知道，包括我自己，从来对父亲是不了解的。小时候，我常常为父亲感到难为情，觉得他缺乏常识，且不合时宜。比如有邻家的男孩送我两条蝌蚪，我很珍贵地放在一个瓶子里，父亲看见却惊恐地叫道：脏死了！脏死了！从此，邻家的孩子看见我，就叫"脏死了"。他的口音还很古怪，是一种福建音很重的普通话，可一旦要他真正说福建话，他却又不会说了，他不会说也不会听上海话，这也使我为他并为我自己感到自卑，觉得因此我们都被排除于正常人群之外了。父亲离休以后，偶尔也写一些回忆过去的短文，比如当他还是个少年的时候，在南洋与郁达夫、任光等人的接触，还有关于他童年的生活与变迁。我渐渐地知道，祖父本是南洋一家大橡胶厂的经理。因为与厂主意见不合辞职而家道中落，父亲便从少爷变成了学徒。我还渐渐地知道，父亲是在"五四"养育的一代启蒙者影响之下觉醒的青年，后来走上了归国的道路。父亲在这些年里，先后还写作有两部自传体长篇，前一部叫作《南洋悲歌》，后一部叫作《客自南洋来》。前一部写的是他在南洋参加救亡运动的故事，后一部写的则是他来到新四军根据地参加革命的经历。在这一部书里，我又一次领会到我童年时所感觉到的父亲的不合时宜。然而，在我已是一个成年人的今天，所感悟到的父亲的不合时宜，却包含有一种沉重的悲喜剧色彩。我仿佛看见一个纯洁积极的青年，如何努力地要与一个陌生的巨大人群融合，这个巨大人群与青年格格不入，犹如铜墙铁壁。而青年所以要全身心地去做这样一个痛苦的融合，则是因为这人群负着苦难中国的希望，负着使中国得救于是也使青年得救的力量。这人群在浴血奋战，他们必须将战斗者的思想与情感作一次彻底的简化，好轻装上阵；这人群还来自一个几千年的陈旧的中国，阴影笼罩在他们的头顶，在那个万众一心向着敌人的炮火的日子里，若要前进，就只有加入这人群，筑起血肉的长城。这是那一个时代里，一名热血青年别无选择的道路。我看见父亲做一名青年的时候，是如何克服着他的性情，去适应一个人事复杂且纪律严格的环境；他的交响曲式的革命图画在现实中如何一步一步得到修正；他对中国这一个梦寐以求的回归之地是如何真实地开拓他的痛苦与感动的经验。

小时候，我听父亲的老战友戏谑地叫他作"马来哨"，我不明白是什么意思。父亲走到哪里，总会留下一些笑话与别称，我从不深究。现在，我从父亲的书里知道了"马来哨"的来由。原来是他上岗时忘了给枪上子弹，人们便这样叫他了。我想象年轻的父亲扛了一杆没有子弹的枪，神情庄严地在深夜里站岗的情景，心里总觉着好笑，却又有一种感动。由此我想起父亲的许多别样的笑话，关于这些，父亲曾经任职导演的上海人民艺术剧院的调皮的演员们，经过收集加工，载入了人艺的口头文学大系。父亲的思路总是与这个社会里大多数的人群不同，好像天外来客。我过去从没有认真地去想，父亲走到我们这条道路上来的困难。以前也听父亲说过他到达根据地所目睹的第一个场面，便是枪毙逃兵。父亲非常震惊：一旦投身于革命，除去战斗与逃跑，就再没有第三条路了。我过去没有认真地想象过这个几乎类似哈姆雷特"to be or not to be"的困境。因为我过去也认为：世界上是不存在苟且的第三条道路的。而如今我也会惊异：一个人是如何会逼上不做英雄就做狗熊的选择面前，这是一种什么样的命运呢？

我想象着父亲乘着轮船，越过茫茫太平洋，船离码头时，千万条彩带纷纷飘落的景象，这是我十六岁那年离家去插队之前，父亲告诉我的，使我增添了豪迈的激情。而我很少知道，父亲离家之后经历了什么。由于是太熟悉的人，所以很少想到要去了解什么，交谈也常常被盐咸茶淡的琐细淹没，于是，最近处的人有时倒会成为最隔膜的人。父亲的书，为我找到了一个了解的方式。我生出了好奇心，这是犹如寻根一样的好奇。就是说，继"我从哪里来"的问题之后，我又有了"父亲从哪里来"的问题。"客自南洋来"的这个"客"字，总觉用得不妥。因我父亲早已不再是个"客"了，他和中国的知识分子一起，经历了日本投降、全国解放、反右运动、"文化大革命"。有个年轻调皮的同事开玩笑说：王导，你回来得太早啦，应当晚几十年回来，行情就走俏了。父亲对于这种问题，总是认真地回答：那时候不回来不行，政府在抓我。不过，父亲虽是早回来了几十年，如今倒还有一点点走俏，那就是当他以他那种怪异的样子走在街上，有些青年会走上前问："有外汇券吗？"我父亲就严肃地回答："没有。"

1991年

（录自《空间在时间里流淌》，新星出版社，2010年版）

三松堂断忆

宗　璞

　　转眼间父亲离开我们已经快一年了。

　　去年这时，也是玉簪花开得满院雪白，我还计划在向阳的草地上铺出一小块砖地，以便把轮椅推上去，让父亲在浓重的树荫中得一小片阳光。因为父亲身体渐弱，忙于延医取药，竟没有来得及建设。9月底，父亲进了医院，我在整天奔忙之余，还不时望一望那片草地，总不能想象老人再不能回来，回来享受我为他安排的一切。

　　哲学界人士和亲友们都认为父亲的一生总算圆满，学术成就和他从事的教育事业使他中年便享盛名，晚年又见到了时代的变化，生活上有女儿侍奉，诸事不用操心，能在哲学的清纯世界中自得其乐。而且，他的重要著作《中国哲学史新编》，八十岁才开始写，许多人担心他写不完，他居然写完了。他是拼着性命支撑着，他一定要写完这部书。

在父亲的最后几年里，经常住医院，1989年下半年起更为频繁。一次是11月11日午夜，父亲突然发作心绞痛，外子蔡仲德和两个年轻人一起，好不容易将他抬上救护车。他躺在担架上，我坐在旁边，数着脉搏。夜很静，车子一路尖叫着驶向医院。好在他的医疗待遇很好，每次住院都很顺利。一切安排妥当后，他的精神好了许多，我俯身为他披好被角，正要离开时，他疲倦地用力说："小女，你太累了！""小女"这乳名几十年不曾有人叫了。"我不累。"我说，勉强忍住了眼泪。说不累是假的，然而比起担心和不安，劳累又算得了什么呢。

过了几天，父亲又一次不负我们的劳累和担心，平安回家了。我们笑说："又是一次惊险镜头。"12月初，他在家中度过九十四寿辰。也是他最后的寿辰。这一天，民盟中央的几位负责人丁石孙等先生前来看望，老人很高兴，谈起一些文艺杂感，还说，若能汇集成书，可题名为"余生札记"。

这余生太短促了。中国文化书院为他筹办了庆祝九五寿辰的"冯友兰哲学思想国际研讨会"，他没有来得及参加，但他知道了大家的关心。

1990年初，父亲因眼前有幻象，又住医院。他常常喜欢自己背诵诗词，每住医院，总要反复吟哦《古诗十九首》。有记不清的字，便要我们查对。"青青陵上柏，磊磊涧中石。人生天地间，忽如远行客。""浩浩阴阳移，年命如朝露。人生忽如寄，寿无金石固。"他在诗词的意境中似乎觉得十分安宁。一次医生来检查后，他忽然对我说："庄子说过，生为附赘悬疣，死为决疣溃痈。孔子说过，朝闻道，夕死可矣。张横渠又说，生吾顺事，没吾宁也。我现在是事情没有做完，所以还要治病。等书写完了，再生病就不必治了。"我只能说："那不行，哪有生病不治的呢！"父亲微笑不语。我走出病房，便落下泪来。坐在车上，更是泪如泉涌。一种没有人能分担的孤单沉重地压迫着我。我知道，分别是不可避免的。

我们希望他快点写完《新编》，可又怕他写完。在住医院的间隙中，他终于完成了这部书。亲友们都提醒他还有本《余生札记》呢。其实老人那时不只有文艺杂感，又还有新的思想，他的生命是和思想和哲学连在一起的。只是来不及了。他没有力气再支撑了。

人们常问父亲有什么遗言，他在最后几天有时念及远在异国的儿子钟辽和唯一的孙儿冯岱。他用力气说出的最后的关于哲学的话是："中国哲学将来会大放光彩！"他是这样爱中国、这样爱哲学。当时有李泽厚和陈来在侧，我觉得这句话应该用大字写出来。

然后，终于到了11月26日那凄冷的夜晚，父亲那永远在思索的头脑进入了永恒的休息。

作为父亲的女儿，而且是数十年都在他身边的女儿，在他晚年又身兼几大职务，秘书、管家兼门房，医生、护士带跑堂，照说对他应该有深入的了解，但是我无哲学头脑，只能从生活中窥其精神于万一。根据父亲的说法，哲学是对人类精神的反思，他自己就总是在思索，在考虑问题。因为过于专注，难免有些呆气。他晚年耳目失其聪明，自己形容自己是"呆若木鸡"。其实这些呆气早已有之。抗战初期，几位清华教授从长沙往昆明，途经镇南关，父亲手臂触城墙而骨折。金岳霖先生一次对我幽默地提起此事，他说："当时司机通知大家，不要把手放在窗外，要过城门了。别人都很快照办，只有你父亲听了这话，便考虑为什么不能放在窗外，放在窗外和不放在窗外的区别是什么，其普遍意义和特殊意义是什么。还没考虑完，已经骨折了。"这是形容父亲爱思索。他那时正是因为在思索，根本就没有听见司机的话。

他的生命就是不断地思索，不论遇到什么挫折，遭受多少批判，他仍顽强地思考，不放弃思考。不能创造体系，就自我批判，自我批判也是一种思考。而且在思考中总会冒出些新的想法来。他自我改造的愿望是真诚的，没有经历过二十世纪中叶的变迁和六七十年代的各种政治运动的人，是很难理解这种自我改造的愿望的。首先，一声"中国人民站起来了"促使了多少有智慧的人迈上走向炼狱的历程。其次，知识分子前冠以资产阶级，位置固定了，任务便是改造，又怎知自是之为是，自非之为非？第三，各种知识分子的处境也不尽相同，有居庙堂而一切看得较为明白，有处林下而只能凭报纸和传达，也只能信报纸和传达。其感受是不相同的。

幸亏有了新时期，人们知道还是自己的头脑最可信。父亲明确采取了不依傍他人，"修辞立其诚"的态度。我以为，这个"诚"字并不能与"伪"相对。需要提出"诚"，需要提倡说真话，这是我们这个时代的大悲哀。

我想历史会对每一个人作出公允的、不带任何偏见的评价。历史不会忘记有些微贡献的每一个人，而评价每一个人时，也不要忘记历史。

父亲一生对物质生活的要求很低，他的头脑都让哲学占据了，没有空隙再来考虑诸般琐事。而且他总是为别人着想，尽量减少麻烦。一个人到九十五岁，没有一点怪癖，实在是奇迹。父亲曾说，他一生得力于三个女子，一位是他的母亲、我的祖母吴清芝太夫人，一位是我的母亲任载坤先生，还有一个便是我。1982年，我随父亲访美，在机场上父亲作了一首打油诗："早岁读书赖慈母，中年事业有贤妻。晚来又得女儿孝，扶我云天万里飞。"确实得有人料理俗务，才能有纯粹的精神世界。近几年，每逢我的生日，父亲总要为我撰寿联。1990年夏，他写了最后一联，联云："鲁殿灵光，赖家有守护神，岂独文采传三世；文坛秀气，知手持生花笔，莫让新编代双城。"父亲对女儿总是看得过高。"双城"指的是我的长篇小说，第一卷《南渡记》出版后，因为没有时间，没有精力，便停顿了。我必须以《新编》为先，这是应该的，也是值得的。当然，我持家的能力很差，料理饮食尤其不能和母亲相比，有的朋友都惊讶我家饭食的粗糙。而父亲从没有挑剔，从没有不悦，总是兴致勃勃地进餐，无论做了什么，好吃不好吃，似乎都滋味无穷。这一方面因为他得天独厚，一直胃口好，常自嘲"还有当饭桶的资格"；另一方面，我完全能够体会，他是以为能做出饭来已经很不容易，再挑剔好坏，岂不让管饭的人为难。

父亲自奉俭，但不乏生活情趣。他并不永远是道貌岸然，也有豪情奔放、潇洒闲逸的时候，不过机会较少罢了。1926年父亲三十一岁时，曾和杨振声、邓以蛰两先生，还有一位翻译李白诗的日本学者一起豪饮，四个人一晚喝去十二斤花雕。六十年代初，我因病常住家中，每于傍晚随父母到颐和园包坐大船，一元钱一小时，正好览尽落日的绮辉。一位当时的大学生若干年后告诉我说，那时他常常看见我们的船在彩霞中飘动，觉得真如神仙中人。我觉得父亲是有些仙气的，这仙气在于他一切看得很开。在他的心目中，人是与天地等同的。"人与天地参"，我不止一次听他讲解这句话。《三字经》说得浅显，"三才者，天地人"。既与天地同，还屑于去钻营什么！那些年，一些稍有办法的人都能把子女调回北京，而他，却只能让他最钟爱的幼子钟越长期留在医疗落后的黄土高原。1982年，钟越终于为祖国的航空事业流尽了汗和血，献出了他的青春和生命。

父亲的呆气里有儒家的伟大精神，"天行健，君子以自强不息"，自强不息到"知其不可而为之"的地步。父亲的仙气里又有道家的豁达洒脱。秉此二气，他穿越了在苦难中奋斗的中国的二十世纪。他的一生便是二十世纪中国文化的一个篇章。

据河南家乡的亲友说，1945年初祖母去世，父亲与叔父一同回老家奔丧，县长来拜望，告辞时父亲不送，而对一些身为老百姓的旧亲友，则一直送到大门，乡里传为美谈。从这里我想起和读者的关系。父亲很重视读者的来信，许多年常常回信。星期日上午的活动常常是写信。和山西一位农民读者本恒茂老人就保持了长期的通信，每索书必应之。后来我曾代他回复一些读者来信，尤其是对年轻人，我认为最该关心，也许几句话便能帮助发掘了不起的才能。但后来我们实在没有能力做了，只好听之任之。把人家的千言信万言书束之高阁，起初还感觉不安，时间一久，则连不安也没有了。

时间会抚慰一切，但是去年初冬深夜的景象总是历历如在目前。我想它是会伴随我进入坟墓的了。当晚，我们为父亲穿换衣服时，他的身体还那样柔软，就像平时那样配合。他好像随时会睁开眼睛说一声"中国哲学将来会大放光彩"。我等了片刻，似乎听到一声叹息。

不得不离开病房了。我们围跪在床前，忍不住痛哭失声！钟辽扶着我，可我觉得这样沉重的孤单！在这茫茫世界中，再无人需我侍奉，再无人叫我的乳名了。这么多年，每天清晨最先听到的，是从父亲卧房传来的咳嗽，每晚睡前必到他床前说几句话。我怎样能从多年的习惯中走得出来。

然而日子居然过去快一年了。只好对自己说，至少有一件事稍可安慰。父亲去时不知道我已抱病。他没有特别的牵挂，去得安心。

　　文章将尽，玉簪花也谢尽了。邻院中还有通红的串红和美人蕉，记得我曾说串红像是鞭炮，似乎马上会噼噼啪啪响起来。而生活里又有多少事值得它响呢！

1991年9月病中

（录自《宗璞散文》，人民文学出版社，2007年版）

我的母亲

汪曾祺

我父亲结过三次婚。

我的生母姓杨。我不知道她的学名。杨家不论男女都是排行的。我母亲那一辈"遵"字排行，我母亲应该叫杨遵什么。前年我写信问我的姐姐，我们的母亲叫什么。姐姐回信说：叫"强四"。我觉得很奇怪，怎么叫这么个名呢？是小名么？也不大像。我知道我母亲不是行四。一个人怎么会连自己母亲的名字都不知道呢？因为我母亲活着的时候我太小了。

我三岁的时候，母亲就故去了。我对她一点印象都没有。她得的是肺病，病后即移住在一个叫"小房"的房间里，她也不让人把我抱去看她。我只记得我父亲用一个煤油箱自制了一个炉子，煤油箱横放着，有两个火口，可以同时为母亲熬粥、熬参汤、燕窝，另外还记得我父亲雇了一只船陪她到淮城去就医，我是随船去的。我记得小船中途停泊时，父亲在船头钓鱼，还记得船舱里挂了好多大头菜。我一直记得大头菜的气味。

我只能从母亲的画像看看她。据我的大姑妈说，这张像画得很像。画像上的母亲很瘦，眉尖微蹙。样子和我的姐姐很相似。

我母亲是读过书的。她病倒之前每天还写一张大字。我曾在我父亲的画室里找出一摞母亲写的大字，字写得很清秀。

前年我回家乡，见着一个老邻居，她记得我母亲。看见过我母亲在花园里看花。——这家邻居和我们家的花园只隔一堵短墙。我母亲叫她"小新娘子"。"小新娘子，过来过来，给你一朵花戴。"我于是好像看见母亲在花园里看花，并且觉得她对邻居很和善。这位"小新娘子"已经是八十多岁的老太太了！

我还记得我母亲爱吃京冬菜。这东西我们家乡是没有的，是托做京官的亲戚带回来的，装在陶制的罐子里。

我母亲死后，她养病的那间"小房"锁了起来，里面堆放着她生前用的东西，全部嫁妆——"摆橱"、皮箱和铜火盆、朱漆的火盆架子……我的继母有时开锁进去，取一两样东西，我跟着进去看过。"小房"外面有一个小天井。靠南有一个秋叶形的小花台。花台上开了一些秋海棠。这些海棠自开自落，没人管它。花很伶仃，但是颜色很红。

我的第一个继母娘家姓张。她们家原来在张家庄住，是个乡下财主。后来在城里盖了房子，才搬进城来。房子是全新的，新砖，新瓦，油漆的颜色也都很新。没有什么花木，却有一片很大的桑园。我小时候就觉得奇怪，又不养蚕，种那么多桑树做什么？桑树都长得很好，干粗叶大，是湖桑。

我的继母幼年丧母，她是跟姑妈长大的，姑妈家姓吴。继母的姑妈年轻守寡。她住的房子二梁上挂着一块匾，朱底金字"松贞柏节"，下款是"大总统题"。这大总统不知是谁，是袁世凯？还是黎元洪？吴家家境不富裕，住的房子是张家的三间偏房。老姑奶奶有两个儿子，一个叫大和子，一个叫小和子。两个儿子都没上学校，念了几年私塾，专学珠算。同年龄的少年学"鸡兔同笼"，他们却每天打"归除""斤求两，两求斤"。他们是准备到钱庄去学生意的。

我的继母归宁，也到她的继母屋里坐坐，但大部分时间都在这三间偏房里和姑妈在一起。我父亲到老丈人那边应酬应酬，说些淡话，也都在"这边"陪姑妈闲聊。直到"那边"来请坐席了，才过去。

继母身体不好。她婚前咳嗽得很厉害，和我父亲拜堂时是服用了一种进口的杏仁露压住的。

她是长女，但是我的外公显然并不钟爱她。她的陪嫁妆奁是不丰的。她有时准备出门做客，才戴一点首饰。比较好的首饰是副翡翠耳环。有一次，她要带我们到外公家拜年，她打扮了一下，换了一件灰鼠的皮袄。我觉得她一定会冷。这样的天气，穿一件灰鼠皮袄怎么行呢？然而她只有一件皮袄。我忽然对我的继母产生一种说不出来的感情。我可怜她，也爱她。

后娘不好当。我的继母进门就遇到一个局面，"前房"（我的生母）留下三个孩子：我姐姐，我，还有一个妹妹。这对于"后娘"当然会是沉重的负担。上有婆婆，中有大姑子、小姑子，还有一些亲戚邻居，她们都拿眼睛看着，拿耳朵听着。

也许我和娘（我们都叫继母为娘）有缘，娘很喜欢我。

她每次回娘家，都是吃了晚饭才回来。张家总是叫了两辆黄包车，姐姐和妹妹坐一辆，娘搂着我坐一辆。张家有个规矩（这规矩是很多人家都有的），姑娘回自己婆家，要给孩子手里拿两根点着了的安息香。我于是拿着两根安息香，偎在娘怀里。黄包车慢慢地走着。两旁人家、店铺的影子向后移动着，我有点迷糊。闻着安息香的香味，我觉得很幸福。

小学一年级时，冬天，有一天放学回家，我大便急了，憋不住，拉在裤子里了（我记得我拉的屎是热腾腾的）。我兜着一裤兜屎，一扭一扭地回了家。我的继母一闻，二话没说，赶紧烧水，给我洗了屁股。她把我擦干净了，让我围着棉被坐着。接着就给我洗衬裤刷棉裤。她不但没有说我一句，连眉头都没有皱一下。

我妹妹长了头虱，娘煎了草药给她洗头，用篦子给她篦头发。张氏娘认识字，念过《女儿经》。《女儿经》有几个版本，她念过的那本，她从娘家带了过来，我看过。里面有这样的句子："张家长，李家短，别人的事情我不管。"她就是按照这一类道德规范做人的。她有时念经：《金刚经》《心经》《高王经》。

她是为她的姑妈念的。

她做的饭菜有些是乡下做法，比如番瓜（南瓜）熬面疙瘩、煮百合先用油炒一下。我觉得这样的吃法很怪。

她死于肺病。

我的第二个继母姓任。任家是邵伯大地主，庄园有几座大门，庄园外有壕沟吊桥。

我父亲是到邵伯结的婚。那年我已经十七岁，读高二了。父亲写信给我和姐姐，叫我们去参加他的婚礼。任家派一个长工推了一辆独轮车到邵伯码头来接我们。我和姐姐一人坐一边。我第一次坐这种独轮车觉得很有趣。

我已经很大了，任氏娘对我们很客气，称呼我是"大少爷"。我十九岁离开家乡到昆明读大学。1986年回乡，这时娘才改口叫我"曾祺"。——我这时已经六十六岁，也不是什么"少爷"了。

我对任氏娘很尊敬，因为她伴随我的父亲度过了漫长的很艰苦的沧桑岁月。

她今年八十六岁。

1992年7月11日

（原载1993年第2期《作家》）

母亲的厨房

张 洁

最后，日子还是得一日三餐地过下去，便只好走进母亲的厨房。虽然母亲八七年就从厨房退役，但当她在世和刚刚走开的日子里，我总觉得厨房还是母亲的。每一家的厨房，只要母亲还在，就一定是母亲的。

我站在厨房里，为从老厨房带过来的一刀、一铲、一瓢、一碗、一筷、一勺而伤情。这些东西，没有一样不是母亲用过的。

也为母亲没能见到这新厨房，和新厨房里的每一样新东西而嘴里发苦，心里发灰。

为新厨房置办这个带烤箱的、四个火眼的炉子的时候，母亲还健在。我曾夸下海口："妈，等咱们搬进新家，我给您烤蛋糕、烤鸡吃。"

看看厨房的地面，也是怕母亲上了年纪、腿脚不便，铺了防滑砖。可是，母亲根本就没能走进这个新家。

事到如今，这一切努力还有什么意义？

分到这套房子以后，我没带母亲来看过。总想装修好了、搬完家、布置好了再让她进来，给她一个惊喜。后来她住进了医院，又想她出院的时候，把她从医院直接接到新家。

可是我让那家装修公司给坑了。

我对当前社会的认识实在太浮浅了，想不到他们骗人会骗到这种地步。

因为一辈子都怕欠着人家，落个坑蒙拐骗的恶相，虽然他们开价很高，我还是将所有的抽屉搜刮一净，毫无保留地如数付清。

半个多月以后，母亲就住进了医院。我哪里还顾得上守着这伙只想赚钱不讲良心的商人？他们趁我无暇顾及之时，干脆接了别人的活，把我的活撂在那里不干不算，还把我的房子当成了他们的加工厂和仓库。在我的房子里给别的用户加工订货，整整四个月，叮叮咣咣、吵得四邻不安，把一套好端端的房子弄得像是遭了地震。

四个月，在深圳就是一栋楼也盖起来了。不明底细的人，可能还以为我在房子里又套盖了一座宫殿。

这样，我原来的房子就无法腾出，等着搬进的同志几次三番地催促。我那时真是屋漏又遭连阴雨，只好先把一部分东西寄存在朋友家，剩下的东西统统塞进新家最小的一间屋子，那间屋子满得像充填很好的防震包装箱。

可是直到母亲出院，这房子还不能进入。我只好先把她接到先生的家。

所以母亲是在先生家里过世的。

谁让我老是相信装修公司的鬼话，以为不久就能搬进新家，手上只留了几件日常换洗的衣服。谁又料到手术非常成功的母亲会突然去世，以至她上路的时候，连一套像样的衣服也没能穿上，更不要说是她最喜欢的那套。

本来就毫无办事能力的我，一时间不但要仓促上阵、操办母亲的后事；更主要的是我无法离开母亲一步，我和母亲今生今世的缘分，也只剩下那最后的几个小时了。

而且我也不可能在那几个小时里，从那个填充得很好的防震包装箱里，找出母亲的衣物。

要命的是钥匙还在装修公司的手里，我上哪儿去找他们？在早上六、七点钟的时候。通常他们要在九点多钟才开始工作。

火葬场的人十点钟就要来了。

如果是自己的家，母亲在家里多停一两天也没有什么关系，但母亲一生都自尊自爱，绝不愿，也不曾给人（包括给我）添乱，惹人生厌。也这样教育我和孩子。

就是离开这个世界，也不那么容易。要不是一位很会办事的同志的努力，还不知道火葬场什么时候才能来接母亲。

从不愿意忍痛的我，清清明明地忍了痛。那一会儿，活到五十四岁也长不大的我，一下子就长大了。

当然，张家的女人从来不大在意这些外面的事情。这些事远不如别的事让我觉得有负于把我养育成人的母亲。比如，这一辈子我让她伤了多少心？

厨房里的每一件家伙什都毫不留情地对我说：现在，终于到了你单独来对付日子的时候了。

我觉得无从下手。

翻出母亲的菜谱，每一页都像被油炝过的葱花，四边焦黄。我仍然能在那上面嗅出母亲调出的油、盐、酱、醋，人生百味。

也想起母亲穿着用我那件劳动布旧大衣改制的，又长又大、取其坚牢久远的围裙，戴着老花镜，伏身在厨房的碗柜上看菜谱的情景。

那副花镜，真还有一段故事。

记得母亲的"关系"还没从她退休的郑州第八铁路小学转到北京来的时候，她必须经常到新街口邮局领取每月的退休工资；或给原单位寄信，请求帮助办理落户北京所需的、其实毫无必要、又是绝对遗失不起的表格和证明；或是邮寄同样毫无必要的、又是绝对遗失不起的表格和证明。那些手续，办起来就像通俗小说那样的节外生枝，于是这样的信件就只好日以继月地往来下去。

那次，母亲又到新街口邮局寄这些玩意儿，回家以后，她大事不好地发现花镜丢了！便马上返回新街口邮局，而且不惜牺牲地花五分钱坐了公共汽车。

平时她去新街口，都是以步代车。即便购物回来，也是背着、抱着，走一走，歇一歇，舍不得花五分钱坐一回公共汽车。

可以想见母亲找得多么仔细，大概就差没有把新街口邮局的地，刮下一层皮。

她茫然地对着突然变得非常之大的新街口邮局，弄不懂为什么找不到她的眼镜了。

用母亲的话说，我们那时可谓穷得叮当乱响。更何况配眼镜时，我坚持要最好的镜片。别的我不懂，只知道眼睛对人是非常重要的器官。1966年，那副十三块多钱的镜片，可以说是花镜片里最好的片子了。谁知二十五年以后，母亲还是面临失明、人体各系统功能的全部衰竭、卒中而去，或是以她八十岁的高龄上手术台的抉择。

回家以后，她失魂落魄、反反复复地对我念叨丢眼镜的事，丢了这样贵的眼镜，母亲可不觉得像是犯了万死之罪。

很长一段时间、就在又花了十几块钱配了一副花镜以后，母亲还不死心地到新街口邮局探问：有没有人捡到一副老花镜！

没有！

老花镜不像近视镜，特别是母亲老花的度数还不很深，又仅仅是老花，大多数老人都可通用。尽管那时已经大力开展学雷锋的运动，只怪母亲运气不佳，始终没有碰上一个活雷锋。

她仅仅是找那副眼镜么？

每每想起生活给母亲的这些折磨，我就仇恨这个生活。

后配的这副眼镜，用了二十多年，直到1990年，即便戴着它也看不清楚东西的时候。那时还以为度数不够了，并不知道是因为她的垂体瘤压迫视神经的缘故。便再到眼镜店去配一副，配眼镜的技师无论如何测不出她的度数。我们哪里知道，她的眼睛几近失明，怎么还能测出度数？我央求验光的技师，好歹给算个度数……最后勉强配了一副，是纯粹的"摆设"了。

这个摆设，已经带给她最爱的外孙女儿，留作最后的纪念了。而那报废的眼镜，连同它破败的盒子，我将保存到我也不在了的时候。那不但是母亲的念物，也是我们那个时期的生活的念物。

母亲的菜谱上，有些菜目用铅笔或钢笔画了钩，就像给学生判作业、判卷子时打的对钩。

那些铅笔画的钩子，下笔处滑出一个起伏，又潇洒地扬起它们的长尾，直挥东北，带着当了一辈子教师的母亲的自如。

那些钢笔画的钩子，像是吓得不轻，哆哆嗦嗦地走出把握不稳的笔尖、小心、拘谨、生怕打扰谁似的，缩在菜目的后面而不是前面，个个都是母亲这一辈子的注脚，就是用水刷，用火燎，用刀刮，也磨灭不了了。

我怎么也不明白，为什么用铅笔画的钩子，和用钢笔画的钩子，会有这样的不同。

那些画着钩子的菜目，都是最普通不过的家常菜。如糖醋肉片、粉皮凉拌白肉、炒猪肝、西红柿焖牛肉等等。

鱼虾类的菜谱里，档次最高的也不过是豆瓣鲜鱼，剩下的不是煎蒸带鱼，就是香肥带鱼，虾、蟹、鳖等等是想都不想的。不是不敢想，而是我们早就坚决、果断地切断了脑子里的这部分线路。

就是这本菜谱，还是我当作家以后，唐棣给妈买的。

不过我们家从切几片白菜帮子用盐腌腌就是一道菜，到买菜谱，已经是鸟枪换炮了。

其实，像西红柿焖牛肉、葱花饼、家常饼、绿豆米粥、炸荷包蛋之类，母亲早已炉火纯青，其他勾画的各项，没有一项付诸实践。

我一次次、一页页地翻看着母亲的菜谱，看着那些画了钩、本打算给我们做，而又不知道为什么终于没有做过的菜目。这样想过来，那样想过去，恐怕还会不停地想下去。

我终究没能照着母亲的菜谱，做出一份菜来。

一般是对付着过日子，面包、方便面、速冻饺子、馄饨之类的半成品，再就是期待着到什么地方蹭一顿，换换口味，吃回来又可以对付几天。

有时也到菜市场上去，东看看、西瞅瞅地无从下手，便提溜着一点什么意思也没有的东西回家了。回到家来，面对着那点什么意思也没有的东西，只好天天青菜、豆腐、黄瓜的"老三样"。

今后春天，在菜市场上看到豌豆，也许是改良后的品种，颗粒很饱满。想起去年春天，母亲还给我们剥豌豆呢。我常常买豌豆，一是我们爱吃，也是为了给母亲找点力所能及的事情做。

母亲是很寂寞的。

她的一生都很寂寞。

女儿在六月二十九日的信中还写道：

　　……我有时梦见姥姥，都是非常安详的、过得很平安的日子，觉得十分安慰。虽然醒了以后会难过，毕竟比做噩梦要让人感到安慰得多。我也常常后悔，没能同姥姥多在一起。我在家时，也总是跑来跑去，谁想到会有这一天呢？她这一辈子真正的是寂寞极了！而且是一种无私的寂寞，从来没有抱怨过我们没能和她在一起的时候。

　　我的眼前总是出现她坐在窗前、伸着头向外张望的情景：盼你回来，盼我回来。要不就是看大院里的人来人往。让我多伤心。可是当时这情景看在眼里，却从来没往心里去，倒是现在记得越发清楚。不说了，又要让你伤心了……

也曾有过让母亲织织毛线的想法，家里有不少用不着的毛线，也只是说说而已，到了也没能把毛线给她。

尽量回忆母亲在厨房里的劳作。

渐渐地，有一耳朵、没一耳朵听到的，有关厨房里的话，一一再现出来。

冬天又来了，大白菜上了市，想起母亲还能劳作的年头，到了买储存白菜的时节，就买"青口菜"，她的经验是青口菜开锅就烂，还略带甜味。

做米饭也是照着母亲的办法，手掌平按在米上，水要漫过手面；或指尖触米，水深至第一个指节，水量就算合适。不过好米和机米又有所不同……

渐渐地，除了能上台面的菜，一般的炒菜也能凑合着做了。只是，母亲却吃不上我做的菜了，我也再吃不到母亲做的"张老太太烙饼"了。

我敢说，母亲的烙饼，饭馆都赶不上。她在世的时候，我们老说，应该开一家"张老太太饼店"，以发扬光大母亲的技艺。每当我们这样说的时候，就是好事临门也还是愁眉苦脸的母亲，脸上便难得地放了光。就连她脸上的褶子，似乎也展平了许多。对她来说，任何好事如果不是和我们的快乐乃至哪怕是一时的高兴连在一起的话，都没有什么实际意义。

还有母亲做的炸酱面。

人说了，不就是烙饼、炸酱面吗？

倒不因为那是自己母亲的手艺，不知母亲用的什么诀窍，她烙的饼、炸的酱，就是别具一格。也不是没有吃过烹调高手的烙饼和炸酱面，可就是做不出母亲的那个味儿。

心里明知，往日吃母亲的烙饼、炸酱面的欢乐，是跟着母亲永远地去了。可是每每吃到烙饼和炸酱面，就忍不住地想起母亲，和母亲的烙饼、炸酱面。

1992年11月22日北京

（录自《张洁文集·散文随笔卷》，人民文学出版社，2012年版）

母亲的看

韩少功

母亲性格有点孤僻，不爱与外人打交道，从不掺和邻居们的麻将或气功。不得已要有对外活动时，比如购物或上医院，也总是怀有深深的疑惧。她每次住院留医，必然如坐针毡，又哭又赖又闹地要回家。不管是多么友善的大夫还是多么温和的护士，一律被她当成驴肝肺："这些人么，我算是看透了，骗钱！"

母亲不愿出门，日子免不了过得有点寂寞。幸好现在有了电视，她可以很安全地藏在家里，通过那一方小小的银屏偷偷窥视世界。她看电视时常有一些现场即兴评议，比如惊叹眼下天气这么冷了，电视里的人竟然还光着大膀子，遭孽呵；或者愤愤地检举某个电视剧里的角色其实是有老婆的，今天又在同别的女人夹姘头，真是无聊。在这个时候，你要向她解释清楚电视是怎么回事，实在是难。

她年轻时是修过西洋画和当过教师的人，一不留神，居然就难以理解明明白白的风雪，为何冷不了电视里的大膀子；也很难理解上一个电视剧里的婚姻，为何不能妨碍演员在这一个电视剧里另享新欢。

给她推荐一个新的电视剧，她很可能不以为然地冷目："新什么？都看过好几遍啦。"但她很可能把某个老掉牙的片子看得津津有味，一口咬定那是新的。她的新片子中最新的又数《武松》。她承认这个片子以前就有，但坚信现在每一次看的都是新编。她争辩说，你去看看武松，你看么，这么多年了，他都老多了，有皱纹啦。

她这些话当然也没怎么错，而且有点老庄和后现代的味道。尤其影视业一些混子们瞎编乱造的艺什么术，我有时候细细看去，还真觉得新旧难辨，这就不得不佩服母亲的高明。

武松算是母亲心目中第一偶像。此外的电视偶像还有毛泽东（扮演者）、费翔、钱其琛等等。当然都是男性，只会是男性。我觉得她喜爱毛泽东（扮演者）的雄武和费翔的英俊还不难理解，对外交部长的了解和信赖倒有点出人意外。她一见到部长出镜就要满心喜悦念出他的名字，见到他会见外宾就有些着急，说这么多人又来搞他的名堂，他一个人对付好不容易！好不容易！她突然问我：那个贩毛笔样的人是谁？是美国的总统吧？我一看他就不像个好东西。今天一个主意，明天又是一个主意。就他的鬼主意多。

我颇有外交风度地说，人家当总统当然得有他的主意么。

她撇撇嘴，恨恨地哼一声，没法对那个"贩毛笔的"缓解仇恨。一揪鼻涕上厕所去了，以示退场抗议。好几次都是这样。

大约从去年起，她的身体越来越病弱，眼睛里的白内障也在扩张，靠国外买来的药维持着越来越昏花的视力。看电视更多地成了一种有名无实的习惯——其实她经常只是在电视机前蜷曲着身子垂着脑袋昏睡。我们劝她上床去睡，她不。她执拗地不。她要打起精神再看看这个世界，哪怕挺住一个看的姿态。但我知道她已经看不到什么了，黑暗正在她面前越来越浓重，将要落下人生的大幕。她尽力投出去的目光，正在消散在前方荒漠的空白里。有一天她说："那只猪在搞什么鬼？"

其实银屏里不是猪，是一块巧克力。

在这个时候，我感到有些难受。

我默默地坐到她身边。我知道她已经看不清什么了，也看不清我了——她的儿子，一个长得这么大的儿子。

1995年3月

（录自《然后》，中国社会科学出版社，2006年版）

子欲养而亲不待

陈平原

父亲生病，住进了医院。我急急忙忙往回赶，好在飞机、汽车都很顺利。见面时，父亲说病情已经大为好转，很快就能出院。父亲要我坐在床边，谈谈自己的学业，还有国家大事什么的。父亲笑得很开心，苍白的脸上渐渐现出血色。我答应父亲多住几天，好好聊聊。近年父亲身体不好，无法到外面走动，白天就坐在四楼的阳台上看风景和行人。我每次假期探亲，都是来去匆匆，父亲嘴上不说，可我知道他有怨言。这回无论如何要多住些时日，跟父亲谈谈他最喜欢的怀素或者东坡。不过，得先安顿好手头的工作，请朋友代一下课，还有，走时得带上两本书，以便在家里阅读。不对，这到底是什么地方，是北京还是潮州？父亲呢，怎么不见了……

又是一个噩梦，醒来时心口还隐隐作痛。父亲去世已经三年半，这一两年老有类似的梦境出现。不用心理医生，我也知道这是因为潜意识里有强烈的忏悔和弥补的愿望。望着父亲日渐衰老的身影，我也曾暗暗许愿，等工作告一段落，一定回家好好陪父亲。可工作永远没止境，我的心愿也就永远只是"心愿"而已。突然有一天，父亲撒手而去，我这才明白自己是如何不可饶恕。

虽说父亲临终时，我赶到跟前，略尽了为人之子的责任。可此前几年父亲多次住院都不通知我，说是怕影响学业，往往是危险期过了才告知，并且嘱咐，路远不必往回赶。回家乡时有人说起此事，加了句评语：值得吗？意思是说如此为子女考虑，那"学业"真有那么重要吗？父亲年轻时投身革命，没能完成学业，因而特别希望孩子在学术上能有所成就。出书、获奖或者提职称，在旁人是小事一桩，父亲则看得很重，似乎真有多么了不起。为了让儿子能专心治学，父亲多少次独自在死亡线上挣扎。每念及此，我就记起"值得吗"的评语——受嘲讽的应该是所谓一心向学的孩子，而不是"可怜天下父母心"。不要说时至今日，学业仍无成；即便真有大成就，也不见得就能避免这种深深的内疚与自责。

随着时间的推移，这种"自责"或许将有增无减。不是说将事业"神圣化"没道理，只是相对于父子情深来，"道理"总显得过于苍白。学海无涯，个人的成就无论如何是渺小的；而丧父之痛以及未能报答养育之恩的悔恨却是如此铭心刻骨。静夜惊梦，醒来时首先想到的，常常是《孔子家语·致思》中的那段话：

树欲静而风不停，子欲养而亲不待。往而不来者，年也；不可再见者，亲也。

本是古已有之的"永远的悔恨"，可落实到每个具体的人头上，都感觉格外沉重。"子欲养而亲不待"的痛苦，不便向旁人剖白，旁人也无法使你解脱。特别是当你生存处境好转时，这种"悔恨"会成几何级数增加。

记得父亲晚年常说，他的生命就像荷叶上的露珠，随时可能随风而去。父亲说这话时，语气略带自我调侃。第一次听来惊心动魄，习惯了也就没当回事，只是觉得这意象过于凄清落寞。

终于有一天，我也明白生命是如此脆弱。何止掠过天际的风，即便嬉戏的游鱼，逍遥的小鸟，甚至不安分的青蛙，都可能无意中撞落了荷叶上本就颤颤巍巍的露珠。或许，我没有能力帮助父亲擎好那荷叶，也阻拦不了骄横的命运之风，可我本可以让游鱼、小鸟离远点，起码让父亲晚年生活得更舒心些。可我没做到。现在说这些近乎多余，总不能借此安慰自己。

朋友忧心忡忡，说是父亲病了。我心头一热，真希望自己也有病中的父亲……

1995年1月13日午后，梦醒而作

（录自《学者的人间情怀》，珠海出版社，1995年版）

大大和朱干干

张兆和

我们九个姐弟出生后，吃了两年奶妈的奶，即行断奶，由干干带领。不吃奶，干带，所以叫干干。干干全是寡妇，不是寡妇不会外出帮工。我的朱干干有一儿一女，她为了让儿子能进私塾念书，把女儿给了人家当童养媳，独自一人外出。

大大儿女多，家务忙，还要管合肥的田租账目，忙不过来，因此不得不把孩子交给干干，要干干严厉管教。我们叫母亲"大大"，干干却叫"姆妈"。每个干干除带领一个孩子外，还兼领一份杂务。比如窦干干带二姐，同时还管女教师和我们的早饭菜。大姐是祖母的宠儿，吃住都随祖母，由陈干带领。朱干除领我外，还替大大梳头收拾房间。

有一次，大大忽然想起要在干干中推行识字运动。因为干干中，除了领二弟的郭大姐能唱唱《天雨花》《再生缘》，再没有第二个识字的了。

高干是个沉默寡言的人。有时大大在报纸上看到些有趣的事，如"鸡兔同笼"，只有学生才会考虑的四则算题，高干居然算得出来笼中有几只鸡几只兔，我非常佩服。（因为我算术最差。）

大大每天早晨趁朱干为她梳头时，排开二十个方块字在桌上，一面梳头，一面教朱干认字。没有多久，朱干竟把一盒字认完。认字以后，她还不甘心，又自己花钱，买来九宫格大字纸，练习写大字。不记得有多久，居然能自己阅读《天雨花》《再生缘》，不必劳郭大姐说唱了。到后来，连《西游记》《三国演义》也能勉强看下去。每晚在一盏煤油灯光下，十分耐烦有兴致地看。遇到不认得的字，就把我踢醒问我。那些古人的名姓，都是平时不常见到的，我不认识，就胡诌乱说，她也信以为真。她认为，我们既进了书房，一定认识，经常向我和二姐问字。

有一次，朱干向我和二姐招手示意，要我们跟她到厢房去。原来，为了酬谢二姐和我，她请大师傅做了一大盘醋熘黄鱼！我同二姐美美地饱餐一顿。这是我一生中很少吃到的好黄鱼。

从上海搬到苏州寿宁弄大宅院，天地广阔多了。有一次，朱干从外面捡到一只小狗，就带回来喂养，取名阿福。阿福长大了，除了两只黑色下垂的大耳朵，全身黄色，尾巴也是黄的，卷的，毛茸茸的，好看得很。你拍拍它的脑袋，它就向你摇尾巴，又雄壮，又亲人。

夏天日长事少，常常看到朱干干手执鞋底，坐在小板凳上打瞌睡，阿福也伏地而卧。因为圆门外就是花园，通风凉快，她同黄狗睡得十分酣甜。

我是从来不睡午觉的，走路总是蹦蹦跳跳地跑。有一次我从前厅通过过道往后院跑，忽然阿福发疯似的从内院往外跑，我躲闪不及，被撞倒在地，跌得好重，我不敢吱声，揉揉疼处，悄悄走开。我怕朱干骂，我又爱阿福。

对朱干，我要写的太多。后来她把自己的孙子送来北京念书，解放后在农村做了不少工作。她非常有毅力，有自己的看法，从不动摇。

她从小带领我，教育我，对我要求严格。我这辈子经过多少风风雨雨，得以颐养天年，至今不衰，一部分和朱干对我的教育有关。

1997年6月27日毕

（录自《张家旧事》，山东画报出版社，1999年版）

早该说的一些话
——祭先父

苏叔阳

　　我对先父的感情并不特别深厚，甚而至于可以说，相当淡漠。我们同住在一个城市四十余年，却极少往来。亲情的交流和天伦的欢愉似乎都属于别的父子，我们则是两杯从不同的水管里流出的自来水。

　　我很少揣测他对我们兄弟的情感，我单知道我自己多少年来对他抱有歧见。我的作品里很少有我自己的经历，更少写到父爱，因为在我自己做父亲之前，我几乎不知道父爱。然而，我常常动情地呼吁普遍的爱心，这也许正是对我所不曾得到的东西的渴求。

　　我父母的婚姻是典型的"父母之命，媒妁之言"。正准备入护士学校的母亲，辍了学嫁给正在读大学的父亲。他们之间，似乎不能说毫无感情，因为母亲偶尔回忆起当年，说她婚后的日子是快乐而满足的。接着，我们兄弟来到了这个世界。我行三，在我前面有两位哥哥，各比我年长两岁和四岁。我的降生或许是父母间感情恶化的象征。从我记事时起，就极少见到父亲。他同另一位女士结了婚。他的这次婚姻究竟如何，我不得而知，记述他的这段往事是我异母妹妹们的任务。我只记得我很小的时候母亲带着我风尘仆仆地追索父亲的足迹，在他的新家门口，鹄立寒风中被羞辱的情景。我六岁的时候，父亲回过一次家，从此杳如黄鹤。只留下一个比我小六岁的妹妹，算是父母感情生活的一个实在的句号。

我的母亲是刚强、能干的女性。我如今的一切都是她无私的赠予。一个失落了爱情和断绝了财源的女人，靠她的十指和汗水，养大了我们兄妹，那恩德与功劳是我永远也无法报偿的。我仅守着对她的挚爱这份宝贵的财富，打算在难以述说别人的故事的时候，再来细细地讲述她的奉献。她从三十岁左右守活寡，直到今日，每一根白发都是她辛苦和奋斗的记录。

在我读大学以前，我几乎不知道父亲的踪迹，一个时时寄托着怨怅和憎恶的影子常在我眼前飘盈，当我知道他就在同一个城市的一所高等学校教书时，我不愿也不敢去见他。

然而，我得感激他。因为靠母亲的力量是无法让我读大学的。记得好像是经过我的母校（中国人民大学）与他所在学校组织上的协助，达成了由父亲供给我与上师范学校的二哥生活费用的协议。不管怎么说，他供养我大学毕业。

从那时起，我开始逐步了解他。而我为他做的第一件事，就是说服我母亲，做她的代理人，同意在法律上结束这早已名存实亡的婚姻。因为一夫两妻的尴尬处境，像一条绳子捆住父亲的手足，使双方家庭都极不愉快，而且影响他政治上的前途。记得受理这案件的法院极其有趣而充满温情，审判员竟然同意我的要求，由我代为起草判决书主文的初稿，以便在判决离婚时，谴责父亲道德上的不当，使母亲在心理上获得平衡。那一张薄纸可以使母亲几十年的悲苦得到宣泄。

这张离婚判决书似乎也使我们本来似有若无的父子关系更趋向于消亡。从1960年至八十年代，悠悠几十载，我们便这样寡淡到连朋友也不如地度过了，度过了。

也许，毕竟血浓于水，亲情谁也不能割断。我们父子间真个是"不思量，自难忘"。每当我有新作问世，哪怕只是一篇短短的千字文，他都格外欣喜，剪下来，藏起来，逢年过节约我们见面时，喜形于色地述说他对我的作品的见解。我呢，从不讳言我有这样一位父亲，每逢到石油部门去采访，都坦率地承认我是石油战线职工的家属，并且"为亲者讳"，从不提起我们之间的龃龉，仿佛我们从来恩爱无比，是一对令人羡慕的父子。

父亲生前是北京石油学院的教授，曾经是中国第一支地球物理勘探队的创建人和领导者，也曾经为石油学院地球物理勘探系的创建付出了心血。他退休后依旧孜孜于事业的探求和新人的培养，据他的同事和学生说，他是一个诲人不倦、亲切和蔼和事业心极强的好教师。他死后，《光明日报》发表了一篇不短的文章，纪念和表彰他一生的业绩。

他的一生是坎坷的。在旧中国，他所学非用，奔波于许多地方，干一些与他的所长全不相干的事，以求糊口。只有新中国成立后，他才获得了活力，主动地要求到大西北去做石油勘探工作，为祖国的石油工业竭尽自己的力量。他的一生或许是中国知识分子的一个写照。他毕竟死于自己心爱的岗位上，这应当是他最大的安慰。

人生是个充满矛盾的路程。在爱情与婚姻上，他有过于人，给两位不应得到不幸的女人以不幸，但他自己也未必从这不幸中得到幸福。他的家庭生活始终徘徊在巨大的阴影中。这阴影是他造成的，却也有他主宰不了的力量使他踬踬于痛苦而不能自拔。他在生活上是懦弱的。他的多踌躇而少决断，使他终生在怪圈中爬行，唯有工作、科学，使他的心冲破了自造的樊篱，他的才智也才放出了光彩。

当他的第二位妻子，我从未见过面的另一位"母亲"悄然而逝的时候，不知道什么原因，我对他的一切憎恶、歧见，一下子消失得净尽。对于一个失去了伴侣、老境凄凉的他，油然生出了揪心扯肺般的同情和牵挂。我第一次主动给他写信，要他节哀，要他注意身体，要他放宽心胸，我会侍奉他的天年，还希望他搬来同我一起住。为什么会如此，我至今也说不清。

而且，我从此同两位异母妹妹建立了联系，虽然关系不比同母兄妹更密切，但我在感情上已经认定，除了我同母的妹妹之外，我还有两位妹妹。从那时起，我们父子间感情的坚冰融化了。我把过去的一切交给了遗忘，而他，也尽力给我们以关怀，似乎要追回和补偿他应给而没有给我们的感情。

我大约同他一样在感情上是脆弱的。当我第一次接到他的电话，嘱咐我不要太累的时候，我竟然掉下了热泪。这是我生平第一次为父亲流泪，我终于有了一位实实在在的，看得见摸得着，可以像别人的父亲那样来往的父亲。在我年届半百的时候，上天给了我一个父亲，或者说生活把早已失去的父亲还给了我。我从我的已长大成人的儿子们的眼光中看到了惊诧，他们同我一样感到突然，他们的爷爷从模糊的传说的迷雾中走出来清晰地站到了面前。他们甚至有些羞涩和不知所措。不知道该怎样面对一个真实的祖父。对我来说，父亲曾经是个迢遥而朦胧的记忆，除了憎恶便是我不幸的童年的象征，是我母亲那点点热泪的源泉，是她大半生悲苦的制造者。她那开花的青春和一生的愿望都被父亲断送。而今，另一副心肠的父亲，孤单地站在我面前，他希求谅解，他渴望补偿，却再难补偿。我，作为母亲的儿子，一下子"忘了本"，扔掉了所有的忌恨，孩子一样地投到了老爸的怀抱。这或许是我太渴望父爱，太希求父爱的缘故吧。

此后，他不断给我电话和书信，给我送药，约我们见面，纵论家国大事，也关心我的儿子，表现出一个长辈应有的爱心。

我衷心地感激上苍，在我施父爱于儿子的时候，终于尝到了父爱的金苹果。虽然太迟、太少，总算填补了一生的空白。

上苍又是严酷的。这经过半个世纪才捡回来的父爱，又被无情地夺走了。

去年五月，半夜里被电话惊醒，知道父亲突然病危住院，病因不明。我急急地跑到医院，发现他已经处在濒死状态，常常陷入昏迷。他突然莫名其妙地全身失血，缺血性黄疸遍布全身。但他不相信自己会这么快走向坟墓，依旧顽强地遵从医嘱：喝水，量尿，直到他预感自己再也无法抵抗死神时，才开始断断续续述说自己的一生。在我同他不多的交往中，我第一次发现他有如此的勇气和冷静。面对死神，他没有丁点儿的恐惧，他平静地对我和我的异母妹妹述说自己的一生。他说他的父母，他的故乡；说他怎样在穷苦中努力读书，一心要上学；说他的坎坷，说他的愿望；他喟然感叹："我这一生真不容易……"他还要求为他拿来录音机，不知是要把自己最后的话留给我们，还是再听一遍他关于1990年自己该做些什么工作的设想（他死后我翻拣他的笔记本，见扉页上赫然写着：1990年要在科研上做出新的成绩，写出几篇文章）。听着他断续的话，我再也忍不住，跑到走廊里，让热泪滚滚流下。

他去世的那天凌晨，我跑到他的病房，妹妹一下子抱住我大哭。我伏在他还温热的胸脯上一声声叫着"爸爸"，想把他唤回，他的灵魂应当知道，那一刻，我喊出了过去几十年也没喊过那么多的"爸爸"。我失声痛哭，我不知是哭他还是哭那刚刚得到又遽然而逝的父爱……

他走了。从他告别人生的谈话中，发现他虽有遗憾，但没有惆怅地离开了这个世界，却留给我和我的兄妹们无法述说的隐痛。从小和他生活在一起的两位妹妹，因为失去了他而陷入孤寂，我们则把刚刚得到的又还给了空冥，我们兄妹都突然被抛向了失落。而这失落是我生平第一次体味到的。

他的丧仪可谓隆重，所有的人都称赞他的品格和学识。只有我们才知道他怎样从一个孩子们心目中的坏父亲成为一个为他衷心潸然的好父亲。这是几十年岁月的磨难才换来的。

他把糖尿病遗留给我，让我总也忘不掉他。然而我不恨他，反而爱上了他，并且从他身上看见了良知的光辉。当一个人抛弃了他的过失并且竭力追回正直的时候，就能无愧地勇敢地面对死亡。何况，他生前还那么努力地工作，正如《光明日报》的文章所说的那样，是一支"不灭的红烛"。

我早就应当写这篇文章，然而我不知道怎样分清对他和对母亲的感情。忘记他的过去，似乎有悖于母亲的恩德，然而只记得他的过去，似乎又对不住他后来的爱心。噢，妈妈，我是最最爱您的，相信您会懂得儿子的心，这也正是您教诲我的，应当始终记住别人的好处。况乎，他是我的父亲。

我曾经不爱而今十分爱恋的父亲，您的灵魂或许还在云头徘徊。您可以放心，我们爱您，爱一个过而能改，勤勤恳恳为民族为祖国工作的知识分子，爱一个用余生补偿父爱的父亲。愿您安息！

（录自《秋风也让人快乐》，百花文艺出版社，2003年版）

母亲

莫　言

　　我出生于山东省高密县一个偏僻落后的乡村。五岁的时候，正是中国历史上一个艰难的岁月。生活留给我最初的记忆是母亲坐在一棵白花盛开的梨树下，用一根洗衣用的紫红色的棒槌，在一块白色的石头上，捶打野菜的情景。绿色的汁液流到地上，溅到母亲的胸前，空气中弥漫着野菜汁液苦涩的气味。那棒槌敲打野菜发出的声音，沉闷而潮湿，让我的心感到一阵阵地紧缩。

　　这是一个有声音、有颜色、有气味的画面，是我人生记忆的起点，也是我文学道路的起点。我用耳朵、鼻子、眼睛、身体来把握生活，来感受事物。储存在我脑海里的记忆，都是这样的有声音、有颜色、有气味、有形状的立体记忆，活生生的综合性形象。这种感受生活和记忆事物的方式，在某种程度上决定了我小说的面貌和特质。这个记忆的画面中更让我难以忘却的是，愁容满面的母亲，在辛苦地劳作时，嘴里竟然哼唱着一支小曲！当时，在我们这个人口众多的大家庭中，劳作最辛苦的是母亲，饥饿最严重的也是母亲。她一边捶打野菜一边哭泣才符合常理，但她不是哭泣而是歌唱，这一细节，直到今天，我也不能很好地理解它所包含的意义。

我母亲没读过书，不认识文字，她一生中遭受的苦难，真是难以尽述。战争、饥饿、疾病，在那样的苦难中，是什么样的力量支撑她活下来，是什么样的力量使她在饥肠辘辘、疾病缠身时还能歌唱？我在母亲生前，一直想跟她谈谈这个问题，但每次我都感到没有资格向母亲提问。有一段时间，村子里连续自杀了几个女人，我莫名其妙地感到了一种巨大的恐惧。那时候我们家正是最艰难的时刻，父亲被人诬陷，家里存粮无多，母亲旧病复发，无钱医治。我总是担心母亲走上自寻短见的绝路。每当我下工归来时，一进门就要大声喊叫，只有听到母亲的回答时，心中才感到一块石头落了地。有一次下工回来已是傍晚，母亲没有回答我的呼喊，我急忙跑到牛栏、磨房、厕所里去寻找，都没有母亲的踪影。我感到最可怕的事情发生了，不由地大声哭起来。这时，母亲从外边走了进来。母亲对我的哭泣非常不满，她认为一个人尤其是男人不应该随便哭泣。她追问我为什么哭。我含糊其词，不敢对她说出我的担忧。母亲理解了我的意思，她对我说："孩子，放心吧，阎王爷不叫，我是不会去的！"

母亲的话虽然腔调不高，但使我陡然获得了一种安全感和对于未来的希望。多少年后，当我回忆起母亲这句话时，心中更是充满了感动，这是一个母亲对她的忧心忡忡的儿子做出的庄严承诺。活下去，无论多么艰难也要活下去！现在，尽管母亲已经被阎王爷叫去了，但母亲这句话里所包含着的面对苦难挣扎着活下去的勇气，将永远伴随着我，激励着我。

我曾经从电视上看到过一个让我终生难忘的画面：以色列重炮轰击贝鲁特后，滚滚的硝烟尚未散去，一个面容憔悴、身上沾满泥土的老太太便从屋子里搬出一个小箱子，箱子里盛着几根碧绿的黄瓜和几根碧绿的芹菜。她站在路边叫卖蔬菜。当记者把摄像机对准她时，她高高地举起拳头，嗓音嘶哑但异常坚定地说："我们世世代代生活在这块土地上，即使吃这里的沙土，我们也能活下去！"

老太太的话让我感到惊心动魄，女人、母亲、土地、生命，这些伟大的概念在我脑海中翻腾着，使我感到了一种不可消灭的精神力量，这种即使吃着沙土也要活下去的信念，正是人类历尽劫难而生生不息的根本保证。这种对生命的珍惜和尊重，也正是文学的灵魂。

在那些饥饿的岁月里，我看到了许多因为饥饿而丧失了人格尊严的情景，譬如为了得到一块豆饼，一群孩子围着村里的粮食保管员学狗叫。保管员说，谁学得最像，豆饼就赏赐给谁。我也是那些学狗叫的孩子中的一个。大家都学得很像。保管员便把那块豆饼远远地掷了出去，孩子们蜂拥而上抢夺那块豆饼。

这情景被我父亲看到眼里。回家后，父亲严厉地批评了我。爷爷也严厉地批评了我。爷爷对我说："嘴巴就是一个过道，无论是山珍海味，还是草根树皮，吃到肚子里都是一样的，何必为了一块豆饼而学狗叫呢？人应该有骨气！"他们的话，当时并不能说服我，因为我知道山珍海味和草根树皮吃到肚子里并不一样！但我也感到了他们的话里有一种尊严，这是人的尊严，也是人的风度。人，不能像狗一样活着。

我的母亲教育我，人要忍受苦难，不屈不挠地活下去；我的父亲和爷爷又教育我，人要有尊严地活着。他们的教育，尽管我当时并不能很好地理解，但也使我获得了一种面临重大事件时做出判断的价值标准。

饥饿的岁月使我体验和洞察了人性的复杂和单纯，使我认识到了人性的最低标准，使我看透了人的本质的某些方面，许多年后，当我拿起笔来写作的时候，这些体验，就成了我的宝贵资源，我的小说里之所以有那么多严酷的现实描写和对人性的黑暗毫不留情的剖析，是与过去的生活经验密不可分的。当然，在揭示社会黑暗和剖析人性残忍时，我也没有忘记人性中高贵的有尊严的一面，因为我的父母、祖父母和许多像他们一样的人，为我树立了光辉的榜样。这些普通人身上的宝贵品质，是一个民族能够在苦难中不堕落的根本保障。

（原载2008年1月14日《人民日报》）

致母亲

李修文

　　农历大年初七，夜深了，小雨不止，阳台上的花倒是开出了几朵，不知道从何处传来一阵男子的哭喊声："妈妈，妈妈！"我隔着窗子向外看，四处都黑黢黢的，终究一无所见——这是武汉因为疫情而封城的第八天，我早已足不出户，所以，我注定了只能听见哭声，却看不见哭声背后的脸。临睡之前，在一连多日的骇人安静之中，我又看了一个视频：一位感染上新冠病毒而死去的母亲被殡葬车运走，她的女儿一边追着车向前跑，一边哭喊："妈妈，妈妈！"

　　——我从来没有像今天这样强烈地想念母亲。

　　夜来幽梦忽还乡，在梦里，漫山遍野都是母亲：幼时坐客车去县城里看父亲，只差五分钱，车费终于没有凑够，我们被赶下了车，一边走，母亲一边哭；少年时，月光下，我守在稻田的边上眺望着母亲，她将通宵不睡，连夜收割完整片稻田，就算她与我相隔甚远，微风也不断送来了她的汗味；大学毕业后，第一次回家过年，年过完之后，我要再去长春，临别时拒绝了她的相送，但是我知道，她一直跟在我的背后偷偷送我，我一回头，她便跑开了。其后，还是在梦里，我忽然开始上天入地，火车上、大海上、新疆边地、沪杭道中……我一步不停，四处游走，但是，处处都站着母亲。

此中情形，白居易早就写过了："鹅乳养雏遗在水，鱼心想子变成鳞。"他是在说：为了让儿女紧随在自己的身后，鹅会将自己的食物嚼碎之后遗落在水面上，而水中之鱼一心只想着子鱼的身上长出鳞片，唯其如此，它们才能算作长大成人。是啊，只要雏鹅还没跟上，子鱼尚未生鳞，母亲们便喊也喊不走，推也推不开。所以，管你是在杀伐征战，还是正落荒而逃，反正漫山遍野里都站着母亲，她说你受了苦，你便是千藏万掩，终究也是瞒不住，由是，古今以来，多少笔下云蒸霞蔚之人，只要念及母亲，全都变作了答话的小儿，问你吃了没吃，你就乖乖答吃了没吃，问你暖还是不暖，你就好好说暖还是不暖，再多的花团锦簇，都要听话退下，到了此时，那一字一词，不过是母亲让你咽下的一饭一粥：

爱子心无尽，归家喜及辰。
寒衣针线密，家信墨痕新。
见面怜清瘦，呼儿问苦辛。

低徊愧人子，不敢叹风尘。

写下这首《岁暮到家》的蒋士铨，与袁枚、赵翼共称为"江右三大家"。其母钟氏，绝非目不识丁之人，自己也写有诗册一卷，且律儿甚严。因为家贫，自他四岁起，母亲便以竹篾为器，教他识字，到他十岁，为防他成为膝下之儿，母亲竟怂恿父亲，将他绑在马背上，跟着出门谋生的父亲遍游塞北苦寒之地。出门之前，母亲特地嘱咐他，在路上，不管遇见何等险阻，绝不作惊人之态，绝不发惊人之语，如此，见识方能积成气节；男儿之身，才能安得下一颗男儿之心。果然，就算后来蒋士铨被授翰林院编修，一生作诗也去空疏尚白描，而独重"忠孝节义之心，温柔敦厚之旨"。除了这首尽显人子之心的《岁暮到家》，春愁与秋望，灾害与流民，他一一写来，如说家常却莽莽苍苍，实在是母命难违，也从不愿相违，越老，十岁出门前母亲说过的话便越清晰，它们在他的诗里住了一辈子。

晚清之时，翰林院也有一位编修，名叫周寿昌，忠直耿介，无论何人，但凡事非，皆敢犯颜，即便面对煊赫一时的名将赛尚阿，他也直接表奏朝廷，怒斥其作战不力。如此之人，必是群小之忌，非得要除之而后快不可，众口铄金之后，黑的白的全都被涂抹到了他身上，一时之间，人皆不敢近。恰在此时，周寿昌写给母亲的那首《晒旧衣》却不胫而走，多少人读之泣下，这才终于有人站出来表奏朝廷，为他说公道话。这首《晒旧衣》，由此在天下传诵，更是引得当年清明时，诸多不识一字的百姓请人将其写于纸，再焚烧在至亲的坟头：

卅载绨袍检尚存，领襟虽破却余温。

重缝不忍轻移拆，上有慈亲旧线痕。

妈妈，三十年了！你给我缝制的粗绨衣袍一直还在，衣领已残，衣袖虽破，一手触及，却仍有你的体温，妈妈，就算我想将它重新缝补，终究不忍也不敢轻易地将它拆开，只因为那里有你缝补过的痕迹啊妈妈！这一切，多像唐朝福建的第一位进士欧阳詹所言："高盖山前日影微，黄昏宿鸟傍林飞。坟前滴酒空流泪，不见叮咛道早归。"——妈妈，你看见了吗，黄昏来了！高盖山前的日头也快要看不见了，可是在我的身边，再也没有了你，满山的林子里，只有回巢的鸟在飞来飞去，你在哪里呢？怎么再也听不见叮咛我早点回来的声音了呢妈妈？

所以，和他们相比，我是多么幸运啊，就在刚才的梦境里，稻田边上，我睡着了，猛然惊醒，这才看见，月光也消失了，微风变作了大风；我站在稻田边四顾，全然看不见母亲的身影，一下子，我的心提到了嗓子眼儿，举步便在稻田里狂奔起来，脚底下，湿漉漉的泥巴飞溅，纷纷扑打在我的脸上和身上，可我什么也顾不上，一意向前，跑两步，再站住，之后又再向前跑，只是母亲在哪里呢？天可怜见，就在我哽咽着几乎要大声哭喊的时候，大风重新变作微风，又送来了母亲的汗味，我循着那汗味上前，一路都踩在母亲刚刚割倒的稻子上，眼泪却终究忍不住涌出了眼眶。

也因此，世间虽说多有堪怜之事，其中最是堪怜的，却是那些终其半生一生都在寻找母亲的人。譬如苏曼殊，其人身世，半生成谜，在故国，他是六亲不认的庶生子，年岁及长，他这才知道，就连庶母也并非自己的生母，直至二十五岁，他才东渡日本，第一次见到自己的生母。其后，谒母几令成病，倏忽之间，他竟七次探母，每一回相别，都是欲狂欲死，哪怕别后，他也要假托母亲之口来作诗："月离中天云逐风，雁影凄凉落照中。我望东海寄归信，儿到灵山第几重？"更有瞿秋白，其母在贫病之中不堪羞辱而吞火柴头自杀之时，年仅四十一岁。闻讯归来，跪倒在母亲身边的瞿秋白写道："亲到贫时不算亲，蓝衫添得泪痕新。饥寒此日无人问，落上灵前爱子身。"自此之后，要我说，这位历劫之子其实早已定居于孤寒之中，诸多因缘与生死，在母亲谢世之日便已一一了结，既然已经了结，眼前所见，便无一是苦，也无一不是苦，只不过，就算如此，心中到底还是有一桩事放不下，那就是母亲死后迟迟未能下葬。在写给羊牧之的诗中，这个在未来哪怕死到临头也要耽溺于集句之戏的人，照旧显出了一颗欲了未了之心：

君年二十三，我年三岁长。

君母去年亡，我母早弃养。

亡迟早已埋，死早犹未葬。

茫茫宇宙间，何处觅幽圹？

荒祠湿冷烟，举头不堪望。

　　子别母尚且如此，母别子又当如何？唐人李贺李长吉，天生"鬼才"，却只得年二十四岁。其母郑氏，儿丧之后，痛不可当，几无生念，恰在此时，半夜残梦之中，她又见到了儿子。儿子告诉她，自己之别母而去，不过是天庭里新添了一座玉楼，天帝令众仙作文以志，皆不能令他称意，故而将儿子从凡间招入天庭，现在，赋已成矣，儿子也已位列了仙班，不信你看我生前诗文，世人皆言我"贺诗清峭，人物超迈，真神仙中人"，如今，我不仅没有受苦，反而归于了无尽清虚，真可算得上是难得的圆满——这幻梦一场，是为名典"玉楼赴召"。杜牧逢人便会说起，李商隐甚至将其写进了《李贺小传》，说到底，都是因为不忍，都是因为要代替李贺紧紧抱住尘世里凄凉的母亲。

　　说回阳间尘世，安史之乱中，李白也亲睹过送别儿子的母亲："老母与子别，呼天野草间。白马绕旌旗，悲鸣相追攀。"宋亡之后隐居不出的于石，在诗中记下过一位被夫家驱逐的年轻母亲，她一边哭行一边回望尚还幼小的儿子："尔饥谁与哺，尔寒谁与衣。明年尔学行，谁与相提携？"还有元代的与恭和尚，纵算有佛法庇佑，人子之心仍然像大雁一样从寺庙里飞出，在母亲去世后的茅屋之上高旋不止："霜殒芦花泪湿衣，白头无复倚柴扉。去年五月黄梅雨，曾典袈裟籴米归。"更有常州黄仲则，年仅四岁，父亲便别妻弃子，撒手西去，此后全赖母亲扶持养大，虽说出世便有一身少年豪气，终敌不过世事寒凉，少年变作中年，豪气渐成穷酸气，瞿秋白论及他时有云："词人作不得，身世重悲酸。吾乡黄仲则，风雪一家寒。"到头来，浑身命数一如其师邵齐焘所说："性本高迈，自伤卑贱，所作诗词，悲感凄怨。"如此一来，时运断绝，他便不得不一次一次拜别老母，四处飘零谋生，才能换回活命的口粮，也因此，其诗《别老母》一出，虽说通篇都是苦寒之语，却叫天下里多少四处奔走又一无所获的儿子们鼻子发酸，背过了身去？正所谓，"唯彼穷途恸，知余行路难"，一切奔走、徒劳和欲走还留，全都被他说中了：

搴帷拜母河梁去，白发愁看泪眼枯。
惨惨柴门风雪夜，此时有子不如无。

就是这样：天底下的忠臣孝子，及至贩夫走卒，又有哪一个，或是危急之间，或是一场生涯的真相大白之日，不想重新做回一条细线，再被母亲穿进手中的针孔呢？明末之际的史可法，困守扬州，先后五次拒绝清军劝降，最终大势难支，破城之日近在旦夕，城破之前，他给母亲写下了最后一封信，信中说："儿在宦途一十八年，诸苦备尝，不能有益于朝廷，徒致旷远于定省，不忠不孝，何颜立于天地之间！今以死殉城，不足赎罪。望母亲委之天数，勿复过悲。儿在九泉亦无所恨。得副将德威完儿后事，望母亲以亲孙抚之。"此一封信，悲意难禁，却又有无尽的慷慨之气溢出纸外，当时后世，但凡读到，有几人不为之哽咽，又有几人不为之胆色一壮？城破之后，史可法被押解至清军统领多铎身前，拒降数十次之后，引颈受戮。因为天气炎热，尸首很快腐烂，直到无法辨认，以致于战后无法收尸，只得以残存衣袍下葬——人间与天上，草木和禽兽，你们何曾有知，离他死去相隔未远，督师白洋河之时，他还写下过给母亲的诗？

母在江之南，儿在淮之北。
相逢在梦中，牵衣喜且泣。

这一首《忆母》，只有寥寥二十个字，不说儿之将死，只说母亲的喜且泣，句句都是白话，字字里却有乱世：是啊妈妈，莫怪我们只能在梦里相逢，只因为，我除了是你的儿子，还是这满目乱世的儿子！事实上，比写下这首诗更早一些时候，史可法以大学士督扬州，恰逢明将左良玉以清君侧为由进犯南京，史可法只好回师勤王，当他渡江而归，抵达燕子矶时，左良玉早已望风而逃，而扬州势急，他也只好片刻不留，重又挥师渡江至扬州。在燕子矶，当他倚马北望母亲居处，举步难行之际，还曾留下过一首《燕子矶口占》：

> 来家不面母，咫尺犹千里。
> 矶头洒清泪，滴滴沉江底。

两首诗，四十个字，八十年之后，被那位写下过《岁暮到家》的蒋士铨读到，恻隐终究难消，径自上了梅花岭去拜谒史可法的衣冠冢。其时乾隆十一年，蒋士铨春闱落第，归途中恰好路过扬州，上了梅花岭，只见残阳如血，人迹与残枝双双萧瑟，满目里唯有孤坟一座，念及阳世之人归家尚有母亲倚门而望，孤魂野鬼却只能在江山易主之后的残山剩水里望江而哭，又念及苏轼名句"岂似凡人但慈母，能令孝子作忠臣"——我的儿，你且行且去，是在尘世做人，还是在地下做鬼，为娘的，什么都遂了你，你要糖，我便给你糖，你要亡，如果，我是说如果，你铁定了心非得要亡，那么，我，也许你去亡。是啊，梅花岭上的蒋士铨所亲近的，不仅仅只有一个孤臣孽子，更有孤臣孽子的母亲，她也会和自己的母亲一样，"见面怜清瘦，呼儿问苦辛"，但是，她终究是一个孤臣孽子的母亲。是为此故，写下《梅花岭吊史阁部》的蒋士铨竟然一反其崇直尚浅之风，尽显激昂之气，开篇即直斥了致使一位母亲丢失自己儿子的南明弘光朝廷："生无君相兴南国，死有衣冠葬北邙。"而后才说：

"碧血自封心更赤，梅花人拜土俱香。"

——写至此处，天快亮了，而我依然没有像现在这样强烈地思念过母亲。

在幽暗的天光下，我看见阳台上的花朵旁边又多出了一颗花苞，然而，花苞边的枝叶，被风吹动，死死地按压住了花苞，就好像，既然知道灾难近在咫尺，母亲们使出了全身力气，这才惊慌失措地拦下了非要出门的儿子。恰在此时，楼里传来了婴儿的哭声，我知道，这个婴儿的母亲，那个年轻的见人就点头的姑娘，因为成了新冠病毒感染的疑似患者，此时，一个人正关闭在这个城市的某一处自行隔离，所以一连好几晚，一到后半夜，整栋楼里都会响起这个婴儿的哭声，此中情形，多像清朝女词人倪瑞璇的忆母之诗："河广难航莫我过，未知安否近如何？暗中时滴思亲泪，只恐思儿泪更多。"可是，今晚却有不同，婴儿的哭声之后，我竟然听到了他的母亲，那个见人就点头的姑娘的哭声。猝不及防地，我的心骤然一紧，终究还是放下了心来，随即，我便听到了那姑娘的笑声，之后，那姑娘再接着哭，接着笑，终于还是号啕了起来：如果我没有猜错，那应该是，结束了隔离的母亲，终于回到了自己的儿子身边。

妈妈回来了！还有，妈妈笑了！幽暗里，我的鼻子也在发酸，记忆却不由分说地将我送往了各个与母亲相见之处：还是在幼时，母亲为了补贴家用，挑了一担子的面粉去汉江对岸的镇子上售卖，我也跟着她，亦步亦趋，雾气太大了，上渡船的时候，我几乎看不见她，突然又听见有人落入江水的声音，一下子，我被惊慌裹挟，大声呼喊着母亲，却听不见她的一句应答，我便一边喊，一边在雾气中的人群里横冲直撞，也不知道喊了多久跑了多久，一只手轻轻地搭在了我的肩膀上，我一回头，恰好看见了笑着的、刚刚从江水中爬上船、全身都湿透了的母亲；前些年，正在我债台高筑之际，父亲生病了，我和母亲全都在北京的医院里陪护，每天中午，母亲都会去食堂里打饭吃，只是每一回都回来得特别晚，这天中午，因为她回来得太晚了，所以我便去找她，半路上，手机响了，我仓皇着去找了一处避风之地接电话，哪里知道，一眼就看见了正在用开水泡着剩饭吞下的母亲，刹那间，我呆若木鸡，然而，此中所见，早已被黄仲则一言道尽："此时有子不如无。"所以，最后，我并没有上前惊扰，而是跑回了病房里去等她，没过多久，我就看见她挂着一脸的笑回来了。

　　——写至此处，天已经蒙蒙亮了，妈妈，此时此刻，如你所知，疫情还在继续；如我所见，阳台上的花苞仍然迟迟没有打开。好在是，那啼哭的婴儿已经重新在母亲的怀中入睡，我也要睡了……

（原载2020年第2期《芙蓉》）

辑二　夫妇之间

妻子

韩石山

　　不久前，有人说我已抛弃了农村的妻子，另有了新欢，且说新娘子如何的年轻。我回到家里，把这话告诉妻子，她笑着说：

　　"总是你这么想过。"

　　我这么想过吗？也许是，但我知道，这是不可能的。因为我是那么的爱着我的妻子，甚至是满怀感激之情地爱着她啊！

　　她是可怜我才嫁给我的。

　　她与我家有点亲戚关系，按辈分管我妈叫大姑。我大学毕业后，被分配到吕梁山里教书，加以家庭成分不好，提亲的人很少。母亲常为此哭泣。后来提说她，大概是经过认真的思考吧，她答应了。当时我已二十七岁，而她却年轻得多。旁人劝她慎重考虑，说我这样那样，最后她说了实话：

　　"我是见我大姑凄惶才……"

也就是说，她当初嫁我，主要不是看中了我的什么，而是可怜我的母亲，当然也是可怜我。以她自身的条件，是不愁找个比我好得多的丈夫的。

婚后她待我很好，尽她的所能，给我以妻子的温暖。

而我待她，就很难说了。我工作的地方，离家乡五六百里，每年只有假期才能回家看她。我曾想将她接到我那里，让她当个民办教员，在那年月里，这也是办不到的。她一直在老家劳动，跟母亲、诸弟生活在一起。我工资有限，大家庭里人口又多，每次回家，我只能给她三五元的零花钱。记得有一次，给了她五元钱，临走路费不够，她又默默地把那五元钱递到我手里。

后来我们有了两个孩子，跟母亲分开家。为了使我负担轻点，她拼命劳动，每年除挣回她母子三人的口粮款外，竟还能稍有长余，第一次领下分红款，她没有给自己做衣服，却给我做了一条裤子。那些年，每当我回到家，看到一双小儿女在门前的土堆上玩耍，看到妻子扛着铁锹从地里回来，心里总不是滋味。

其时我已开始写作，知道她常为此担忧，我在外面，无论受了怎样的屈辱，也不告诉她。"揭批清"一开始，我受到牵连。不等放假，便被传到县城，放假十多天了，才准许回家。她问我为什么回得这么迟，我说："给进修的教师讲课哩。"真是天大的谎话，我连给学生讲课都讲不成了，哪能给教师讲课。这事终于还是被她察觉了，她问我：

"你惹下人家谁啦？"

"没有呀。"

"总是你不小心。"

直到我在文学讲习所结业，由省作协通过组织手续，安排到基层任职后，才将她母子三人接出来与我同住。一家人团聚后，她更加尽心地负起为妻的职责。我身体不好，又常抽烟。她劝说无效，便鼓动两个孩子制止。孩子听妈妈的话，我一拿起烟，不是被抢走，便是被吹灭火柴。可是，一见我那么想抽，她的心又软了，轻轻地对孩子说：

"叫爸爸抽一支吧。"

跟她在一起，给我的写作也带来了不少方便。她在农村劳动了十几年，对家乡的一切都很熟悉。我写作中遇到一些疑难，常要问她。有时没有可写的了，她便说一些村里的事情，末了问：

"这能写吗？"

在我的好些作品中，都有她的影子。如果说我对农村青年妇女还有所了解的话，可以说，全是从她那儿来的。

近几年，我有些稿费收入，想到先前的种种困苦，除过买书和接济亲友外，所余都乱花了——我原本是一无所有的啊。倒是她，仍像先前那样节俭，很少为自己添置什么衣物。我外出回来，给她买下贵点的东西，她反而埋怨我。

"买这些做啥，"她说，"我在家里穿啥不一样？"

我说："你还年轻，该穿好点。"

她说："只要你不嫌就行了，穿那么好叫谁看？你常在外头跑，该讲究点。"

有一次，我开玩笑地对她说：

"你不怕我把你……"

"你要没良心，我能把你怎么呢？"

我在外面，也不是没遇到过可人的女子，但一想到，那些年她们在哪儿呢？便顿时怅然而又索然了。

来世不敢说，此生此世我是决不会辜负我的妻子的。不是为了她，而是为了我，为了我的事业，为了我的良心的安宁。

1984年4月1日

（录自《亏心事》，百花文艺出版社，1988年版）

初为人妻

陈丹燕

　　才结婚的时候，我看着自己的新家，看着在书架上静静放着的一排排书。有些是熟悉的，那是从大学到工作我自己买起来的；有些是不熟悉的，那是丈夫从他的书架里搬过来的。隔得远远的，我都能嗅出他那小屋潮湿的灰气。休假的那几天，我独自坐在自己的家里，环视四处，感到不习惯。

　　我不习惯的，是一个新的角色：从女儿到妻子。

　　小时候我好渴望变成一个男孩！很小的时候，我想跟着大哥和二哥出去玩。那一次他们不知从哪儿搞来了一杆气枪，说是去打麻雀。他俩兴冲冲地在走廊里把臭球鞋踢得东一只西一只。我说，我也要去，二哥瞪起眼睛吼一声：你去干什么，人家全是男的！

　　他们风驰电掣地下楼去，留下我一个人在家哇哇地哭。那时我很恨自己是个女孩，该死的女孩。那时我很主动地要求穿哥哥剩下来的衣服，灯芯绒茄克，宽宽的橡皮筋勒在手腕上。那时我想如果我是个男孩，必定也是孙悟空般天不怕地不怕的一条好汉。只是从来没想过有一天要结婚，做一个人的妻子。

妻子这字眼，在中学和大学的我，总感到有几分滑稽和遥不可及。当寝室里熄了灯，同寝室的同学便各自在枕头上发表议论。现在想来，那是紧张呆板的学生生活中最愉快清新的时刻了。月光从开着的窗外像风一样无拘无束地飘洒进来，月光里的夜空就像是未来的日子。那时候正是解放思想的纷乱而令人兴奋的日子，大家都热切地谈着异化。我们中文系的女生寝室便谈论婚姻对女性的异化，谈论中国妇女的解放道路，谈年轻女知识分子与男子的平等。谈奶油小生，谈乔治·桑。我热衷地懵懵懂懂地听着，很激动，偶尔也插几句过后自己也觉得幼稚的评论，大同学就说：少年不识愁滋味。撩开蚊帐，看楼下渐渐安静下来的校园，看远远的小河像指甲一般从矮树丛里亮出星星点点来。我想结婚一定会是一个女孩的坟墓，从此被压迫，从此要为事业和丈夫挣扎，从此蓬头垢面，粗俗不堪，就像《项链》里的女主人公一样。遥遥地听别人说女权运动，觉得很浪漫，很动人，很有同感。

暑假回家，到从小一起长大的男孩屋里玩，听他骄傲地说一句，"女孩上大学是为了找一个好丈夫，做一个现代的时髦妻子"，我立即甩门而去，从此遇见他，只当见到的是一团空气。我想，恐怕只恋爱不结婚是最好的生活道路。要不如何独立，如何不受侵略，如何不走中国妇女传统的贤妻良母的老路？一个人还小的时候，总是把传统的东西一股脑儿看成腐烂的东西，恨不得扔干净，等到大了，才会细细地用心和眼睛去分辨和挑拣一下。

但爱情是不由分说地呼啸而来，说不清道不白的美好。那些恋爱的日子，早晨我跨过方格子的人行道去上班，看着头顶上蓝得没有一丝云彩的天，简直相信这些美好的日子是对我以前做过什么好事的报答。紧接着，结婚也劈头盖脸地来了。

等到我在自己陌生的家里独自端详书架里排列得古怪的书本时，才醒悟过来真正关键的时刻到了。

丈夫劳累一天回来，看到结婚以前从来没做过饭的我在举着锅盖当盾炒青菜，说："真是一百个人里也找不到一个的好妻子！"说完去盛饭。他喜欢糙米饭，我喜欢精米饭。他看到盛上来的是硕大而稀松的糙米，又说："真是一百个人里只有一个的好妻子！"吃着饭，我想，也许这便是意识深处的大丈夫主义，我一辈子只好吃糙米了。想到这里，心里有一点凄凉。吃完饭，丈夫说："你很聪明，不要满足安安静静的上班下班，居家过日子。你可以写作。"但我这时没有听见，只是闻着满屋子的新家具的清新气味和衣袖上的花生油味，反反复复地衡量关于家庭中的男女平等问题。回想着丈夫狼吞虎咽吃饭时心里的愉快，我问自己，这是否是异化的苗头？

有一天丈夫说大学里的朋友们要聚会，是一个纯男人的聚会。我等啊等啊，开着的窗户外渐渐静下来了，别人家的夜哭郎哭了又睡着了，别人家的电视早关上了，街对面的夜宵铺砰砰地关了门，他还没回来。我慢慢地从焦躁到委屈，终于愤怒起来。大家都出去吧！我换上衣服和高跟鞋，关上门走到街上。街上没有人，偶尔有辆昏昏欲睡的自行车摇摇晃晃骑过去，公共汽车站一个人也没有。我在街上走，自个摸着做晚饭时让油溅疼的胳膊，平息不下气愤。走了一圈，又回到家门口，我想好了，丈夫一定会焦急地抓住我的手问：到哪儿去了？这么晚你碰见坏人怎么办？你出了事我怎么办？怎么向你爸爸妈妈交代？我就冷冷地说：大家都有会朋友的自由。

我打开家门，丈夫并没回家。

第二天，有一个编辑来向我约稿，打电话到家里，妈妈接的。妈妈打电话给我，说："你不要丢了自己拼命建立起来的事业。你才二十五岁。"

我心里很烦乱，好像又向庸俗的家庭妇女迈进了一步。我下班回到家，饿着肚子打草稿，间或愤愤不平地瞥一眼暮色渐深的厨房，想，该丈夫做做饭了。

丈夫重重地上楼梯，惊讶地冲进房间："你生病啦？怎么还没做饭？"

我说我就是没做饭，我要写文章。我想当时我一定有一点决一死战的样子。丈夫默默地看了我一眼，放下书包，走进厨房。

爆油锅了，饭熟了，摆碗了。丈夫叫可以吃饭了。我心烦意乱地走出去，丈夫帮我盛好了饭。吃完不是我烧的饭，我一点也没有平等了的感觉，心里像有什么软软硬硬的东西堵着，尤其看到丈夫把奔波了一天的脚搁到桌下，千辛万苦地读通史的时候。

那灯暗暗给丈夫脸上照出了一天的辛苦，也照出他内心没有因为辛苦而熄灭或者用完的热情。他的眼睛，黑色的，发亮的，像一匹年轻的马的眼睛。

心里有一种温暖的东西像灯光一样弥漫开来。我看着他，看他的眉头皱成川字，他的灵魂总时时刻刻在寻找和追求着什么。我心里有什么东西碎裂开来，音乐般的响。

夜里，我被一个什么沉重的东西压醒，那是熟睡了的丈夫的头，从枕头上滑到我的胳膊上。这是我第一次看到熟睡的男人。沉重的呼吸，拧着眉尖，像心里有什么东西在争斗和撕咬着。在窗帘缝里的微弱月光里，我吃惊地看他。丈夫心里的世界远远不像他白天那么稳重坚强。他的手抓疼了我的手肘，他的头往枕头更柔软的地方钻。那一刻他像个受委屈的男孩，像在外面打架打输了的小男孩。这时我突然感到了一种又深又大的同情和温柔从心里升起，我明白了刚刚那一阵碎裂是什么，我也明白了现在我的感觉便是平等。当一个妻子深深地同情和爱自己丈夫的时候，当她心里充满温柔地体恤他的时候，她在精神上就平等了。

丈夫和妻子的平等应该像雨后的水洼，倒映着特别蓝的天，特别美丽的阳光和特别绿的树叶，这里有许多温柔的爱和同情。这是世界上所有平等中最好的一种。

（原载1986年第10期《中国青年》）

李章给我照相

王安忆

　　李章是我丈夫，他喜欢拍照。最早的时候我们没有照相机，要拍照须向人借，借来的照相机往往不顺手，等顺手了，胶卷也拍到头了，那时候，胶卷也是很宝贵的。后来我们有了一个傻瓜照相机，我很喜欢，因为成功率极高，只要阳光普照的大好天气，穿一件鲜艳的衣裙很标准地一笑，就很过得去。可他不喜欢，觉得这样的照相机拍了和没拍差不多。再后来，才有了这架随他心意的照相机，可是从此我就不愿意让他照相了，理由有两条。第一，我受不了他的长时间的折磨，他的动作反应很慢，又因为珍惜胶卷，每一次按下快门都很郑重，等他一切准备好，太阳已经西移，我脸上的表情也已经疲劳；第二，他太不照顾我的形象，我总是希望被照得好看一些，而他却将"好看"当作次一等的要求，并且他似乎不太明白什么是"好看"，什么是"不好看"，这是最令我恼火的。所以在很长的一段日子里，他只能去拍树啊，花啊，山水，农舍里的老人什么的。

我不在乎有没有他给我照相，给我照相的人很多，我还常常拿这些拍照经历去向他显摆，其实就是贬低他的意思。我曾经照过真正的明星照，那是英国服装杂志 *ELLE* 邀请的摄像家来为我照的。那是个年轻的女人，一个东欧人，名叫唐娜，她带来了专业的化妆师，一个年轻人，提了一个皮箱，就地一打开，瓶瓶罐罐一大堆，还有一个灯光师，也是个女孩子。唐娜先到我的衣柜里看了一下，指定我穿什么，然后与化妆师商量了我的造型，接下来那年轻人便在我脸上精雕细琢起来，一切就绪之后还须试片。唐娜用一次成像的机器先拍了十来张，最后她说OK，表示所有的准备工作都满意了。这时候，她走到我的身前，跪在地上，与我的眼睛平视，她的神情忽然变得非常严肃，她说：现在，让我向你介绍一下我自己，我们马上就要开始工作了，我们必须互相了解。她说她的理想是全世界的妇女都和平、平等、自由、幸福，为了这个，她将努力地工作。她还说中国的妇女也和所有的妇女一样，承受着重荷，她希望我不要忘记这些。她的严肃感动了我，她的真诚也感动了我。然后，我们开始工作。她用她的表情提示我，将我带入了一种创造的境界。最后工作完毕，唐娜，我，化妆师，灯光师便胡乱地热烈地拥抱了一阵。这样参与性的拍照是一种，还有一种则是我什么都不需干的。那是一个美国的摄影家，名叫约翰·帕尔玛，一个大胡子，专拍肖像。他来到我家，看看我的样子，又看看我的衣服，然后让我和朋友聊天，他自己到阳台上去观察地形了。等他什么都弄好，再叫我去，我只需站在那里，随便做什么。他对我的要求极少，几乎不要我做什么。他给我拍的照片是我最喜欢的，是最最真实的我，他把我的形象拍得挺不错，虽然脸上有一道很显眼的皱纹，他把我的一件毛巾衫上的绒头拍得很有暖意，而且他把我乱糟糟的阳台拍得极富诗意，带有"五四"的味道。而将我拍得最好看的摄影师我以为是当初《文化艺术报》的摄影师金定根，他也是使我们被拍者受罪最少的一个。我觉得他是很懂得"好看"与"不好看"的肖像摄影师，他几乎一眼看过去便可了解对方的优缺点，然后扬长避短。我去过他家的那个小小的摄影棚，那天我很疲惫，也没好好地修饰，可依然照得颇有光彩。还有就是我的朋友彦火先生，他拍照有些小花头，比如他让我始终闭着眼睛，要按快门时才一下子睁开，这时候眼睛便格外明亮，毫无倦意。他对色彩的感觉很好，在美国中部小城爱荷华时，他为我照了一组，照出了灿烂又萧瑟的秋意，这是极难得的。比较这些，我丈夫李章将我折磨得最久，可是照片最不令我满意，他毫无顾忌地把我最看不得的部分照出来，一点不听我对自己形象的意见。由于拍照拍得多，我也略微知道一些，自己什么角度好，什么样的光线对我有益，而他一概不听。所以我就更不乐意被他照相，他硬要给我照时，我便噘着嘴，虎着脸，老大不乐意，出来的照片简直惨不忍睹。自从他参加了一个摄影家协会的学习班之后，我觉得给他照相时仅剩的一点的家常乐趣也没了，凡是上公园的那种风景照他一律没兴趣拍，我要修饰自己形象，换两件衣服，摆一种大众化的姿态，被他称作俗气。他把摄影完全当作一种创作，张张都要出作品，无视像我这种群众性的要求，弄到后来，我们几乎完全不拍照了。

然后，就到了这年春天，我们趁了他出差之便，去南通作一次踏春之游。次日早晨，事情都办完了，应酬也完了，天气极好，情绪也很好，我主动要求他给我拍照。这次拍照可说从头至尾在吵架，我要这样拍，他非要那样拍。照相机在他手里，他说不拍就拍不了，可腿长在我身上，我说不拍也拍不了。他说我摆出的样子简直没法看，我说他错过了我最好的瞬间，可是那天天气毕竟很好，这种出游的机会在我们也算难得，再加上他是真想给我拍一张照，一张可以去做封面的照。有时候他给我拍的照片，画面不平衡，我问：这儿空出一块干什么？他就说：写杂志名啊，比如"现代家庭"，比如"黄金时代"。可见此想望有多深。这次南通的照片可说是我们拍照历史中的一次转折，照片的效果不错，有那么一两张可说很难得。通过这次拍照，他比较能够接受我的某一些意见，比如要抓住人状态好的时候，气色与精神都有光彩。而且应当在各种情况下都试一试，因为拍照的偶然因素很多，有一些是始料未及的。而我也谅解了他的缓慢动作，因每个人的脾气都不一样，他不是那种反应敏捷的人，经过深思熟虑之后的效果更好一些。总之，这一次照相是我和李章的一个和解。我渐渐觉得让他照相的几点好处，一是任何时候任何地点都有可能拍照，二是与他毕竟熟悉，做什么表情都很放肆，还有第三，那就是他拍照确实有进步，他稍微懂得了女人的"好看"与"不好看"。偶尔地，他也给我来两张那种或凭栏或托腮的乡俗照片，满足一下我的大众心理。

这时候，拍照才变得有趣起来。这其中有一种偶然性，颇似命运感。有时拍成一张照片，挺好，可是发现就差那么一点点。也有时正相反，无意中有了那么一点点，画面可说十全十美了。而这种偶然性又是由某一种局限造成的。比如初秋时，他给我照了一组家中阳台的照片。这次拍照纯属偶然，他见我穿了黑衫头顶黑草帽坐在阳台铺了紫红毯的椅上看书，觉得意境不错，就拍了那么一张。而房间小，阳台小，只有一条过道直对着门外阳台，然而正是这限制，阳台便显得格外明亮，画面的线条井然有秩，阳台对面的楼房作了中间色的背景，意味十分古典。城市其实是一个视野上充满限制的地方，像李章这样一个从小生长在内地小城的人，他习惯并谙熟自然的风光。田野，茅舍什么的，他晓得怎么去安排画面和光。可到了街道上，真有些不知所措。城市是一种装饰感很强的画面，立方体是基本组成单位，这需要他重新建设自己的审美观念。他在摄影班里可以学习技术，可审美观念的重建却还得靠自己。但这并不妨碍他喜欢去摄影班上课，和同学讨论，星期天去做旅行拍照。这样的活动，他从不带我去，也不让我与他的同学认识，交作品则避免交我的肖像照，他怕人家认出我，"王安忆的丈夫"几乎成了他的名字。摄影班的同学都只知道李章，他对他们说，老婆是作家协会的打字员。

1991年10月22日

（录自《空间在时间里流淌》，新星出版社，2012年版）

忆初恋

吴冠中

    沅江流至沅陵，十分湍急，两岸的渡江船必须先向上游逆进约一华里，然后被急流冲下来，才能掌握在对岸靠拢码头。1938年，日寇向内地步步紧逼，我们学院迁至沅陵对岸的荒坡老鸦溪，盖了一群临时性木屋上课。老鸦溪没有居民和商店，要采购什物必须渡江到沅陵城里去，但渡江是一场斗争，是畏途，且不无危险，故轻易不过江。

    我患了脚疮，蔓延很厉害，不得不渡江到城里江苏医学院的附属医院去诊治，每隔二三天便须去换一次药。江苏医学院从镇江迁来，同我们一样是逃难来的学府，医院的工作人员也都是从江苏跟来的，同乡不少。门诊部的外科主任张医师与我院一位女同学梅子恋爱了，他们间经常要交换书信或物品，托我带来带去最为快捷方便。梅子像姐姐一样待我，很和蔼，张医师又主治我的脚疮，我当然非常乐意作为他们间的青鸟。

顽固的脚疮数月不愈，我长期出入于门诊部。门诊部只有三四个护士，替我换药的也总是那一位护士小姐，像是固定的。日子一久，我渐渐注意到经常替我换药的她。她不说话，每次照样擦洗疮口，换新药，扎绷带，接着给别的病人换药去，我有时低声说谢谢，她没有反应，也许没听见。她文静、内向，几乎总是低着头工作，头发有时覆过额头。她脸色有些苍白，但我感到很美，梨花不也是青白色吗，自从学艺后我一度不喜欢桃花，认为俗气。她微微有些露齿，我想到《浮生六记》中的芸娘也微露齿，我陶醉于芸娘式的风貌。福楼拜比方：寂寞，是无声的蜘蛛，善于在心的角落结网。未必蜘蛛，但我感到心底似乎也在结网了，无名的网。十八岁的青年的心，应是火热的，澎湃的，没有被织网的空隙。我想认识她，叫她姐姐，我渴望宁静沉默的她真是我的亲姐姐，我没有姐姐。

　　星期日不门诊，我一大早过江赶到门诊部，在门诊部与护士宿舍之间的街道上来回走，盼望万一她出门来。她果真一人出门了，我大胆追上去惴惴地问："小姐，今天是否有门诊？"显然是多余的话，但她善意地答今天休息。我居然敢于抓紧千载难逢的时机问她尊姓，她说姓陈，再问她哪里人，她说南通人。不敢再问，推说因收不到江苏的家信才打听消息。于是满足地、心怦怦跳，我在漫天大雾中渡江回老鸦溪去了。

　　本来可以向张医师打听关于这位陈姓护士的情况，但绝对不敢，太害羞了。有一次换药时姓陈的她不在，由另一位护士给我换，我问这位护士：经常给我换药的那位南通人陈小姐叫什么名，我托词有南通同乡有事转信。略一迟疑，她用钢笔在玻璃板上写了"陈克如"三字。我回到学院，写了一封长长的信寄给陈克如小姐。半个多世纪前的情书没有底稿，全篇只是介绍自己，自己的心，希望认识她，得到她的回音，别无任何奢望，没有一个爱字，也不理解什么是爱，只被难言的依恋欲望所驱使，渴望永远知道她的踪影。信发出后，天天等她的回信。回信不来，我也就不敢再去门诊部换药了，像罪犯不敢再露面。

战事紧迫，长沙大火，沅陵已非安身之地，学院决定迁去昆明。师生员工已分期分批包了车先到贵阳集中，再转昆明。我不想走，尽力争取最后一批走。最后一批的行期终于无情地到来，我仍未盼到陈克如小姐的回音。张医师交际广，门路多，他答应为我及同学子慕（梅子的同乡）两人找"黄鱼车"，就是由司机通融免费搭他的货车走，这样，我们自己便可领一笔学院配给的路费。我和子慕一直留到最后才离开沅陵。同学中只剩下我和子慕两人了，我忍不住向他吐露心底的秘密和痛苦，博得了他的极大同情和鼓励。

非离开沅陵不可的前夜，冒着狂风，子慕陪我在黑夜中渡过江，来到护士宿舍的大门口，我带了一幅自己最喜爱的水彩画，预备送她做告别礼物。从门口进去是一条长长的幽暗过道，过道尽头有微弱的灯光。我让子慕在门外街角等我，自己悄悄摸进去，心怦怦地跳。灯下有人守着，像是传达人员，他问我找谁，我壮着胆子说找陈克如。他登上破旧的木头楼梯去，我于是又退到阴暗处看动静。楼梯格格地震动，有人大步下楼来，高呼：谁找我！是一个老太太的声音。我立即回头拔腿逃出过道，到门外找到子慕，他迫切地问：见到了吗？我气喘得不能说话，一把拉着他就往江边跑，待上了渡船，才诉说惊险的一幕。

翌晨大风雪，我和子慕爬上货车的车顶，紧裹着棉衣，在颠颠簸簸的山路中向贵阳方向驰去，开始感到已糜烂了的脚疮痛得厉害。几天共患难的旅程中子慕一直和我谈论她，虽然他并未见过这位我心目中的洛神。在贵阳逗留几个月，我天天离不开子慕，仿佛子慕就是她，也只能对子慕才能谈及她。离沅陵前我曾给陈克如寄去几封长信，渗着泪痕与血迹的信吧，并告以我不得不离开沅陵，同时附上我们学院在贵阳的临时通信地址。有一天，我收到一封不相识者的来信，教导我青年人做事要三思而行，说我喜爱的、给我经常换药的那位护士叫陈寿麟，南通人，二十一岁，我以后有信寄给她，还祝我如愿。我和子慕研究，写信人大概就是陈克如，那位老太太，门诊部的护士长。我于是写信给比我大几岁的陈寿麟，称她姐姐，姐姐始终未回信。

我们遇上了贵阳大轰炸，惨不忍睹。有一天我和子慕在瓦砾成堆的街头走，突然发现了门诊部的几位护士，她亦在其中，她们也迁来贵阳了！我悄悄告诉子慕这一惊心动魄的奇遇，我们立即远远跟踪她们。见她们到一刻字摊上刻图章，我们随后也到这摊上假意说刻章，暗中察看刚才那几位刻章者的姓名，其中果然有陈寿麟，千真万确了。最后，一直跟到她们要进深巷中去了，我不敢进去，易暴露，由子慕一人进去，他看准她们进入了毓秀里81号的住宅宿舍。我接着写信寄本市毓秀里81号，心想也许从贵阳寄沅陵的信她并未收到。然而本市的信寄出多日，依旧音讯全无。

贵阳仍经常有轰炸，那次大轰炸太可怕了，全城人民皆是惊弓之鸟，每闻警报，人人往城外逃命。我们宿舍在城边，我听到警报便往城里跑，跑到毓秀里的巷口，我想她亦将随人流经巷口奔出城去。但经过多次守候，每次等到城里人都跑光了，始终没见她出来。大概我到迟了，因听到警报，虽立即从宿舍奔去毓秀里，路途毕竟要跑一段时间。于是，不管有无警报，我清晨六点钟前便在毓秀里巷口对面一家茶馆边等待，一直等到完全天黑，而且连续几天不间断地等，她总有事会偶然出门吧。然而再也见不到她的出现。我记得当时日记中记述了从清晨到黑夜巷口的空气如何在分分秒秒间递变。有一次，突然见到她的同事三四人一同出来了，我紧张极了，但其中没有她。她的同事们谈笑着用手指点我守候的方位，看来她们已发觉了，我也许早已成为她们心目中的傻子，谈话中的笑料。我不得不永远离开，不敢再企望见到她的面或她的倩影。但我终生对白衣护士存有敬爱之情，甚至对白色亦感到分外高洁，分外端庄，分外俏。

四十年代我任重庆大学助教，因事去北碚，发现江苏医学院的附属医院就迁在北碚，于是到传达室查看职工名牌，陈克如居然还在，但陈寿麟已不知去向。张医师和梅子结婚后早已离开门诊部，解放后他们在杭州工作，我曾到杭州他们家做客，久别重逢，谈不尽的往事，未有闲暇向他们诉说这段沅陵苦恋的经过，不知张医师会不会记得陈寿麟其人，她今在人间何处！

1992年

（录自《吴冠中散文精选》，人民文学出版社，2010年版）

病妻

吴冠中

"夜阑人静，是相对温习的时候了"，子君和涓生爱情温度在下降，他们想以怀旧来温暖"家"之寒意。

夜，他和她并坐或对坐，在两个半旧的沙发上，两个白头人，相对无语。非泥塑木雕，他和她似两个不说话的菩萨，怀有菩萨心肠。她年轻时代就无鞶笑惑人的情趣，如今更呆板了。只静听时日悄悄逝去，等待末日早来。

她三次脑血栓，第二次曾经昏迷七天，人们以为她已走在西天途中。不意奇迹般又醒来，罪没有受够，上帝让她活着。而今脑萎缩，她对世事全不知晓，对自己也不明白，耳机总戴错，不肯戴，什么也不想听。他高声对她说："明天小曲来看你。"她问：小曲是谁？阿姨在厨房听了忍不住笑：是你孙女呀。

他出门，她便伏在窗口等他返回，回来了，又像他并未出去过，他和她无法对话。她不需对话，只需看到他的存在，有了一个泥菩萨就是庙了。他习惯于当她的泥菩萨，但他的性格从来是要砸烂泥菩萨的，他苦熬着活下去，为了她的活。

他们家东南向，阳光很好。她躺在沙发上，阳光照着她闪亮的白发，她戴着黑边眼镜，睡着了，打鼾，一个温良恭俭让的祖母。他作画，难改旧时生涯。她醒了，他拉她的手去看画，她说好看，又说不好看，他明知她语言没准，仍认真地听，这是他唯一的也是第一个观众呵。相隔不过半小时，她经过画室去餐桌，又见那幅画，惊异地问，这是什么时候画的？山中方七日，世上已千年。她超脱了宇宙的运行轨道。

以往，他的衣着之类什物都由她管理，如今，春夏秋冬的衣履，不分男女地混杂在箱里、柜里、椅上、桌上，阿姨也无法代理，家的凌乱，已是冰冻三尺。而儿孙们、亲友们送来的衣着越来越多，说是名牌。他们不识货，拉到一件穿上便不再换，内衣经常是穿反的。从前她忙孩子们的衣服，井井有条，如今只老两口，反乱成了垃圾一堆。儿媳和学生们想来助理，无从下手。她伸手摸到暖气，吃惊有了暖气，其时正是一月中旬，她享用了两个月的暖气而不自知。他们只过一天算一天了。

一件非同小可的事：她每天夜晚八九点钟要进厨房检查煤气灶、电门。说是检查，实际她要动手摸煤气灶和电门开关。他无奈地陪她进厨房，一一检查后，拉她出来，但没过几分钟，她又要进去检查，一个晚上甚至要看七八次，还不得安宁。她弄不清开、关，偏乐于在人命关天处开了关，关了开。

千遍百遍同她讲煤气的严重性，如泄漏，起火，我们自己烧死，隔壁起火，倾家荡产也赔不完，我们不死也得坐牢。她听了真有些害怕了，说晚上不进厨房了，但到了晚上，她被魔幻，变了一个人，不进去不得安宁。

后来，禁止她进厨房，不得已每晚锁住厨房，她闹着要钥匙，非进厨房不可，哭，骂，像疯了，完全成了一个恶婆，原先的她消失了，毫不温良恭俭让了：我不管谁管！

她管了五十年的煤球、煤饼，如今脑萎缩了，但这个印记不萎缩，且因脑萎缩偏偏加深了这个火的印记，结成一个攻不破的顽固病魔头颅。

偶然，她发觉自己是废人了，废人无妨，废人别操心呵，操心会害人，她不承认害人。

老年人大都有病，这脑之萎缩，抽去了人之心魂，不知自己干了什么。

寂寞呵寂寞，孤独呵孤独。

人必老，没有追求和思考者，更易老，老了更是无边的苦恼，上帝撒下拯救苦恼的种子吧，比方艺术！

（原载2008年2月4日《文汇报》）

生命的辉煌时刻

叶　梦

亘古以来就有这一片冻结的荒原。

要在这荒冻的土地上插入第一道犁铧这是多么的不容易。

他像一个斗士走入这个荒原，他以他不屈不挠的努力使这片土地解冻，开始他的垦荒。

生命中展示出一个辉煌的时刻。

生命在这一刻，封闭的城堡被攻破，固守的庄园拆去了所有的栅栏，冰冷的玉佛已经回暖。

温热的春雨在天空中播散，土地变得松软带有一种敏感的颤栗。

经过一场场暴风雨的洗劫，我们像一对无知而笨拙的鸟在混混沌沌的暗夜中探索和挣扎，一切愉悦、窃喜，一切害怕、恐惧，一切紧张、颤抖都随暴风雨过去了。

破冰船割破冰层，犁铧插入冻土，随着一种撕裂的剧痛，我感受到一种石破天惊般的苏醒。我身体的一切领地全线溃破，无条件地举起了白旗，所有的绿灯开始点燃。

惊蛰的酥雨在悄悄播散。

一种秘密的不可言喻的欢愉在我来不及体验中已经完成。

一切都是那么短暂，那么疾迅。

从此，一种渴望长出来，挑起一面炽热的诱惑的大旗。

我张开双臂拥抱了那个渴望。不顾一切地走入那决斗一样的境界。

日月已经停止运行。

世界变得昏天暗地。

就像地层深处的磁力线，艰难地穿过黑暗的太空，直接而强烈地吸引了月球；就像温暖的深海处，悄悄地张着海生动物绵软的触手，它在等待着吸入猎物……

我感觉到一种原始和本能的力量，这是一种人类赖以生存、繁衍的伟大力量。

两个星球接受了一种恒定的吸引，开始传递一种场的脉动，这脉动的谐振是同步的、和谐的。

我恍惚走入太虚幻境之中，一种不可名状的欢愉好比潮水般地淹没了我，温情的春雨给人一种酥人的震颤。

激烈的搏杀好像过去了整整一个世纪。

一勺温馨的琼浆泼进我苏醒的土地。

这是生命中重要的一刻。

凭着我的直觉，我感觉有一颗种子落入我的土地。这是一颗勇敢而强健的种子。

一个新的生命已经开始。

凭着我尖锐敏感的直觉，我能够清晰地体验并记住生命中辉煌的一刻。

世界上极少有像我这样的女人能感觉到生命中不凡的时刻。

在这个时刻，我已清醒地知道，我已经变成一个完整的女人，我已经不属于我了。

（录自《月亮·女人：叶梦新潮散文选》，漓江出版社，1993年版）

从前，有个老头和他的老太婆

赵　园

"从前……"

我儿时读过的童话故事几乎都这样开头，令人觉得有趣好玩的事都在"从前"发生过了。但一个"老头"和"他的老太婆"却是太过基本的情境，以至在不好玩的现在还随处可见那些亚当和夏娃的老态龙钟的后代们。突然想到老亚当和老夏娃是个什么样子，是否也一样的皱皱巴巴，相互搀扶着，在伊甸园外蹒跚地游逛。

"从前，有个老头和他的老太婆，住在蔚蓝色的大海边。"

那是小学语文课上惯用的分角色朗读，我分到的，是老太婆，对那个扮演"渔夫"的男孩子尖声尖气地嚷着："你这个蠢货，你这个傻瓜！"我不知现在的孩子读些什么，是否还知道"普希金"这个名字，是否如我当年那样，在语文课堂上朗读这种叙事长诗时，被那"蔚蓝色的大海"与小金鱼（而非老头和老太婆）所激动。我只觉得现在的孩子有太多的诱惑与满足，这使得他们大大地早熟了。我有时竟由一些孩子那里，发现一种看穿了世事似的苍老神情。

一天，老头打上了一条金鱼，于是，生活中固有的平衡永远地丧失了。这故事很合于古中国圣贤的训诫："及其老也，血气既衰，戒之在得。"虽然普希金的教训不只是写给老人的。"乡村的中国"与"乡村的俄国"，直到不久前，还那样地呼吸相通。

当年扮演老太婆的女孩，在几十年后成为老太婆时，有时会暗自惊讶于人际遇合的奇妙。那样的两个人，在各自的轨道上，像两个绝无机会相撞的微小星体，绕着或大或小的圈子，直到有一天，它们画出的圆居然相切了。这终于的相切，又只能追因于"文革"及其后的事件。因而这两个极其渺小的人的极其偶然的相遇，竟与"大历史"发生了因果关系。这很夸张，但它是真的。

那是一个初夏的日子，在北大的未名湖边，他偶然地和她走在一起。他后来告诉她，他是在看到她边走边用一根柔长的枝条划同伴的背时，对她发生了好感的。她此后则一再有机会嘲笑他对异性观察的肤浅；结句通常是，幸而遇到的是我。

当她在小学语文课堂上扮演老太婆时，"老"字对她还那样遥远，她甚至没工夫想到它。她那时是个贪玩且因功课好而被宠爱着的女孩，她的母亲则还年轻，如五十年代其他出色的职业妇女一样精力充沛。那之后的几十年间，她终于认识了这个"老"字。在与老人相依的悠长岁月里，她发现了老人的脆弱，他们的自卑，和要如此艰难才能维持的尊严。她自以为读懂了杜甫的那句不美丽的诗，"贫贱伤老丑"。她也在这时自以为读懂了"老人"。一次为父母搬家时，她信手丢掉了他们的一件旧物，她后来一直忘不了她的母亲失望的神情。她终于想到了没有权力改变老人的生活，甚至没有权力损伤他们的记忆。他们的生活所剩不多，你没有权力代他们挥霍。那条被虫蛀了的毛毯，那把瘸了腿的椅子，是一份"过去"。当黄昏的余光照着它们，或许，记忆的某一角就开启了。那残阳中的朦胧一角是神圣的，你没有权力触碰它。

今年夏天，有位不相熟的姑娘，用了同情的口气对她说，看到了她在商店里搀扶着她的母亲，"这样的年纪了，还要照顾更老的老人……"她想，我已在被人悲悯了。但她的更老的丈夫却像是依然生气勃勃。当她和他走在一起，手握在他的手里，会一再重温最初的感觉，自觉像一个小女孩，手握在小哥哥的手里，又软弱又安心。他们仍这样手拉着手走过马路，不理会旁人的注视。丈夫的步态也依然有力。但她也知道，他们会更老的，像不远处那对相互搀扶着，颤巍巍地穿过闹市的老夫妻。到那时，他们的手也将粗糙，如疤痕斑驳的树皮，但握在一起的手，仍会是暖和的。

他们并不常像这样地回忆过去，丈夫尤其不；他们仍然如过去一样地忙，没有工夫一味倒腾陈谷子烂芝麻。他们也不愿总用了"过来人"的神气夸耀贫穷，夸耀苦难，虽然他们并非无可"夸耀"。做丈夫的极偶然地，会用了自嘲的调子，说自己所经历的。但这是如此稀有，以至她会顿时紧张起来，生怕漏掉了什么。她或许将永远没有机会听稍为完整一点的丈夫的故事。如果他以为那记忆是只属于他个人的，她又何必去触动它？她只要体验那种手被握着的感觉，就已经满足了。

这些琐琐碎碎的文字，是她写给他的，将在他六十岁生日的那天，送到他的手里。这是她送他的一份生日礼物，他喜欢吗？

写于王六十岁生日前夕

1993年岁末

（录自《独语》，辽宁教育出版社，1996年版）

浪漫骑士·行吟诗人·自由思想家
——悼王小波

李银河

日本人爱把人生喻为樱花，盛开了，很短暂，然后就凋谢了。小波的生命就像樱花，盛开了，很短暂，然后就溘然凋谢了。

三岛由纪夫在《天人五衰》中写过一个轮回的生命，每到十八岁就死去，投胎到另一个生命里。这样，人就永远活在他最美好的日子里。他不用等到牙齿掉了、头发白了、人变丑了，就悄然逝去。小波就是这样，在他精神之美的巅峰期与世长辞。

我只能这样想，才能压制我对他的哀思。

在我心目中，小波是一位浪漫骑士，一位行吟诗人，一位自由思想家。

小波这个人非常的浪漫。我认识他之初，他就爱自称为"愁容骑士"，这是堂·吉诃德的别号。小波生性相当抑郁，抑郁既是他的性格，也是他的生存方式；而同时，他又非常非常的浪漫。我是在1977年初与他相识的。在见到他这个人之前，先从朋友那里看到了他手写的小说。小说写在一个很大的本子上。那时他的文笔还很稚嫩，但是一种掩不住的才气已经跳动在字里行间。我当时一读之下，就有一种心弦被拨动的感觉，心想：这个人和我早晚会有点什么关系。我想这大概就是中国人所说的缘分吧。我第一次和他单独见面是在《光明日报》社，那时我大学刚毕业，在那儿当个小编辑。我们聊了没多久，他突然问：你有朋友没有？我当时正好没朋友，就如实相告。他单刀直入地问了一句："你看我怎么样？"我当时的震惊和意外可想而知。他就是这么浪漫，率情率性。后来我们就开始通信和交往。他把情书写在五线谱上，他的第一句话是这样写的："做梦也想不到我会把信写在五线谱上吧。五线谱是偶然来的，你也是偶然来的。不过我给你的信值得写在五线谱里呢。但愿我和你，是一支唱不完的歌。"我不相信世界上有任何一个女人能够抵挡如此的诗意，如此的纯情。被爱已经是一个女人最大的幸福，而这种幸福与得到一种浪漫的骑士之爱相比又逊色许多。

我们俩都不是什么美男美女，可是心灵和智力上有种难以言传的吸引力。我起初怀疑，一对不美的人的恋爱能是美的吗？后来的事证明，两颗相爱的心在一起可以是美的。我们爱得那么深。他说过的一些话我总是忘不了。比如他说："我和你就像两个小孩子，围着一个神秘的果酱罐，一点一点地尝它，看看里面有多少甜。"这形象的那种天真无邪和纯真诗意令我感动不已。再如他有一次说："我发现有的女人是无价之宝。"他这个无价之宝让我感动极了。这不是一般的甜言蜜语。如果一个男人真的把你看作是无价之宝，你能不爱他吗？

我有时常常自问，我究竟何德何能，上帝会给我小波这样一件美好的礼物呢？去年10月10日我去英国，在机场临分别时，我们虽然不敢太放肆，在公众场合接吻，但他用劲搂了我肩膀一下作为道别，那种真情流露是世间任何事都不可比拟的。我万万没有想到，这一别竟是永别。他转身向外走时，我看着他高大的背影，在那儿默默流了一会儿泪，没想到这就是他给我留下的最后一个背影。

小波虽然不写诗，只写小说、随笔，但是他喜欢把自己称为诗人，行吟诗人。其实他喜欢韵律，有学过诗的人说，他的小说你仔细看，好多地方有韵。我记忆中小波的小说中唯一写过的一行诗是在《三十而立》里："走在寂静里，走在天上，而阴茎倒挂下来。"我认为写得很不错。这诗原来还有很多行，被他划掉了，只保留了发表的这一句。小波虽然以写小说和随笔为主，但在我心中他是一个真正的诗人。他的身上充满诗意，他的生命就是一首诗。

恋爱时他告诉我，十六岁时他在云南，常常在夜里爬起来，借着月光用蓝墨水笔在一面镜子上写呀写，写了涂，涂了写，直到整面镜子变成蓝色。从那时起，那个充满诗意的少年，云南山寨中皎洁的月光和那面涂成蓝色的镜子，就深深地印在了我的脑海中。

　　以我的鉴赏力看，小波的小说文学价值很高。他的《黄金时代》和《未来世界》两次获联合报文学大奖，他的唯一一部电影剧本《东宫·西宫》获阿根廷国际电影节最佳剧本奖，并成为1997年戛纳国际电影节入围作品，使小波成为在国际电影节为中国拿到最佳剧本奖的第一人，这些可以算作对他的文学价值的客观评价。他的《黄金时代》在大陆出版后，很多人都极喜欢。有人甚至说：王小波是当今中国小说第一人，如果诺贝尔文学奖将来有中国人能得，小波就是一个有这种潜力的人。我不认为这是溢美之词。虽然也许其中有我特别偏爱的成分。

　　小波的文学眼光极高，他很少夸别人的东西。我听他夸过的人有马克·吐温和萧伯纳。这两位都以幽默睿智著称。他喜欢的作家还有法国的新小说派，杜拉斯、图尼埃尔、尤瑟纳尔、卡尔维诺和伯尔。他特别不喜欢托尔斯泰，大概觉得他的古典现实主义太乏味，尤其受不了他的宗教说教。小波是个完全彻底的异教徒，他喜欢所有有趣的、飞扬的东西，他的文学就是想超越平淡乏味的现实生活。他特别反对车尔尼雪夫斯基的"真即是美"的文学理论，并且持完全相反的看法。他认为真实的不可能是美的，只有创造出来的东西和想象力的世界才可能是美的。所以他最不喜欢现实主义，不论是所谓社会主义的现实主义还是古典的现实主义。他有很多文论都精辟之至，平常聊天时说出来，我一听老要接一句："不行，我得把你这个文论记下来。"可是由于懒惰从来没真记下来过，这将是我终身的遗憾。

小波的文字极有特色。就像帕瓦罗蒂一张嘴，不用报名，你就知道这是帕瓦罗蒂，胡里奥一唱你就知道是胡里奥一样，小波的文字也是这样，你一看就知道出自他的手笔。台湾李敖说过，他是中国白话文第一把手，不知道他看了王小波的文字还会不会这么说。真的，我就是这么想的。

有人说，在我们这样的社会中，只出理论家、权威理论的阐释者和意识形态专家，不出思想家，而在我看来，小波是一个例外，他是一位自由思想家。自由人文主义的立场贯穿在他的整个人格和思想之中。读过他文章的人可能会发现，他特别爱引证罗素，这就是所谓气味相投吧。他特别崇尚宽容、理性和人的良知，反对一切霸道的、不讲理的、教条主义的东西。我对他的思路老有一种特别意外惊喜的感觉。这就是因为我们长这么大，满耳听的不是些陈词滥调，就是些蠢话傻话，而小波的思路却总是那么清新。这是一个他最让人感到神秘的地方。我分析这和他家庭受过冤枉的遭遇有关。这一遭遇使他从很小就学着用自己的判断力来找寻真理，他就找到了自由人文主义，并终身保持着对自由和理性的信念。不少人可能看过他写的《沉默的大多数》，里面写到"文革"武斗双方有一方的人咬下了另一方人的耳朵，但是他最终也没有把那耳朵咽下去，而是吐了出来。小波由此所得的结论极为深刻：有一些基本的原则即使是在那么疯狂的年代也是难以违背的，比如说不能吃人。这就是人类希望之所在。小波就是从他的自由人文主义立场上得到这个结论的。

小波在一篇小说里说："人就像一本书，你要挑一本好看的书来看。"我觉得我生命中最大的收获和幸运就是，我挑了小波这本书来看。我从1977年认识他到1997年与他永别，这二十年间我看到了一本最美好、最有趣、最好看的书。作为他的妻子，我曾经是世界上最幸福的人；失去了他，我现在是世界上最痛苦的人。小波，你太残酷了，你潇洒地走了，把无尽的痛苦留给我们这些活着的人。虽然后面的篇章再也看不到了，但是我还会反反复复地看这二十年。这二十年永远活在我心里。我觉得，小波也会通过他留下的作品活在许多人的心里。樱花虽然凋谢了，但它毕竟灿烂地盛开过。

我想在小波的墓碑上写上司汤达的墓志铭（这也是小波喜欢的）：生活过，写作过，爱过。也许再加上一行：骑士，诗人，自由思想家。

我最最亲爱的小波，再见，我们来世再见。到那时我们就可以在一起一百年，一千年，一万年，再也不分开了！

（原载1997年5月28日台湾《联合报》）

家的快乐有时在房子外面

蒋子龙

闹"非典"如被软禁，外界的所有活动都取消了，对作家来说这未尝不是好事，闷头写吧，可游泳馆一关闭，我就蔫儿了。游泳十几年，如同有烟瘾一般，每天早晨不在水里折腾一通，浑身不自在，干什么都没有精神。

天天关在家里，只剩下老两口子相依为命，大眼瞪小眼，几天下来倒是老伴先受不了啦："你天天闷在屋里老跟睡不醒似的，'非典'是染不上了，可时间一长这不被关傻了吗？"

闹"非典"闹得脾气有点邪，老伴的话是关心，我却没有好气地回敬道："傻了省心，难得糊涂嘛！"

"别抬杠，明天早晨跟游泳的时候一样闹铃响了就起床，跟我去'水上'。我先打拳，你散步也行跑步也行，实在不想动就站在树林里听鸟叫，或冲着湖面愣神，也比赖在家里不出屋强。等我打完拳咱俩打半小时的羽毛球，我想运动量也够了……"

哦，这是怕我傻了给她找罪，想来已经为我的状态动了不少心思。她本来每天早晨在住宅小区的空场上跟一群女人先打太极拳后耍剑，有音乐，有头领，耍把完了还可以叽叽嘎嘎，东家长西家短，不亦乐乎。为了陪我不惜放弃自己的习惯和快乐，这就叫"老来伴"。这个情我得领。

所谓"水上"，即水上公园。是天津市最大的公园，有东西两片大湖，分南北两部分，北部精致，供游人娱乐的设施也更多些。南部浩大，还保留着诸多野趣，是动物园。我之所以从市内所谓的"欧洲风情街——五大道"搬到了市外的"水上花园小区"，就是冲着这两湖水和硕果仅存的一片林木。谁叫我名字里有个"龙"字呢，喜逐水而居。北方太干了，连续多年的干旱，地干透了，人也干透了。

第二天早晨，老伴提上一个兜子，里面装上羽毛球和球拍，用矿泉水的瓶子灌满凉白开，还放进两个香蕉，说运动后的二十分钟之内要补充糖分……挺正规，一副教练口吻。到公园门口她先花一百元买了两张年卡，我不觉一惊："呀，你怎么就断定'非典'能闹一年？"

她说："买门票一个人每次是十五元，买月卡二十五元，你说哪个划算？"

"好好好，年卡就年卡，我可把丑话说在前边，游泳馆一开我就不来了。"

"你爱来不来，好像谁还非求着你不行。"

别看拌两句嘴，一进了公园心情立刻就变了，嗨，水阔树茂，微风扬花，春来阳气动，万物生光辉。空气带着花草的清芬，吸一口清凉清新，清澈透肺。我心胸大畅，真想敞开嗓子喊上几声……其实公园里已经有人在喊，此起彼伏，相互应和，有的高亢，有的尖利，有的粗嘎，有的古怪，有的唱歌，有的学戏，有长调，有短吼，有男声，有女腔，有的在林子里喊叫，有的则扬着脖子边走边喊，旁若无人，随心所欲，只管自己痛快，不管别人的耳朵是否能接受。我还不敢那样，只有走到清静的地方，看看四周没人了就猛地喊上两嗓子，老伴撇着嘴偷笑。但喊着喊着胆儿就大了，声音也放开了，学虎吼，学鸟叫，只是怎么学都不大像。倒是老伴学布谷鸟儿可乱真，有时还能跟树上的真布谷鸟呼应上几句……

　　老伴像野营拉练一样在前面走得飞快，一边走一边指导我："不能松松垮垮，慢慢吞吞，走要有个走的样子，才会有效果。"我不知她要达到什么效果。来到西湖南岸的一排大柳树下，她选中了一块幽静清洁的地方准备施展拳脚，我则没有目的地开始慢跑，哪儿热闹就在哪儿凑，有时还会停下来看上一会……公园里不同的景区集结着不同的人群，玩着不同的花样，我跑跑停停，停停看看，等我兜了一大圈再回到柳树下，老伴的太极拳已经打完，正拿着根枯树枝当剑在瞎比划。看我回来就收起式子："你一直在跑？还是又碰上熟人聊大天了？"

　　我说："行啦，这又不是在家里，你就别操那么多心了，我跑也跑了一会儿，聊也聊了一会儿，现在就要跟你大战一会儿。"

在公园里想找个可打羽毛球的地方太多了，我们选了一棵大梧桐树下的阴凉地拉开了阵势，一交手，我的兴致立刻高涨起来。原以为打球不过是哄着老伴玩，谁料她竟能跟我真的打个不分上下。表面上我打的是攻势球，她处于守势，有时我倾全力狠命地连续攻上六七拍，竟不能把球扣死，反而被她回击过来打了我的空当。看来小区的这群老娘儿们不光是打拳练剑，还经常摸球。打球有对抗性、游戏性，因此就有乐趣，我们打了半小时，大汗淋漓，甚是过瘾。然后喝光带来的水，吃了香蕉，回家冲个凉，好不痛快！

从此，每个早晨又成了我一天中最快乐的时候。每个人的家都是设在房子里面，但家庭的快乐有时是在房子外面。

人们还喜欢说人的本性难移，人是不可改变的。渐渐地我却觉得自己的性情变了很多。我生来脾气暴躁，小的时候曾骑着牲口打架打到邻村，眼眶被打破，差一点就成了"独眼龙"。当然也打破过别人的脑袋。后来以写作为生便成了文学的工具，性子不由自己控制，就更没准头了。不是有哲人说：自杀有一百种，其中就有嫁给作家这一条吗？以前我不发火的最长记录大概只有两个月，自打去公园跟老伴一块晨练，有一年多没有真发过火了。

后来"非典"警报解除，游泳馆开放，我也先到公园跟老伴打上半小时的球，然后再去游泳，她则留在公园里打拳。有时感到光是晨练还不满足，吃过晚饭后也一块到公园里转一圈。说来真是奇怪，一到公园情绪就不一样，两口子便有话可说……

在这之前，老夫老妻的哪有多少话好说？只有在吃饭的时候才能面对面，还要看电视里的新闻。吃过饭我躲在自己的书房里，她愿意干什么就干什么，但我最烦她到我的屋里来，我写字台后面的电线如一堆乱麻，她打扫卫生时不知碰上哪一根就会造成死机，很容易会成为闹一场别扭的导火索……所以说，越是离得近的人越难于交流。好像用不着多说什么，什么都是应该这样，理所当然。别看羽毛球不起眼，可它像个灵物，在两人中间飞来飞去，快慢难测，球路不定，这就有了悬念，有了戏剧性。因此在打球的这半小时里，两人说话最多，笑得最多，喊叫得最多。夏大我光着膀子，下面只穿一件运动短裤，汗珠子跟着球一块飞，我自己痛快，老伴看着也痛快。

生命需要共鸣，有共鸣才有激情。我们是在"文革"初期结婚的，那时候没有蜜月，也不知蜜月是什么滋味，临到老了，因闹"非典"似乎闹出了一个"蜜月"。中秋节的晚上，我俩躲开热闹又走进水上公园，静色当天，清光悠悠，林排疏影，湖生满月，四周一片柔和，满园的清辉也将心神透析得清清爽爽。我们慢慢地走着，还象征性地分食了一个小月饼——中秋节嘛，不吃个月饼亏得慌。

当我们兜了一圈走到竹林前的广场时，空中有了露气，天上香满一轮，地上流光一片，我们舍不得离开，总觉得在这样的时刻这样的环境中，老两口子还应该干点什么……可惜我当兵当得不会跳舞，但哼哼曲调还可以，反正四周没有人，我就嘴里哼哼着和老伴跳起了"贴面舞"。这似乎正应了一句流行歌词：

"我能想到最浪漫的事，就是和你一起慢慢变老。"

2003年初夏

（录自《蒋子龙文集》第14卷，人民文学出版社，2013年版）

怎得长相依聚

——蔡仲德三周年祭

宗　璞

　　"蔡仲德（1937—2004）人本主义者"

　　这是我为仲德设计的墓碑刻字，我想这是他要的。他在病榻上的最后几个月，想的最多的就是关于人本主义问题。如果他能多有些时日，会有正式的文章表达他的信念。但是天不佑人，他来不及了。只在为我写的一篇短文里提出：市场经济、民主政治、人权观念等几个概念。虽然简单，却也清楚地表明了他的理想。现在又想，理想只能说明他追求的高，不能说明他生活的广和深。因为他的一生虽然不够长，却足够丰富。他是一个好教师，也是一个好学者。生活最丰满处是因为有了我，我有了他。世上有这样的拥有，永远不能成为过去。

　　人人都以为，我最后的岁月必定有仲德陪伴，他会为我安排一切。谁也没有料到，竟是他先走了，飘然飞向遥远的火星。

我们原说过，在那里有一个家。有时我觉得，他正在院中的小路上走过来，穿着那件很旧的夹大衣；有时在这边说话，总觉得他的书房里有回应，细听时，却又没有。他已经消失了，消失在蓝天白云、青山绿水、树木花草之间。也许真的能在火星上找到他，因为我们这里的事情，要在多少多少光年以后，才能到达那里。他是一个怎样的人，在那里可以重现。

首先，他是一个教师。他在入大学前曾教过两年小学，又任中学教员二十余年，以后调入中央音乐学院音乐学系。他四十六年的教学生涯里，在中央音乐学院任教四十四年。他教中学时，课本比较简单，他自己添加教材，开了很长的古典诗词目录，要求学生背诵。有的学生当时很烦，说蔡老师的课难上。许多年后却对他说，现在才知道老师教课的苦心，我们总算有了一点文学知识，比别人丰富多了。确实，这不仅是知识，是对性情的陶冶，影响着一个人的生活。

二十世纪七十年代初，在军营中经过政治磨难的音院师生回到北京，附中在京郊苏家坨上课，虽然上课很不正常，仲德却没有缺过一次课。一次刮大风，我劝他不要去，他硬是骑自行车顶着西北风赶二十几里路去上课，回来成了一个土人。上课对于一个教师是神圣的。他在音乐学系开设两门课：中国音乐美学史和士人格研究。人说他的课讲得漂亮。我听过几次。一次在河南大学讲授中国古代音乐美学，一次在香港浸会大学讲"说郑声"。一节课的时间安排得十分恰当，有头有尾，宛如一篇结构严密的文章，就连他出的考题也如一篇小文章。他在每次上课前都认真准备，做了严谨的教案。他说要在四十五分钟以内给学生最多的东西。小学、中学、大学都是如此。一次我们在外边用餐，不知为什么，一个陌生的年轻人拿了一本唐诗，指出一首要我讲，不记得是哪一首了，其中有两个典故。我素来喜读书不求甚解，讲不出，仲德当时做了详细的讲解。他说做教师就要甚解，要经得起学生问。学生问了，对教师会有启发。

他淹缠病榻两年有半，一直惦记着他的课和他指导的学生。就在他生病的这一个秋天，录取了一名硕士生。他在化疗期间仍要这个学生来上课，在北京肿瘤医院室内花园，在北大医院的病室，甚至是一面打着吊针，授课在进行。他对学生非常严格，改文章一个标点都不放过，学生怕来回课，说若是回答草率，蔡老师有时激动起来，简直是怒发冲冠，头发胡子都根根竖起。不是他指导的学生也请他看文章，他一视同仁，十分认真地提意见挑毛病改文字。同学们敬他爱他又怕他。

他做手术的那一天，走廊里站了许多我都不认识的音院师生，许多人要求值班。那天清晨，有位老学生从很远的地方赶到我家，陪伴我。一个现在台湾的老学生在电话中哭着恳求我们收下他们的捐助。我们并不需要捐助，可是学生们的关心从四面八方把我们沉重的心稍稍托起。

一个大学教师在教的同时，自己必须做学问，才能带领学

生前进，才能不是一个教书匠。他从二十世纪七十年代末研究
《乐记》的成书年代开始，对中国音乐美学做了考察，写出了
《中国音乐美学史》这部巨著。这是我国的第一部音乐美学史。
后来这本书要修订出版，那时他住在龙潭湖肿瘤医院。他坐一
会儿躺一会儿，一字一字，一页一页，八百多页的书稿在不时
插上又拔下针管的过程中修订完毕。

经过多年的努力，他对各种文献非常熟悉，却从不炫耀，
从不沾沾自喜，总是尽力地做好他承担的事，而且不断地思考。
不知不觉间又写出了多篇论文。音乐方面的结集为《音乐之道
的探求》，由上海音乐出版社出版。文化方面的结集为《艰难
的涅槃》，正像书名一样，这本书命运多舛，因为思想不合规矩，
现在尚未能出版。

他能够连续十几小时稳坐书案之前，真有把板凳坐穿的精
神。他从事学术研究不限于音乐美学，冯学研究是重要的部分。
其著述材料之翔实，了解之深切，立论之精当，为学界所推重。
还是不知不觉间，他写出了六十六万字的《冯友兰先生年谱初
编》，并整理、修订增补了七百余万字的《三松堂全集》第二版，
又写出了《冯友兰先生评传》《教育家冯友兰》等。

对于我的父亲，他不只是一个研究者，而且也远远超过半
子。幸亏有他，父亲才有这样安适的晚年。他推轮椅，抬担架，
帮助喂饭、如厕。我的兄弟没有做到和来不及做的事，他做了。
我自己承担不了的事，他承担了。从父母的墓地回来，荒寂的

路上如果没有他，那会是怎样的日子。可是现在，他也去了。

在繁忙的教学、研究之余，他为我编辑了《宗璞文集》四卷本。他是我的第一读者，为我的草稿挑毛病。用引文懒得查时，便去问他。他会仔细地查好。我称他为风庐图书馆长，并因此很得意。现在我去问谁？

父亲去世以后，我把家中藏书赠给清华大学思想文化研究所，设立了"冯友兰文库"，但留了《四部丛刊》和一些线装典籍，供仲德查阅。他阅读的范围，已经比父亲小多了。现在他走了，我把留下最后的书也送出。我已经告别阅读，连个范围也没有了。他自己几十年搜集的关于音乐美学方面的书，我都送给了中央音乐学院图书馆。学生们从这些书中得到帮助时，我想他会微笑。

他喜欢和人辩论，他的许多文章都在辩论。辩论就是各抒己见，当仁不让。他说思想经过碰撞会迸发出火花，互相启迪，得到升华，所谓真理愈辩愈明。如果只有"一言堂"，思想必然僵化，那是很可怕的。他看到的只是学问道理，从没有个人意气。

他关心社会，反对躲进象牙之塔。他认为每一个生命是独立的又是相连的。他在音院任基层人民代表十年，总想多为别人做些事。他是太不量力了，简直有些多事，我这样说他。他说大家的事要大家管。音乐史专家毛宇宽说："蔡仲德是一位真正意义上的中国知识分子。"我觉得他是当得起的。

我们居住的庭院中有三棵松树。因三松堂名得到许多人的关心，常有人来，有的是从很远的地方，就为了要看一看这三棵松树。三棵松中有两棵高大，一棵枝条平展，宛如舞者伸出的手臂。仲德在时，这一棵松树已经枯萎，剩下一段枯木，我想留着，不料很不好看，挖去了。又栽上一棵油松，树顶圆圆的，宛如垂髫少女。仲德和我曾在这棵树前合影，他坐我立，这是他最后的一张室外照片，也是我们最后的合影。又一棵松树在一次暴风雨中折断了，剩下很高的枯干，有些凶相。现在这棵树也挖去了，仍旧补上一棵油松，姿态和垂髫少女完全不同，像是个小娃娃，人们说它是仙童。

仲德没有看见这棵新松。万物变迁，一代又一代，仲德留下了他的著作和理想，留下了他的爱心。爱心是和责任感连在一起的。我们家中从里到外许多事都是他管。他生病后的第一个冬天，在病房惦念着家里的暖气。他认为来暖气时应该打开暖气上的阀门，让水流出来，水才会通。他在病床上用电话指挥，每个房间依次打开不能搞乱。我们几个女流之辈，拿着水桶，被他指挥得团团转。其实我认为这是不必要的。可是我领头依令而行，泪滴在水桶里。

仲德和我在一起生活了三十五年，因为有了他，我的生活才这样丰满。我们可以彼此倾诉一切，意见不同可以辩论，但永远互相理解，互相尊重。我觉得，只要有他，实在别无所求，但是他去了。所幸的是他的力量是这样大，可以支持我，一直走上火星。

蔡仲德，我的夫君，在那里等着我。

女儿告诉我，她做过一个梦，梦见我们三个人在一起，仲德不知为什么起身要走。我们哭着要拉住他，可是怎么也拉不住。

人生的变化是拉不住的。

2007年1月5日

距2004年2月13日仲德逝世已将三年矣

（原载2007年1月27日《文汇报》）

漂泊、爱情及其他

塞　壬

　　我想这件墨绿的套裙就不要了吧，还有两条旧牛仔裤……这件银灰的呢大衣要占行李箱的一大半，而且在温暖的南方简直穿不上，但这是他在广州给我买的，无论我到哪里都会带在身边。又要到一个新的地方去工作。明天就走。开箱收拾着行李，不常想起的人或者事，都再一次被一一擦亮……我什么也没有忘记。

　　记不清这是第几次迁徙。行李是一次比一次多，尽管每次我都会扔掉一些。下半年我会添置笔记本和数码相机，到时那两样东西可不能就这样毛手毛脚地乱扔乱放了。眼前的东西，几年之后，还有多少能保留下来呢？不知道这叫不叫残酷，一路结识交往的人很多，都曾住在一个屋檐下，走了之后，没有几个是有音信的。先不说别人没有情义，就是自己，走了之后通常也是石沉大海，漂泊的人，讲的都是一个随缘。

宿舍的客厅里，电视的声音开得很大，宿舍的几个女孩和她们新交的男朋友坐在沙发上打闹。我写着日记。

刚到广州时住在珠影厂，是老板的旧居。我和公司的会计、一个河北女孩子住在一起。我对她印象最深刻的是，她老是认为自己非常美貌。一有机会就向我炫耀有多少男人在追她。我们俩平摊水电、煤气、电话、卫生等费用。不到一个月，我离开那家公司，搬走的那天晚上，她不断地提醒我，过几天这些费用的单子就打出来了，叫我一定把公司的电话、地址留给她，她会到我公司去找我的。我一一写给了她，但过了一会儿，她又说，这样不好，还是先预付吧。于是我按照她说的，先支给她七十元。我知道，她怀疑我提供的公司地址不可靠，到时根本找不到人。这一切我是理解的，我看着这个比我小七岁的女孩子，很惊讶她的老练和周全。我提出请她吃晚饭告别，她答应了，吃饭时向我保证要是我多出了钱，她会去我公司还给我。我只是微笑，叫她吃饱。

后来他来了广州，我从同事那搬出来和他住在一起。在那间租来的小一室一厅里，我们过着简朴而甜蜜的日子。一个多月后，他回老家办事了，走的头天晚上我们紧紧地抱在一起，既痛苦又无奈，完全没有了平常的温柔和缠绵。而我也因工作被调往顺德。临走的头一天，我在家收拾着东西拿到旧货店去卖，我们俩在超市买来的压力锅、电饭煲、煤气灶还有那么多的锅碗瓢盆……我在前一天夜里都洗得干干净净，就像对待待嫁的女儿，我不停地流眼泪。那一对吃饭的小碗很漂亮，是拙朴的粗陶，我挑的，舍不得卖。看着它们就想起跟他吃饭的情景，碗很小，我的男人每每要吃上五碗才吃饱，总是要跟我比赛谁吃得多谁吃得快。然后就大声地赞叹我炒的菜是多么好吃，接着又夸我多么能干，碗洗得多么干净。我是不会上当的，要洗碗，得掷硬币决定才行。

那个被我擦得锃亮的压力锅是他要买的，他说要常煲些汤，我们俩这么瘦要常补的。我对煲汤没什么经验，煲出来的汤很淡，不见油，没有那种汤的浓香。结果我被称作是个小笨蛋从厨房里赶出，他系上我的围裙亲手来做，并让我看好了。天晓得他做的当归鸡汤有多么难喝，苦苦的，还满屋子药味。每次在睡觉前他都会强迫我喝一碗，说是很补的。若不是冲着他那么费精力地为我做了，我真不愿喝。现在，我要卖掉它，揭开盖子依然可以闻到当归的药香，那段生活却是不复返了。

旧货店的小伙计上楼来拎东西，我的眼泪立即流了出来。我一样都不想卖。一样都不。他将一个小架子车打开，把东西都放在上面，我不停地叮嘱他小心些，别摔坏了东西。果然菜刀就滑下来，这菜刀在我切菜时曾割破了我的手指，他见到立即把我的那个手指头放进他嘴里吮吸着，看着我时，眼里满是爱情。那小伙计很利索地处理好后将一沓纸币递给我。屋子骤然就空了，我心里也是空落落的。

衣柜里还有几件他没带走的衣服。我闻见那上面还有他身上的气息，觉着他并未走远，还在我身边。我也把它们叠好放进行李箱里。床上的被子、垫单我将都带走，我想在一种熟悉的味道中入睡，那样我才能睡得好。枕边的卷筒纸、安全套、杂志还有他的香烟我都一一收好，一并带走。

屋子变得陌生了，就像改变了的生活，冰冷而死寂。我跟他的家就这样没了。尽管他的话还在我耳边：我很快就回来了，你要保重，千万别一个人走了！但是一种预感让我觉得所有的这一切都不可能重来。现实的障碍太可怕了，换了谁都难以取舍。我知道他的妻子是个极厉害的女人，她绝不会同意离婚，孩子也不会给他带走。而他又那么爱他的孩子。

只有我走了。我只会选择离开。到他再也找不到我的地方去。

坐在去顺德的车上，我一边哭一边劝自己要坚强。每一次的迁徙，都会有天涯孤客的伤感。那一次迁徙，我告别了我的爱情。我总是学不会快乐地活着。

一年后，当我准备再次从顺德返回广州时，充分证实了自己是一个不会快乐的人。在我们顺德公司的宿舍里，住着很多的女孩子，她们也是在珠三角一带迁徙，而每到一处她们都会新交上男朋友，并同居在一起。她们毫无禁忌地大声谈性，并相互交流避孕经验。而老板们从来不过问员工的私生活，他只关心业绩。我总问她们，难道分手不会造成伤害吗？难道这种事情可以这样轻率处理？难道这些事不会给心灵蒙上阴影？难道……你们不愿真心去爱一个？我的问题太多了。我感到沟通的困难，只是沉默。我分明感到这群年轻的女孩子们过得很快乐，她们没有我的那种可笑的障碍。这种障碍让我跟她们隔阂，我无法也不愿去分享她们的一切。那种快乐绝不是一种对自己和对生活的不负责，而是一种态度。她们工作都很玩命，热情、友好、坦率、真诚是她们的共性。她们的迁徙，意味着又一次新的生活的开始，又一次兴奋的人生体验。同时，我分明感到用所谓道德标准去评判这一切是多么不够！在她们那我看到被拓宽的生活，痛苦的领域被转移，一种来自能力、技能方面的较量是她们极其在意的。而对于情感，对她们的伤害却未见有多大。好像无所谓谁对谁错了，只存在谁乐意或不乐意。而我不快乐地活着纯粹活该。

那种没有爱情的牵绊的快乐，我要它有什么用？我真的完成不了这样的转换。

再次回到了广州。广州于我有多少令人心酸的回忆。房子是诗人朋友哨兵托诗人魏克为我租的。在石牌东的小酒馆里，我和诗人魏克成为好朋友，谈得最多的是诗歌、孤独、男人女人，还有我们这一代人骨子里固有的东西。一种对痛苦的不妥协，还有那种强烈的孤独感的排他性。所有这一切是很难融入现实的。魏克除了诗歌和漫画，他还有酒，多好。一直以来，我深陷内心的孤独，变得少言寡语。两个不多言语的人碰到一起竟然会没完没了地聊，好像是在满足一种饥饿，我知道，我们在内心存在交流的渴望，关于诗歌、我们这一代人，关于孤独和内心对纯粹爱情不泯的希望。

又要离开广州，我想起那一次我一个人去顺德的情景，心里默默地念着那个再也没见到的人。广州，有人在那儿丢失了她的爱情，再也找不回来了。广州，有时多像是一个驿站，我总是待不长，并不刻意去躲避什么，匆匆地来又匆匆地去，总是有各种各样的理由去广州，然后又怅怅地离开。去东莞的那天早上，我用手机唤醒了从不早起的魏克，叫他赶来帮我背行李。行李有一百多斤，连魁梧的魏克从六楼背下来到巷口打车都累得鼻尖冒汗。我感谢他在困难中帮了我，而魏克在这方面的表达是笨拙的。他叫我好好保重。现在已有半年没见到他，不知他在广州过得好不好？回想跟他在广州的那段时光是多么愉快，一个星期我们会在石牌的小酒馆里吃几次火锅，聊到深夜。这也许是漂泊生涯中极其难得的相遇，我深深地体会到了这一点。有时我很想回广州找他喝一次酒，好好聊聊，不为别的，只为好好聊聊。

现在，我已收拾好行李，明天将去东莞的另一个镇。宿舍的女孩子们同她们的男友一起出去了。我也写完了日记，刚才她们还叫我一起去吃消夜，我没去。当时门砰地关上了，我听见有人说，不去就不去，真是，怪女人一个！这是在说我。我抿嘴笑起来。

（原载2007年第5期《散文》）

往后

龙　冬

　　往后，洗个床罩被套，我一个人如何都不能展开、叠好。

　　往后，我把你手机里存储不多的照片，转到我手机里存放。那是你拉萨的父母和亲人。你在西藏下乡途中的湖泊、雪山、白云、寺庙和最信赖的朋友。古老壁画上的大师玛尔巴。还有好多你和作家汪曾祺先生、师母的合影，我这才知道，你是如此想念他们。汪先生离世二十年，今年夏天，咱们还开车专程到汪先生老家高邮祭拜。在高邮湖畔一个寺庙的大殿里，我蹲在地上为一只躺着撒娇的小猫抓痒。看护佛堂的僧人端着手机在他守门的座位上偷偷拍我。你拍下了我们。这张照片，给了你许多安慰，它也如同是你的护身符。你喜欢温和的不再急躁的我。

　　往后，我不会把自己思想种种不良情绪全都和你说，平添你的忧心。我不够男人。

往后，我要对你、对他人增加耐心。特别对女人，更要耐心，因为女人是人中的另类，是马匹里的斑马。

往后，请你从心底不要完全相信什么大学教育。我们大学，有时就是不教人常识，就是不教给人正常的简洁的可供选择的思维方法，唯有结论的灌输。你更多时候，是我的诤友。

往后，请你高兴，请你笑一笑，不要皱眉，把眉头展开，请你对生活发生一些乐趣，一些普通的乐趣。阅读，固然也是乐趣，这个乐趣却必须建立在诸多乐趣之上。没有生命、生活的乐趣，阅读是病，是病。

往后，请你对人、对事不必过分敏感，不要过多在意，不要放大坏心境，不要自生不必要的烦心，不要因细微的事情而不快。你总是在维护我。而我，也不必为所谓的"大事情"动气，并且影响伤害到你。人间哪有什么大事，皆为可笑游戏。

往后，一般文化工作的专业技术职称绝对会消亡。职称高，房子大了，当然好。房子小一点，也能住。不要攀比哪里人住得宽敞。北京城八十平米，换到边远之地，搞个五百平米也并非离奇。我也知道，你总是可怜我没有一个自己的书房，没有一张书桌。我也总是烦你说。我说自己习惯站着写，习惯拿个平板电脑四处坐着写。我讨厌书房的煞有介事。

往后，不用为我担心，不要再为我操心。你看我像个孩子，可这个"孩子"，他做过多少工作，他经历过什么，有些工作谁人能够完成？有些经历谁人能够承受？

往后，我们不要再把别人的无礼、无知、傲慢、过失，当成惩罚我们自己的工具。我们可以远离那些人，他们也是可怜的生命。

往后，你不必为家里经济担忧，大家怎么过，我们就怎么过。我也不要再去计较得失。我不再大手大脚。

往后，我们都要宽以待人，不必留意别人的小节。你也说，我们的毛病不比别人少，我们在别人眼里或许也有人家的不堪忍受。我们甚至对一切恶，也要给予理解。恶也是病，或是万事万物所有生命里社会里丑陋动物的乐园。有善，则必有恶，如同地球两极。

往后，不要过多在意自己身体，不要有病没病跑医院乱投医，不要吃那么多药。有病就要认识，就治。病不好，要慢慢来治，实在不好，也要认命。人到一定年纪，身上不大会什么都好。

往后，我再也不听你的，因为听你的，我在一个白天，几乎每两三个小时服用一种药，而这些药又都不是非吃不可的。爱吃药，吃很多药，这已经是一种病。

往后，你不要再觉得自己身上哪里都有毛病。其实你只有——心病。我也跟你差不多。

往后，我要从更多方面和更多内容理解你苦苦的恋恋不舍的思乡之情。这一点，你的确比我感受深切。这一点，多数人无从领会。对于我这个曾经在那里生活过的汉族人来说，每提起西藏，都是一个庄重的话题。

往后，我们民族，也要多多融入其他民族的生活。人类是多姿多彩的。不要封闭自己。

往后，你永远地回到西藏，如你所愿，长久地在吉曲河（幸福之水）南岸宝瓶山顶俯瞰拉萨。那里才是你幸福的家。

往后，请你不要过多在意天气阴晴，不要过多在意空气好坏，不必在意餐馆光线明暗。每个地方场所都有它的特点。对了，请你不要习惯地以好坏、以正确或错误来判断，不要非此即彼。须知，世界是模糊的，是变化无常的。

往后，你别再为遥远家人亲属的家事忧心、烦闷不安，甚至夸大他们的难题。要让我感到你是在和我生活，而不是他人。他人的问题基本都是片刻的烦扰，而带给我们的却是很长时间的不愉快，况且他们的日子过得还可以。

往后，你不妨外向一点，不要把自己包裹得严严实实。须知，谁都并不完美。

往后，请你不要太在意自己的文学写作，不必妄自菲薄，也不必过于得意。真正的文学写作，真正的，真正的，比仓颉造字还要惊天地泣鬼神，那可并非一般心理素质的人能够担当得起。写作，是一个人折磨文字，要么这人便被文字折磨，损毁殆尽。

往后，你也清楚，任何写作，凡是写出来的、公开的，一定是婴儿的啼笑，要么就是装扮或谎言，要么故作神秘暗语。

我现在写这个，顶多就是几句幼稚真话而已。我忧郁窒息到极点了。我写写，能深深呼吸一口。

往后，你不要再害怕疾病。我也曾经惧怕过，很怕，以致严重焦虑。那时你不在我身边。我甚至害怕自己突然在睡梦中完蛋，剩下一个臭烘烘的躯壳吓到你。夜晚寒冷，我敞开窗子睡觉，虚开屋门，彻夜光着眼睛。我也是不敢告诉你，怕耽误你家亲属的急事，怕给你添麻烦。我有足够的力量自我恢复，而你这回却没有。我在确诊冠心病后，再上高原，甚至跑到海拔五千一百米的牧区，在寒夜里饮酒作乐。我知道，人体是复杂的构成，疾病的冠名却十分简单潦草。你应该在第一时间把病况告诉我。最后的一刻，我说过我会好好照顾你啊，你怎么就不信。

往后，我们要敬重那些在绝境中不怕活下去求生的人，并且他们从不悠闲，他们做事，他们有做不完的事情。你知道我每年都要看好多遍那部电影《肖申克的救赎》，你分明是知道的。

往后，你还要学习。不是说大学毕业了工作了，就可以放弃学习。只有肯学，才会发现乐趣，哪怕侍弄花草，搭配穿衣，吃喝烹饪，听听音乐看看绘画，到自然里走走，这已经是最低要求了，什么都可以成为"学问"。生活大于"学问"。

往后，你不要帮我做体力活，我一个人搬得动，不用你来。你怕我累倒，你太怕失去我。

往后，我努力从这深深谷底的伤痛里向上攀爬。听我说，你要高兴地看着我，你要笑一个给我看。听到吗？不要皱眉头，要笑，高兴起来，嘴角向上翘，不要往下撇。

往后，我还是要和你在一起。不要说对不起，不要说耽误了你、拖累了你，这些谁能够说清楚啊，咱们命该如此。

往后，我们也不要说我爱你。我们早已合为一体。我喜欢向日葵，你也喜欢。我喜欢非洲菊，你也喜欢非洲菊。我不喜欢百合，你也嫌弃那个甜腻的味道。

我写不出了。我在手机上用拼音打字。非常非常想你，想看见你，用手碰到你。没有你的日子，一点也不真实，都是空的，就连阳光都令我心慌。我们认识二十七年，几乎朝夕相处，在这个世界的许多地方、空间，哪里都有你朝我走来。我怎么受得了，怎么躲得开。

往后，你要充实生活，哪怕花一点时间把你的藏文拼读重新捡拾起来。ཨོཾ་ཧྲཱིཿ 这是我用手机藏文软件为你拼写雪域怙主四臂观音的经咒：六字真言。དབྱངས་སྒྲོལ། 实际是 དབྱངས་ཅན་སྒྲོལ་མ། 的简称，妙音度母，这是你的名字。藏文拼读中一个重要的需要死记硬背的难点，其实就在你的名字里。ཆོས་རྡོ། 这是你亲爱的大雄我的名字。

往后，我再也不能常常听到熟悉的拉萨话了。我害怕自己也将忘记哪怕是最简单的藏语。

往后，听你的，我走路散步，再也不踩井盖。开车一定会慢下来。遇事绝不急躁。不吃油腻肥肉。这些我听。

往后，你叫我回家。好，我回来了。你叫我回来吃葡萄吧回来吃葡萄。好的，我回来了。你害怕我出门，担心我出事。好的，我就先不出去了，坐下来陪陪你。请你原谅我的粗心大意。原谅我。原谅我。你我都有追悔莫及。你我都知道。我们什么都知道。

2017年11月3日。写于她走后的第二十三天。我唯一欣慰的是，上述这些，她生前大都听到了。在她遗像前，我念过一遍。我们心爱的小泰迪嘎嘎，伏在地板上突然浑身痉挛发抖僵硬，不能站起，抱它好久，用藏语安慰它，才恢复过来。

（录自《拉萨的时间》，浙江文艺出版社，2018年版）

辑三

家有儿女

母亲

贾平凹

浅儿是我的女儿，四个月了，才刚刚会笑，没有音儿的，在嘴唇上迅速一闪的微笑。

这笑，第一个就被发现了；是我的妻子，浅儿那美丽而善良的母亲。那是树发芽，春正浅的日子，我们到姨家去，在车站上候车，孩子就在她的手掌上旋转，一口一亲，一亲一呼，万般作态地逗着，全然不理会旁边的人了。突然，就对我叫道："快，快来哟！"我跑过去，孩子躺在怀里，均匀地呼吸，阳光下，看见了那脸上茸茸的毛儿，豆芽菜般儿地嫩。她说刚才是笑了；就再去逗，却终未再逗得出来。她便很是替我遗憾了，说那笑得好，金色的，甜丝丝的，使人心惊慌地酥酥颤……"孩子是认得我了，是专给她母亲笑的哩！"周围的人都听得有趣，吃吃地笑。她好像获得了奖赏，越发兴致了，说那笑是极像玫瑰花儿在绽哩。

她真是有些傻了，全然不是以前的样儿了。那个时候，她是该活泼的妙龄，那高高隆起的胸脯里，是该蓄饱了青春的呼吸，但她却十分地腼腆，没有事了，是不大出门的，一整天可以静静地坐在家里做事。现在，她不甘寂寞了，喜欢种花，喜欢读诗，喜欢到充满阳光的田野去；一有人的地方，必然就有她抱了孩子在那里了。她个儿不高，长得娇嫩，谁也想不到是养孩子的时候。"谁的宝贝？"人问。"我的呀！"她说；脸不青不红，问的人倒不好意思了。她就大笑，显得很是骄傲，似乎这个世界上，她是最富有的，有奇功可居的人。

　　而且，我发现她慢慢有一种虚荣心了，极喜欢恭维。谁要说句：这妞儿长得疼哟！脸子白呀！鼻子俏呀！她就对谁十二分的好；一路跑回来，要一次又一次给我复述这些赞美词。末了，激情还是发泄不了，就抱了孩子在院子里跳着跑，快活得像一头麝，为它的香气而发狂了哩！

　　我是个呆人，只是偶尔弄点文学，她却是剧团里的名演员了，那头发里，袖领里，时常飘出一种淡淡的指甲花味儿的甜香。记得结婚前去一个朋友家，那人生了孩子，才过了周岁，她在那房里只待了五分钟，不喝她家的水，连炕沿儿也不肯坐，出来对我说："一股尿臊味儿！"如今说起这事，她就笑了，骂自己一声"幼稚"。我便看见她常常用手去拧孩子尿布；拉下屎了，还要凑近去看那颜色，说是孩子受冷了，受热了。有时正抱着，孩子突然尿下了，我叫了起来，她忙分开孩子的腿，问：

"浅儿裤子湿了？""没有。"我说，"全尿在你裤子了！"她就说："不要惊动，让尿吧，一惊动就会不尿了哩！"她那裤子上常常就看见有尿的白印儿。但是，孩子的裤上，是不允许有一点湿的，因此，我总免不了被惩罚似的夜夜在火炉上烘那湿裤子的。

　　一天夜里，风雨很大，哗哗哗，打得门外的那棵棕树整夜整夜地响，我在炕上睡不着，坐起来构思一篇文章，终也思绪不收。她却没有醒，伸着胳膊，让孩子枕了，那整个身子就微微蜷着，孩子就正好在她的怀抱了。噬儿，噬儿，睡得安闲，似乎那风声雨声，在棕树叶上变成了悦耳的旋律，那睫毛扑落下来，是一副完全浸融的神态。突然，孩子动起来，只那么哭出一声，她猛地睁开了眼，立即就醒了，伸手将孩子抱起来。我奇怪了，在她那身体的什么地方，有一根孩子的神经吗？孩子醒来了，半夜里常常不再去睡的，她就搂着哄，说好多好多的话："乖乖，不要哭，听妈妈话啊！瞧爸爸，爸爸又在想文章了，你问他，又在编什么离奇的故事了？"我笑她"对牛弹琴"，她说："你听你听，孩子完全是听得懂的。"我终没有听出什么来，浅儿只是傻乎乎地"啊儿""啊儿"地叫着。

　　慢慢地，我嫉妒起我的小浅儿了。这孩子没有出生前，我是她的魂儿，一下班回来，她就让我陪着她说话，给我撒娇，一颗糖儿也要我吃一半她才肯吃的。现在的重点，彻底是转移了，孩子成了她的心儿，肝儿。可以说，我之所以对孩子好，是为了讨得她的喜欢，而她待我好，也只是我好待了这孩子。我从京城托人买给她的高级毛线，是让她打些时髦的上衣和头巾的，她却全给孩子打了衣，裤，帽，袜。孩子穿不过来，她一有空就翻出来看看，像我翻素材札记一样入味儿。

她开始有了个坏毛病，黎明时分，就睡不着了，独独爬起来，一眼一眼瞧着睡着的孩子看，看着就悄悄地笑，然后对我说：孩子的眉毛是她的，但比她的淡，淡的好；孩子的鼻子是我的，但比我的直，直的好。她总是孩子、孩子的；孩子成了她生活的主弦，只要碰它一下，立即就全七音齐发了哩。这个时候，我常常就在心中叫道：那我呢？那我呢？真不知道我在她的心上，还有多少位置呢？

有一次，我到外地去出差了，我给家里写了信，偏不提孩子事，她回信了，说："你为什么不问问孩子呢？你走了，你一定觉得是清静了，可我，还是每夜每夜哄着浅儿睡，她还和我拉话儿哩（当然你是听不懂的）。你要爱浅儿，咱们在产床上就定了的，只要这一个，你要不爱，那会伤我心的。你瞧，孩子多么漂亮，那眼睛多亮啊！……或许，你是在心上爱她，爱得比我还深，但是，你要表现哩，傻瓜！"

于是乎，我心情慢慢轻松了，才知道是我错了，原来这世界上的爱，是无限的！以后的日子里，我果然发现，浅儿的出现，不是分散了她对我的爱情，而是更深沉了，更巩固了；该我十分感谢这孩子了！

从此，孩子成了我们幸福的源泉和理想的寄托，我们甚至讨论起孩子的将来了。我说以后一定要培养成个作家，写出爸爸写不出的流水般的优美韵文，她说以后一定要培养成个演员，唱出妈妈唱不出的黄莺般的动听歌子。谁也说服不了谁，只好结论道：孩子是孩子的，谁也不能强迫，让她以后自己选择吧！

孩子简直是我们家的小太阳了，一切都围绕着转起来。但我，心里却时时泛起了一种隐隐的苦恼，因为我没有了时间，也收拢不下思想去弄我的文学了，几个月来，各家报刊的约稿信在书案上压下了一沓儿，却只是无法写出一个字来。她看我可怜，便腾出空儿让我去写，但终写不出满意的，想，有了孩子的人了，半辈子已经过去，竟还一事无成！愈是苦恼，愈是写不出来，便越发地苦恼了。她就抱了浅儿过来，说："苦恼什么呢？咱是不行了，可咱有孩子啊！你掂掂咱的后代，她会有出息的，咱们就好好培养她吧！瞧，孩子对你笑了！"

我的浅儿，果然在向我笑了哩，虽然还是那么无音儿的，在嘴唇上迅速一闪的微笑，但她毕竟是认得我这做爸爸的了吗？

我笑了，我多么感激我的浅儿，多么感激我浅儿的美丽而善良的母亲啊！

草于1980年3月31日夜

（录自《贾平凹散文全编·商州寻根》，时代文艺出版社，2015年版）

训子篇

吴祖光

写这篇文章的意思是，由于我的儿子带给我许多烦恼，到了我不得不写这样一篇文章来发泄我的烦恼的程度。

左思右想，值不值得为此浪费笔墨、浪费时间？但终于要写这篇文章，是从下面这一件事情引起的：

上星期的一个下午，我忽然接到一个电话，说："我找吴欢。"我回答说："吴欢刚刚去上海了，不在家。"电话里说："你是谁？"我说："我是他的父亲。"电话里说："啊！那也行，我这里有吴欢的一包东西，你们家不是也在朝阳区吗？我是朝阳区水利工程队的，我的名字叫胡德勇。我今天下班之后把东西送来吧。"

挂上电话也就没在意，管它是什么东西呢！儿子的东西和我有什么相干呢？当然就忘记这桩事了。但是到了快吃晚饭的时候有人敲门，一个工人装束，皮肤晒得黝黑的年轻人手里拿着一个塑料袋的小包到我家来了，说："您是吴欢的父亲？这是吴欢的东西，我就放在这儿吧。"是什么东西呢？来人解释说："今天中午我骑车走过安定门大街，在路边捡着这个包，看了包里的这个字条，知道这是吴欢丢下的。"

于是我也看了这个字条，上面写了几行字，是：

"小 × 同志：请通知吴欢来取……"

下面署名是："北影外景队陈 ××"。

面前站着的这个胡德勇，健康、淳朴，多么可爱的小伙子，不由得使我向他连连道谢。和我那个一贯马马虎虎、大大咧咧、嘻嘻哈哈的儿子欢欢相比，真叫我百感交集。来人对我的感谢反而觉得害羞了，连说："没什么，没什么，我也是朝阳区的，没费什么事。回见吧。"坐也没坐一下就走了。

接着走进门来的吴钢——是吴欢的哥哥，在这一段由于妻子出门治病、只是我一人留在家里的日子里，他每天中午和晚上都在下班之后来家里给我做饭——知道了这件事情后，说："这小伙子真够意思，咱们应当写个稿寄到《北京晚报》，表扬表扬他。"

不错，是得表扬表扬这位胡德勇，在他身上体现着被长期丢掉了的新社会的新道德的复苏，事情虽小但弥觉可贵。

表扬这位小胡，就不得不批批我这个小吴。写到这里就不觉无名火起。

先说这个小包是怎么回事吧，这使我想起似乎吴欢在那天上午出门时对我说过，说是到北影取点东西，而胡德勇送来的这包东西，显然就是他去取的东西了。这是一包从福建带来的茶叶，是欢欢的女朋友、有可能就是他的未婚妻小陈托人带到北影的。他专程去取这包茶叶，但却把东西丢在半路上了；回家之后提都没提，八成是根本忘记了，但是居然如有神助，被人给捡到送了回来。

就是这个欢欢，我家的第二个儿子，这一类荒唐糊涂的事情发生在他的身上乃是家常便饭。他从小就是这样没记性，不动脑子，一天到晚丢三落四；批评也好，责骂也好，一律满不在乎，跟没听见一样，永远无动于衷。

他当然也是受害的一代，1957年他才四岁就跟着父母一起受到政治上的歧视。但是这孩子性格很犟，身体很棒，从小学起就不甘心受人欺侮，反倒是常有一群小朋友经常聚集在欢欢的周围。十岁时打乒乓球便得到一个东城区的少年冠军。力气很大，在小学时举重就能和体育老师比试比试了。十五岁响应党的号召去了北大荒，成了建设兵团的一员，一去七年。直到他的妈妈由于被"四人帮"的爪牙迫害重病，才有好心的朋友通过许多关系，把他从冰天雪地中调了回来，照顾他已成残疾难于行动的妈妈。因为他有劲，能轻易地把妈妈背起来……

当然，这一切都不足以构成他在生活方面的粗心大意。按说从十五岁起就独立生活，本该把人锻炼得细致些、认真些、负责些，但是事实上全不是那回事。儿子回来，对我来说，毋宁是意味着一场灾难。

只把印象比较深的事情说几桩吧：

由于家里来了客人，晚上要支起折叠床睡觉，早晨起床之后，我说："欢欢，把床给收起来。"欢欢奉命收床，把折叠床放到一边也就是了；谁知他是要显显力气还是活动筋骨怎么的？忽然把床高高举起来了。"砰！"一下子把电灯罩和灯泡全给打碎了！

敲门声，我去开了门，来客是吴欢的朋友，是来找吴欢的，但是吴欢不在家。客人说，是吴欢约定这时让他来的。这种时候，我总是代儿子向来人道歉。但是由于这种事情屡次发生，我只能向吴欢的客人说："吴欢从来就不守信用，你最好以后不要和他订约会。"

这里我要为儿子解释的是：故意失约，作弄人，想来还不至于；而是他和别人约定之后，转眼就忘得干干净净了。

由于我的职业，我有不多、但也不少的一屋子书，这些书当然绝不可能每本都看，但却都可能是我在某一个时候需要查阅的资料；而且尽管书多且杂，一般我都能知道某一本书放在什么地方，可以不太费力地找到。但是使人恼火的是，不止一次地发现要找的书不见了，整套的书缺一本或几本，开始时感觉十分奇怪不可理解，但是后来便知道这全是欢欢干的。以至于正在看的书一下子也不见了；要用胶水粘信，胶水不见了；要用墨水灌钢笔，墨水不见了；或者把胶水和墨水瓶打开了盖，胶水和墨水洒在桌上地上，甚至于盖子要到桌子底下才能找到。特别是从外地寄来的少见的杂志书籍，转眼就到了他的手里……

至于到了他手里的书呢，新书马上就会变成旧书，书角立即卷起来了，倒着戳在枕边、墙角，掉到床底下积满灰尘……

就是这个欢欢，本来在黑龙江兵团自己学画过几年素描，期望成为未来的画家。谁知他近年来转变兴趣要学他的父亲，写起电影剧本来了。并且马上有一个杂志将要发表他的作品了。成了我的同行，也就意味着更多的不幸降落在我的身上；看我的书，翻我的东西成为合情合理合法……我多么希望他是整洁的，有条理的，爱干净的；但是，偏偏他是：

好东西搞坏，

整齐的弄乱，

新的弄旧，

干净的弄脏，

拿走的不还……

当场被我捉住的，无可抵赖，而事后追问的他大都不认账。

至于房门和自行车的钥匙已经无从统计他一共丢了多少。大概在五年前，我出门回家时，见门框旁边墙上出现了一处缺口，原来是一次儿子把钥匙锁在屋里了，进不去怎么办？他不耐烦等哥哥或者妈妈回家再开门，而是狠命把门撞开，因此把墙撞缺，弹簧锁撞断。纯粹是搞破坏！

带有更大危险性的是，欢欢有一天忽然积极起来，自己去厨房间烧一壶开水，但是点上煤气灶便忘得干干净净，于是始而把水浇干，继而把壶底烧透。假如一阵风来把火吹熄，或者煤气熏人，或者燃烧起火，弄不好会出人命！

事情当然还远不止此，他住的那间屋子同时还是我们家的小客厅。但是只要他在家的时候，屋里永远是乱糟糟的：袜子、裤子脱在桌上，每张椅子上都放着东西，床上被褥零乱，床下皮鞋拖鞋横七竖八；他前脚出门，后脚就是我去收拾房间。他的衣橱抽屉是关不上的，因为里面的东西堆得太多；其实如果每件衣服都叠整齐的话，完全可以放得很好，而他的每一件衣服都是随便往里一塞……有人对我说："抽屉里你也管，你也未免太爱管闲事了！"但我实在不甘心，就管不了他！另外还有一个情况，那个五屉柜虽是个红木的，因为太老旧，抽屉不好关，应该请个巧手木匠来修一修了，可是就这么一件事，难道也要我做父亲的来张罗！

漫画家华君武两年前曾对我说过他的苦恼，他感觉到他的儿子抽烟抽得太凶了。我对他说，应当强行制止，不准儿子抽烟，他无可奈何地说："不行呀，我自己就抽烟。"看来君武是一个具有民主作风的，以身作则的父亲。从这一点说来，我的条件比他好，我家是个无烟之家，我和妻子都不抽烟，我们的两位老娘也不抽烟。我们的大儿子吴钢和女儿吴霜也不抽烟，而唯一抽烟的又是这个欢欢。

对此我就振振有词了，和欢欢作过不止一次的严肃谈判，因为发现他常常抽烟，原因是我们家里经常准备着待客的烟。我向欢欢提出，假如你非抽烟不可的话，希望你不要和我们一起生活。我是声色俱厉地这样提出警告的，但仍发现过他偷偷抽烟的迹象；尤其是他来了朋友，关起门来吞云吐雾。朋友走后，烟灰缸里烟头一大堆。他的朋友是别人家的儿子，我如何管得？我哪有这么大的精力管这么多？

从朋友那里还听到这样一件事，儿子骑爸爸的自行车把车丢了，这个儿子一怒之下偷了别人一辆车，偏偏被警察捉住……这个祸闯得不大不小，但作父亲的恼火是可想而知的。我这个欢欢也发生了类似事件，他骑了我的车出去，回来时把车铃丢了。问题还不在此，而是丢了车铃他根本不知道，还是我发现的。受了我的责备，他也发火了，很快就发现车铃又安上了。不用说，是他在街上偷的别人的。这下子把我气疯了，我对欢欢发了一顿平生没有发过的脾气，逼他立即把车铃送还。他非常委屈地把车铃拿走了，我知道他决不可能送还，肯定是出门就给扔掉了。我这样严厉地责备他，无非是希望他印象深刻，不要再犯这样的错误；这件事比偷车要轻得多，但性质却是一样的，使我伤心的。根据欢欢的性格，这件事他早就忘记了，他没有知过必改的习惯，他只觉得委屈。因为即使是丢自行车对他也并不新鲜，他曾经丢过两次自行车，第一次丢了几天又找到了；第二次则是他要出去取一样东西，正好他的一个同学刚买了一辆新车来看他，便叫他骑新车去，但是奇怪的是他竟一去不复返了，待人们去找他时，才知道就在他上楼找人时，转眼之间车被偷掉了，由于无法交待，他赖在朋友家里不敢回来。于是爸爸妈妈只好拿出一百七十元来赔车。

辩证法教导我们一分为二，欢欢不是没有优点的。对外而言，他对人热情，乐于助人，我的许多朋友都把他当作最好的劳动力使用。敬爱的夏公，天才的画家黄永玉，在搬家的时候都请欢欢去做最有力的帮手，他是全心全意地为人家操劳的；大人小孩全喜欢他，都愿意和他在一起，说他可爱，说他有趣味……对内而言，他对妈妈忠心耿耿。妈妈病了，行动不便，凡是出去开会、看戏以及一切出门活动，都是他背起就走。妈妈病后长胖了，份量越来越重，但欢欢背着妈妈一口气上四楼，或是走得再多再远，都是心甘情愿的。而且对人说，他是妈妈的"小毛驴"。对爸爸呢，在适当的机会他也要表一表他的孝心。有一次家里只剩下我和他时，他说："爸爸，今天我做饭给你吃。"将近半小时之后，他来叫我吃饭了，做的是芝麻酱面。但是拿上饭桌时，实在叫人哭笑不得。面接近于黑色，那是酱油放多了；一碗面成了一团，芝麻酱显然也放得太多了。去厨房看时，一缸芝麻酱、半瓶酱油，都几乎被他用光了。最难想象的是给我的一双筷子，从下到上糊满了麻酱，根本无法下手。

味道之咸可想而知，不但我没法吃，他自己也受不了。由于他的动机是好的，我没有责备他，父子两人面面相觑，只能叹气。

所有上述他的缺点方面，说来都是生活小节，没有原则问题，更不是政治问题；但却都叫人无法容忍，随时招人火冒三丈。我这个最豁达的乐观主义者，曾经受过很多人无法经受的苦难，我都能泰然置之，但只有欢欢能气得我浑身发抖。我对他说过，我虽然身体健康，但有很大可能将来会被他气死。我希望他考虑别再和我一块生活，但是看来他似乎又很爱爸爸妈妈，他不干。

神人共鉴：我从来不是一个爱骂人的人，但是和欢欢共同生活的日子里，骂人成了我的日常习惯，我真为此感到十分疲倦。这就出现一个情况，所有接触过欢欢的我的朋友，无一不对他交口称赞，说他是一个好儿子。当他们知道我几乎每天要为欢欢生气，以及知道或听到我在骂儿子时，都来劝我不要骂他。当听我说了我骂他的理由时，几乎都这样说："咳！现在的年轻人都这样。"譬如那位乐队大指挥李德伦对我说："我那儿子在屋里穿大衣，袖子一甩，桌上的茶杯茶壶，全都扫到地下摔个粉碎！"

这也完全是欢欢的风格。天地太窄，房子太小，远远不够这一代气冲霄汉、声势浩大的孩子们施展的，处处都碍他们的事。

按道理说，我们全家的清洁卫生理当由这个浑身力气使不完的小伙子包下来吧，我对他说得嘴唇皮都快磨破了，但是，休想！他自己住的那间屋还得靠我去收拾呢！

我又在想，假如胡德勇丢在路上的东西被吴欢拾到，他能像胡德勇这样做吗？我何等希望他能这样做呵！但是看来不可能；第一，他根本不会发现丢在街上的东西；第二，人家胡德勇也不会那样粗心丢掉女朋友千里迢迢送来的东西。

因此使我不得不联想到他的又一个可恨的作风，不知有多少次在他要出门的时候，让他顺便去发信。他把信接过去，满口答应。但在他走后常会发现，信丢在桌上，或是椅子上，或是别的地方。就在昨天，我又发现一封别人托"吴欢同志转交"而且封面上画了地图说明的信摆在他的桌上，而他却去了上海了。

应当告诉儿子的女朋友，将来你如果做了他的妻子，你将比他的爸爸还要倒霉。因为你要和这个不负责任、不顾一切、目中无人的家伙生活一辈子，而做爸爸的究竟是日子不会太多了。假如你一定要嫁给他，我希望你具备一种特殊的威力或神奇的法术，能镇压他和改造他。在这方面，爸爸是个失败者。

儿子被一家电影厂特邀写剧本去了。这个毛手毛脚的愣小子，居然有人邀请写剧本了——可怜他该读书的时候什么也没有读到，全是"四人帮"害了他——这是他自己努力的成果，我为他高兴，也希望他做出成绩。至于写这篇文章的目的，当然主要是希望他能改变作风，虽然根据我多年的实践经验，改变的可能是极小极小的。另外还有一个目的，是为了提醒和刺激与欢欢同样类型的青年人，因为许多朋友们对我说的这句话太使人惊心动魄了！这就是："咳！现在年轻人都这样！"当然，"都这样"不可能，但是，我听到这样的话实在太多了。假如真是青年人都是这样的话，怎么建设我们的国家？

写到这里本该结束了，再要提一下的是刚刚收到一封儿子从上海的来信，当中有一段话是："我有许多错误，心里很难过，我一定好好改。"这很难得，使我很感动。但是这封信上又有一行写的是："请在我的抽屉里找一下，我的学生证忘记带来了，请用挂号信寄到这里来。"学生证是中央电影学院编剧进修班的证件。

亲爱的儿子呵！你说你可怎么好？

以上是八月中旬在北戴河西山宾馆写的，写完之后恰好一位报社记者来看到，他认为文章很好，且有普遍的典型意义。但是他说："你家欢欢目前正在上升时期，在从事剧本创作，如果发表这篇文章，对他的打击太大，应当慎重。"我尊重记者的意见，同时也应当听听欢欢的意见，因此就把它放下了。一直等到现在，儿子回家来了，我让他看了一遍，我发现他开始时在笑，但是看到后来就不笑了。看完之后，他说："呵！'惊心动魄'！……爸爸，发表也行，既然有典型意义，会有助于我的改变作风。"

我不怀疑儿子有改正生活作风的诚意和决心。我忽然发现我有一个多月没有骂人了，在儿子离家的这一段时期，我过得多么太平安静呵！馨香祈祷，愿意欢欢福至心灵，能够生活自理，别再让爸爸妈妈着急操心了。

1980年10月3日北京

（录自《吴祖光散文选》，江苏人民出版社，1982年版）

对奏的夜曲

张承志

你睡熟了。我又忆起人们对我的惊奇。

然而真正吃惊的是我。

为什么他们认定我会烦你、被你弄得混乱发疯、被你折磨得渐渐终止创造呢？我从中觉察出某种区别的滋味。你知道我心中悄然升起了一种对他们的感慨和冷淡。

同是人类，但人对于生命的理解太不一样了。而你的父亲是崇拜生命的：不用多说别的，仅仅因为一个生命真的千真万确是自己亲自创造的，这一点就比一切伟大的音乐、伟大的色彩更令人激动。我清晰地记着你降生后第八天，你刚出产院的第二夜我抱着你去看病。你轻如鸿毛，我捧着你时有生以来初次感受到自己的生命是绝对次要的。这是一种分界的、再生般的感受。你知道那以前和如今我最喜爱一个荷戟战士的形象，但在那一夜我才真正具有切肤的战士的感觉。正因为你在我手里如同一片羽毛，我才觉得自己力可拔山万夫不敌。我捧着你透明玻璃般的八天生命走在夜的寒风里，我的宽肩和厚背遮住了北方的那个初冬。你也许注意到我曾冷酷地锐利地盯着那屠夫般的小儿科医生；你因感到了父亲的满身杀气而号啕不止。而我只告诉你——如果他使我们朝"忍"的悬崖再退一步，你的父亲对再可怕的后果也在所不惜。这不是溺爱和自私的疯狂。我们已经容忍了太多的非情辱人，你对于你的父亲已经是人性的最后一道防线。

在混淆于别人的岁月中，你像魔术师一样，在我们的眼前变大了。

新疆诗人周涛和日本学者梅村先后来北京时，都不顾我不在家，坚持来看了看你。父亲的一切朋友都对你怀着一种深刻的好奇。你觉出了他们微笑的目光有些特殊。我原谅你那种时候的古怪和任性。但是真正感到新鲜的是我，真的，为什么呢，难道你从三岁就显示了什么魅力么？我满怀兴趣地对你仔细观察过。不，你仍然是一个普通平凡而爱笑的、长着两只黑黑眼睛的小姑娘。你快活地奔来跑去，嚼着字母饼干，把数不清的连环画扔得到处都是。

我后来懂了。

是因为你改造了我，我的女儿。也许朋友们都发现我的神情、口吻、语音出现了变化。他们认为我变得柔和了也严峻了，他们发现我干得再坚决但满藏着一种说不透的宽容随和。他们企图弄清我如此信赖的新哲学是什么，因为他们一直在苦苦寻找。

也许真是如此。在这妈妈出远门的夜里，我凝视着你胖乎乎的可爱睡态，也陷在漫漫的沉思中。她远在地球彼侧的斯图加特学习，她要离开我们整整一年。你调皮地笑了：你梦见我的思索了吗？她只会牵肠挂肚。她不能想象，女儿在真正和父亲相依为命的日子里，一个男人会获得怎样神圣的启示和源源的勇力。

哪怕直面最艰辛的斗争，生命的活泼也能支持战士——这是多么简单朴素的事，这是多么撼人心灵的事啊。晓桦叔叔在滔滔谈着他生活中的烦恼的时候，你听见我说：你应当有个孩子。没有孩子的人生是残缺的。——你奇怪地眨着大眼睛望了我一眼，突然抓起你的米老鼠跑开了。而我却有些惶惑，我觉得我没有说清楚你对于我的意义。难道仅仅是这些吗，难道我得到的，只是一种完满吗？

不。深夜我轻轻穿上衣服。你睡熟时没有一丝声响。当我悄悄走向书桌前，我停住品味了一下这黑暗。我有一点留恋，我觉得这藏着你的黑暗像一道温暖的战壕。我走出了掩蔽，走向书桌时我真切地感到了空旷和严峻。我坐下来开亮台灯，我和刹那间泻下的雪亮对峙了一瞬。不，我毕竟是更强了，我想。我刷刷地写了起来，我看见字迹又在我的笔下流成了一条河。现在它不像北方那些太年轻的河流了，我写着，笔笔感到它的一种成熟、坚定和孤胆的雄壮。

你在不远的黑暗中无声地酣睡着。

你在时间这恒静的流逝中长成着你的生命。

我在宁寂中触碰到你对我神奇的佑护。

我放下笔。我沉默地感动了。

我和你有一个认真的理想——我不止一次地和你谈过，等你再稍稍长大一点，等你变成一个有寒暑假的小学生而不是个幼儿园大班的小姑娘，我要带着你出去看看你的世界。

在内蒙古大草原上，有个叫乌珠穆沁的地方支着一座毡包。那毡包门前年年五月都为你拴上几头小山羊。那是我在二十年前插队的地方。你在出生之前莲花嫂子（你是喊她姑姑呢还是阿姨？）说过这样一句话："来这儿生吧！我养成个人再还给你！"她的话当时那样震动了你父亲的心，中篇小说《黑骏马》就因此而诞生了。我知道他们等你等得心焦，那些为你拴起的马驹、牛犊和羊羔都已经长得太大了。

在大西北的黄土高原，有个叫沙沟的村庄。你有一个和你父亲生死与共的马志文叔叔，他会派出六个孩子山上沟里地保护着你。你的照片贴在他家的土墙上，你的精神应当在那穷乡僻壤降临。当我把你领到那山村以后，你会懂得你父亲取来血脉的回族农民怎样吃土豆，打浆水，扶犁吆牛，少年怎样在黄昏的暮色中背回巨大的柴捆。我要在那盘牛粪和树叶烧热的土炕上告诉你这个村庄的历史，告诉你在危难时怎样径直来到这间泥屋躲避。

等你长大些，长成一个十岁的少年而不是这种五岁的幼儿园小孩，我还要领你远走新疆。你熟识的艾力肯叔叔、迪木拉叔叔会把你拉到他们哈萨克族和维吾尔族的家里。你看见他们的阿姨时你会懂得什么叫美丽的姑娘。你整天都听见音乐像风在你耳边吹拂，你会看见天山——那世界上最美的蓝松白雪山脉。

　　长大吧，别担心你不会说蒙语和哈语，别怕那里太远你不熟悉。你可以对你的父亲坚信不疑。我们这个小小的计划和理想，已经一步步朝你走近了，你知道我们一定会使理想实现。

　　你睡着。这一切是多么庄严。你宁静的小生命在父亲身边唤出了罕有的圣洁。酣酣地睡吧，饱饱地吃吧，纵情地玩吧，健康地活吧，我的女儿。等到你也能像父亲一样，在一盏深夜的灯下思索往事时，你一定会感动：

　　生命，是多么饱含意义啊。

（录自《张承志散文》，人民文学出版社，2005年版）

凝眸

斯　妤

窗外，雪夜的路灯扭曲，拉长，微微摇曳如蜡烛。

夜色清冽。空气清冽。薄冰迸折有声。我拥着我的太阳，室内春光如注。

儿子在我臂弯里熟睡。

呱呱坠世的啼哭粗犷而嘹亮，熟睡的产院乍然惊醒，不用护士通报，我已明白，从我瘦弱的体内跃出的，是一颗滚烫有力的火球。

儿子，我期待你已久。

水仙已两年不曾开放，夜来入梦，也久已没有柔风细雨。勇说，儿子将走进我们的怀抱。我说，我将因他而新生。

儿子，你真的来了。

核桃一样肿胀的眼睛，偶一睁开，只是线一样细的缝；厚厚的嘴唇终日噘着。鼻子扁平，额头扁平。在同室的婴儿中，你是最丑陋的。你的父亲因此而深深失望。而我却坚信，你是漂亮的。不是因为你是我的孩子，只是因为，你的哭声比谁都嘹亮，比谁都放肆。

就在这时，你又哭了，依旧嘹亮，依旧放肆。

每日清晨，我抱着你，在林荫道上作长时间的散步。我指给刚弥月的你看晨星、晓月、蓝天、白云，你却茫然，只把目光短促地投向身旁的迎春花和绿草坪。我意识到自己的可笑，于是给你指迎春花、绿草坪，你却不再理会。你闭起眼睛，酣然入睡。你在我的臂弯里熟睡，没有一丝一毫的迟疑。你全然不理会拥着你的是谁，不理会她将把你带向何方，你只是毫无顾虑地熟睡着。你信赖人，信赖这个陌生的世界。你使我的心灵，又一次怦然。

孩子，正是你们纯真的信赖，激发了与天地共存、与日月争辉的爱与责任。

那天早晨，醒来已是阳光耀眼，市声嘈杂。窗帘静静地立在一旁，暖气格外逼人。我走到你的床前，把沉淀了一夜的爱、一夜的牵挂带给你。你凝望我，眼球黑得发蓝。我们彼此凝视着，久久。突然，你的唇际绽出一缕微笑……

窗外的太阳，窗外的市声，窗外的一切一切都消失了，惟有你，你的光芒万丈的微笑，高悬在我颤栗的空中。

这是你初次的微笑呵！——你来到这个世界仅只三十六

天，你还什么都不懂。你不懂得转动脑袋，不懂得挥舞双手，不懂得手势，不懂得语言，可你懂得了——爱！你懂得被爱的美好，你懂得回报爱以深深的爱！

儿子，从此我的空中永远有一方微笑的太阳了。不管我到哪里，不管那里云怎样浓，雾怎样重。

你一天一天生长着。你长眉毛，长指甲，长头发，长牙齿，长所有的骨骼与肌肉。你每天都带给我崭新的面貌，崭新的喜悦。而我，那青春不再的躯体里，生长着的却是日益的疲惫与虚弱……

身的疲惫加剧着心的疲惫。极度疲惫了，便要寻找发作，寻找毁弃。

可是你在我的怀里蠕动。你埋着头寻找，急切地"吭哧"着，然后抬起头，乞求的目光直逼我的心底。你不停地蠕动，不停地寻找……

我的愤怒夭折了。

当你开始贪婪地吸吮，心的风暴已成过眼烟云。疯狂化作一泓清水。涟漪静静扩散，静静扩散……

孩子，你使我新生，使我强壮。你使我远远逃离了那极度的痛苦。那疯狂。

……

窗外，雪夜的路灯扭曲，拉长，微微摇曳如蜡烛。

夜色清冽，空气清冽。薄冰迸折有声。我拥着我的太阳，室内春光如注。

儿子在我臂弯里熟睡。睡梦中仍忍不住他的一再的微笑。

（原载1987年第4期《当代》）

多年父子成兄弟

汪曾祺

　　这是我父亲的一句名言。

　　父亲是个绝顶聪明的人。他是画家，会刻图章，画写意花卉。图章初宗浙派，中年后治汉印。他会摆弄各种乐器，弹琵琶，拉胡琴，笙箫管笛，无一不通。他认为乐器中最难的其实是胡琴，看起来简单，只有两根弦，但是变化很多，两手都要有功夫。他拉的是老派胡琴，弓子硬，松香滴得很厚——现在拉胡琴的松香都只滴了薄薄的一层。他的胡琴音色刚亮。胡琴码子都是他自己刻的，他认为买来的不中使。他养蟋蟀，养金铃子。他养过花，他养的一盆素心兰在我母亲病故那年死了。从此他就不再养花。我母亲死后，他亲手给她做了几箱子冥衣——我们那里有烧冥衣的风俗。按照母亲生前的喜好，选购了各种花素色纸作衣料，单夹皮棉，四时不缺。他做的皮衣能分得出小麦穗羊羔、灰鼠、狐肷。

父亲是个很随和的人，我很少见他发过脾气，对待子女，从无疾言厉色。他爱孩子，喜欢孩子，爱跟孩子玩，带着孩子玩。我的姑妈称他为"孩子头"。春天，不到清明，他领一群孩子到麦田里放风筝。放的是他自己糊的蜈蚣（我们那里叫"百脚"），是用染了色的绢糊的。放风筝的线是胡琴的老弦。老弦结实而轻，这样风筝可笔直地飞上去，没有"肚儿"。用胡琴弦放风筝，我还未见过第二人。清明节前，小麦还没有"起身"，是不怕践踏的，而且越踏会越长得旺。孩子们在屋里闷了一冬天，在春天的田野里奔跑跳跃，身心都极其畅快。他用钻石刀把玻璃裁成不同形状的小块，再一块一块逗拢，接缝处用胶水粘牢，做成小桥、小亭子、八角玲珑水晶球。桥、亭、球是中空的，里面养了金铃子。从外面可以看到金铃子在里面自在爬行，振翅鸣叫。他会做各种灯。用浅绿透明的"鱼鳞纸"扎了一只纺织娘，栩栩如生。用西洋红染了色，上深下浅，通草做花瓣，做了一个重瓣荷花灯，真是美极了。用小西瓜（这是拉秧的小瓜，因其小，不中吃，叫作"打瓜"或"笃瓜"）上开小口，挖净瓜瓤，在瓜皮上雕镂出极细的花纹，做成西瓜灯。我们在这些灯里点了蜡烛，穿街过巷，邻居的孩子都跟过来看，非常羡慕。

　　父亲对我的学业是关心的，但不强求。我小时候，国文成绩一直是全班第一。我的作文，时得佳评，他就拿出去到处给人看。我的数学不好，他也不责怪，只要能及格，就行了。他画画，我小时候也喜欢画画，但他从不指点我。他画画时，我在旁边看。其余时间由我自己乱翻画谱，瞎抹。我对写意花卉那时还不太会欣赏，只是画一些鲜艳的大桃子，或者我从来没有见过的瀑布。我小时候字写得不错，他倒是给我出过一点主意。在我写过一阵《圭峰碑》和《多宝塔》以后，他建议我写写《张猛龙》。这建议是很好的。到现在，我写的字还有《张猛龙》的影响。我初中时爱唱戏，唱青衣，我的嗓子很好，高亮甜润。在家里，他拉胡琴，我唱。我的同学里有几个能唱戏的。学校开同乐会，他应我的邀请，到学校去伴奏。几个同学都只是清唱。有一个姓费的同学借到一顶纱帽，一件蓝官衣，扮起来唱《朱砂井》，但是没有配角，没有衙役，没有犯人，只是一个赵廉，摇着马鞭在台上走了两圈，唱了一段"郿坞县在马上心神不定"，便完事下场。父亲那么大的人陪着几个孩子玩了一下午，还挺高兴。我十七岁初恋，暑假里，在家写情书，他在一旁瞎出主意！我十几岁就学会了抽烟喝酒。他喝酒，给我也倒一杯。抽烟，一次抽出两根，他一根我一根。他还总是先给我点上火。我们的这种关系，他人或以为怪。父亲说："我们是多年父子成兄弟。"

我和儿子的关系也是不错的。我下放张家口农村劳动，他那时从幼儿园刚毕业，刚刚学会汉语拼音，用汉语拼音给我写了第一封信。我也只好赶紧学会汉语拼音，好给他写回信。"文化大革命"期间，我失去自由。偶尔回家，孩子们对我还是很亲热。我的老伴告诫他们"你们要和爸爸'划清界限'"，儿子反问母亲："那你怎么还给他打酒？"只有一件事，两代之间，曾有分歧。他下放山西忻县"插队落户"。按规定，春节可以回京探亲。我们等着他回来，不料他同时带回了一个同学。他这个同学的父亲是一位被搞得人囚家破的空军将领。这个同学在北京已经没有家，按照大队的规定是不能回北京的，但是这孩子很想回北京，在一伙同学的秘密帮助下，我的儿子就偷偷地把他带回来了。他连"临时户口"也不能上，是个"黑人"，我们留他在家住，等于"窝藏"了他。公安局随时可以来查户口，街道办事处的大妈也可能举报。当时人人自危，自顾不暇，儿子惹了这么一个麻烦，使我们非常为难。我和老伴把他叫到我们的卧室，对他的冒失行为表示很不满，我责备他："怎么事前也不和我们商量一下！"我的儿子哭了，哭得很委屈，很伤心。我们当时立刻明白了：他是对的，我们是错的。我们这种怕担干系的思想是庸俗的。我们对儿子和同学之间的义气缺乏理解，对他的感情不够尊重。他的同学在我们家一直住了四十多天，才离去。

对儿子的几次恋爱，我采取的态度是"闻而不问"。了解，但不干涉。我们相信他自己的选择，他的决定。最后，他悄悄和一个小学时期女同学好上了，结了婚。有了一个女儿，已近七岁。

我的孩子有时叫我"爸"，有时叫我"老头子"！连我的孙女也跟着叫。我的亲家母说这孩子"没大没小"。我觉得一个现代的，充满人情味的家庭，首先必须做到"没大没小"。父母叫人敬畏，儿女"笔管条直"，最没有意思。

儿女是属于他们自己的。他们的现在，和他们的未来，都应由他们自己来设计。一个想用自己理想的模式塑造自己的孩子的父亲是愚蠢的，而且，可恶！另外，作为一个父亲，应该尽量保持一点童心。

1990年9月1日

（原载1991年第1期《福建文学》）

儿子长大以后

蒋子龙

　　一个男人，应该感谢儿女。没有儿女他就当不了父亲，而不当父亲就不能算是一个真正的完全的男人。

　　我初为人父的时候是在工厂里，有位车间副主任五十来岁了，他经常以抱怨的口吻向我炫耀：今天裤子被儿子穿走了，明天新买的上衣又被儿子换走了，他的一身行头几乎都是捡儿子穿破的或不要的。当时我真的非常羡慕他，有一个和自己一般高大的儿子多么有趣，多么幸运，爷儿俩可以争穿一条裤子，衣服鞋袜可以换着穿，这才叫天伦之乐。

　　什么时候我的儿子也长到那样大？自己当时也很年轻，就觉得要把一个小毛孩子养成大小伙子是很遥远很不容易的事情。虽然觉得儿子小也有小的乐趣，很好玩，极可爱，却仍恨不得他第二天就长成大人。

　　现在已年过花甲，就觉得当初的那些想法很可笑。人能长大或许不容易，但是很快，转眼就是百年。当儿子真正长大以后，又会常常想起并留恋他的童年时期，如有可能宁愿自己多吃点苦，多受点累，也希望将儿子的童年时代多留住几年。

像我这个年龄的人也许有太多的不幸，赶上了太多的动荡、灾难和政治运动。但也有一大幸，童年是在农村度过的，充满色彩和刺激，培养了我的性格，为我的一生提供营养。同时又拥有许多童年时代美好甜蜜的记忆。

我有个偏见，总以为在现代城市长大的人是没有童年的，至少他们不会对童年有深刻美好的记忆。因为他们大都走过一个相同的路线：从托儿所到幼儿园，从幼儿园到学校，生活大同小异，色彩千篇一律，大部分时间在房子里度过，跟玩具动物相处，没见过或很少见过活的牛马羊猪，不知何为原野，何为蓝天和星空。

他们的童年只给父亲提供了巨大的快乐和幸福，当然也有辛苦和责任，上学后就要催他们好好读书，催他们考重点中学，催他们考大学……可谓操碎了心。

我几乎是在毫无准备的情况下，猛然发觉儿子长得跟老子一般高大了，不能说不高兴，但有点生疏。不可避免地也享受到了十几年前我那位副手经常向我炫耀的那种快乐，只是我的感觉比那时候要复杂得多。开始是他穿我的衣服，我的衣服自然要比他的"高级"一些，有些在当时来说算比较好的衣服，穿在我身上显不出有多么好，穿在儿子身上效果则大不一样了，人配衣服，衣服抬人，相得益彰。我还有什么好说的，凡是他能穿的，他喜欢穿的，都先让他穿。

渐渐地他有了自己的着装风格，不再抢穿我的衣服，而是轮到我捡他的衣服穿。他不要的，我穿在身上，还让人觉得挺新潮。

现在似乎是进入了第三个阶段，儿子开始为我置办行头，偶尔还会引进一些名牌，似乎是有意识地为我设计形象。前几年他刚参加工作的时候，花九十元为我买了一双美国皮鞋，当时穿这个价格的皮鞋已经算相当奢侈了，在此之前我还从未穿过超过三十元一双的皮鞋。穿在脚上果然舒服、轻便，心里也轻飘飘的，终于享受到有儿子的好处了，以前的投资开始见效益，开始回收……

那双鞋还没有穿坏，有年春天儿子突然又给我买来一双"老人头"，内部价格还花了二百八十元。我不敢不高兴，在心里可打了折扣，甜甜的又带苦味儿。我对名牌可没有太大的热情，只觉得不实惠，而且这些什么鬼名字，明明是脚，为什么说成"头"？当时我还在中年阶段，不愿意被提前打入老人行列，心里难免有些警惕。

刚进入夏天，一个偶然的机会听到儿子在向他母亲打听我的腿长、腰肥，我赶紧放下笔，问他想干什么？他说要为我买一套真丝的衣服，光一条裤子就二百多元。打住，我这两条腿值不了那么多钱！

什么话，您这两条腿给二十万咱也不换。

妻子也在旁边奚落我，真是土得够劲了，现在穿真丝衣服很普通。过去给儿女买衣服花多少钱也不心疼，现在轮到儿子给你买衣服反倒心疼了。

心疼倒也不假，更主要的还是不习惯儿子为我设计的那身行头。底下是"老人头"，上边是一身真丝裤褂……那还得再添三样东西：左胸口袋里放一只金怀表，表链要露出来挂到扣眼上，右手举着鸟笼子，左手牵着狗……还是等以后养了狗和鸟再说吧。

儿子这份心意，还是让我感到骄傲，感到欣慰。他想用名牌武装自己老子的心情，跟他小的时候我想用最漂亮的衣服打扮他，不是一样的吗？我还没有觉得自己老，可是儿子突然间长成大人了，要来关心照顾我。我对这种来自儿子的关心和照顾，却还不太习惯。

儿子怎么会是突然长大的呢？难道这是很容易的事吗？他小的时候像一个活跃的水银球，到处乱滚乱撞，不知从床上摔下过多少次。当时"一间屋子半间炕"，为了让床底下多放东西，便把床腿垫得很高，又是水泥地面，居然没有被摔成重伤，可算他命大。至于脸上青一块，头上起个包，对他来讲不算什么。有时我在干活的时候，不得不把他拴在床架上，让他有多半个床铺的活动范围，却又不会掉下去。我称这为"床牢"，也算是对他的惩罚。

倘是把他放在地上，那屋里就会大乱。他什么地方都要踢一脚，都要伸一手。你越不让他摸的东西，他越要摸。有一次竟把手伸到刚从炉子上端下来的稀饭锅里。我至今不明白，他自己也记不得了，当时是出于一种什么心态，非要把手伸到那个热气腾腾、糯糯糊糊的粥锅里去搅一搅。害得我每天抱着他从城西到城东一个专治烫伤的卫生院去换药。夜里他疼得哭，我就抱着他在地上转……折腾了一个多月，幸好治疗及时，遍求名医，治疗护理中没有一点失误，才没落下伤疤。

当时我不感到累，只觉得睡眠不足。有时在哄他睡觉的时候，自己便也睡着了。有那么两次我睡得正香。突然被大雨浇醒，以为是梦，明明在屋里睡觉怎会有雨？可脸是湿的，身上是湿的，大雨还在下，原来儿子不知在什么时候身体转了九十度，跟我成丁字形，小鸡鸡直冲着我，其尿如注，全撒到我的脸上。即使这样，我都舍不得把他打醒，赶紧用抹布擦凉席，边擦边发牢骚：好小子，你欠了老子一笔，有朝一日我很老了，需要你端屎端尿的时候，看你有何话说。二十年以后，日本以及东南亚一些国家的有识之士，才开始盛行"喝尿疗法"。我才知当年儿子是对我的孝敬。我喝的是童子尿，质量更高。

儿子的事多了，那是一部长篇小说的材料，连他当年闯的祸都成了我现在一种甜蜜的回忆。他非常漂亮，逗人喜爱，我一有空就把他扛在肩膀上，招摇过市，喜欢听邻居、熟人对儿子说一些赞美的话，喜欢看到不认识的人们都用一种艳羡的、愉悦的眼光望着高高骑在我脖子上的儿子。孩子的漂亮和幸福，使我感到极大的欢乐。

苦还没有吃够，累还没有受够，急还没有着够，快乐还没有享受够，他一下子就跟我平起平坐了……今后似乎要轮到他来纠正我的错误了。

我的一位老同事为他介绍了一个女朋友，刚毕业的医学院高才生，聪明，娴静，我和妻子非常满意。姑娘的父母似乎对我的儿子也很满意。几个月后，我便急不可耐地请姑娘一家人吃饭，意思就是给两个年轻人施加压力，按习俗未来的亲家见了面等于订婚。然后我就高高兴兴地去新疆了。

在新疆接待我们的是同行沈玉斌，为人极宽厚平和，且机智过人，人称"神算"。看手相、批八字、相面、算命，甚灵验。我请他为儿子择结婚吉期，他经过认真推算，告诉我，儿子要到二十八岁结婚最好，也只有到那时才能结婚，眼下尚无对象。我大笑，到我儿子二十八岁的时候，我的孙子都三四岁了。对这位所谓"神算"立刻失去了信任。把他的推算当作玩笑话，随即就忘掉了。

一个多月后，我回到家听到的第一个消息，就是儿子和女朋友分手了。他就是趁我不在家的时候迈出这一步的。其理由是：你是个很好的姑娘，如果是我们自己相识的，也许将来会很幸福，现在则非分手不可。介绍人是我父亲的朋友，我们相互还没有多少了解，我的父母率先相中了你，态度明确。你的父母和我的父母一见面又很谈得来。我似乎别无选择，成也得成，不成也得成，每次我们约会，我都觉得是替父母在谈恋爱，我们之间有一点儿风吹草动，通过介绍人传到我父母的耳朵里，就对我进行一番审问和教导。假若将来结了婚，有一点儿不愉快，让双方父母知道了就会担心，就会干预，我们还能有自己的生活吗？

这是什么狗屁理由！然而就是这些似通非通的理由，把一个也许是很好的儿媳妇给放走了。我在写文章或开导别人的时候，老觉得自己挺现代，挺开通。通过这件事连自己都感到我是多么迂腐，多么可笑。

儿子的确是成年人了，我时刻都不应该忘记这一点。记不得是前辈哪个老家伙说过这样的意思：父子之间不尽是爱的法则，而是革命的法则，解放的法则，是有才能的青年压服精疲力竭的老人的法则。天哪，父子倒个儿也不该是这种倒法。

1992年9月

（录自《蒋子龙文集》第14卷，人民文学出版社，2013年版）

儿子的出生

余　华

　　我做了三十三年儿子以后，开始做上父亲了。现在我儿子漏漏已有七个多月了，我父亲有六十岁，我母亲五十八岁，我是又做儿子，又当父亲，属于承上启下，继往开来中的人。几个月来，一些朋友问我：当了父亲以后感觉怎么样？我说：很好。

　　确实很好，而且我只能这样回答，除了"很好"这个词，我不知道该怎样说。家里增加了一个人，一个很小很小的人，很小的脚丫和很小的手，我把他抱在怀里，长时间地看着他，然后告诉自己：这是我儿子，他的生命与我的生命紧密相连，他和我拥有同一个姓，他将叫我爸爸……

　　我就这样往下想，去想一切他和我相关的，直到再也想不出什么时，我又会重新开始去想刚才已经想过的。就这些所带来的幸福已让我常常陶醉，别的就不用去说了。

　　我儿子是以突然袭击的方式出现的，我和妻子毫无准备。

1992年11月，我为了办理合同制作家去了浙江，二十天后当我回到北京，陈虹来车站接我时来晚了，我在站台上站了有十来分钟，她看到我以后边喊边跑，跑到我身旁她就累得喘不过气来，抓住我的衣服好几分钟说不出话，其实她也就是跑了四五十米。以后的几天，陈虹时常觉得很累，我以为她是病了，就上医院去检查，一检查才知道是怀孕了。

那时候我一个人站在外面吸烟，陈虹走过来告诉我：是怀孕了。陈虹那时什么表情都没有，她问我要不要这个孩子。我想了想后说："要。"

后来我一直认为自己当初说这话时是毫不犹豫的，陈虹却一口咬定我当时犹豫不决了一会，其实我是想了想。有孩子了，这突然来到的事实总得让我想一想，这意味着我得往自己肩膀上压点什么，我生活中突然增加了什么。这很重要，我不可能什么都不想，就说要。

我儿子最先给我们带来的乐趣，是从医院出来回家的路上，我和陈虹走在寒风里，在冬天荒凉的景色里，我们内心充满欢乐。我们无数次在那条街道上走过，这一次完全不一样，这一次是三条生命走在一起，这是奇妙的体验，我们一点都感觉不到冬天的寒风。

接下来就是五个月的时候，有一天陈虹突然告诉我孩子在里面动了。我已经忘了那时在干什么，但我记得自己是又惊又喜，当我的手摸到我儿子最初的胎动时，我感到是被他踢了一脚，其实只是轻轻地碰了一下，我却感到这孩子很有劲，并且为此而得意洋洋。从这一刻起，我作为父亲的感受得到了进一步的证明，我真正意识到儿子作为一个生命存在了。

我的儿子在踢我。这是幸福的想法，他是在告诉我他的生命在行动、在扩展、在强大起来。现在我儿子七个多月了，他挥动着小手和比小手大一点的小脚，只要我一凑近他，他就使劲抓我的脸。我的脸常常被他抓破，即便如此，我还是常常将脸凑过去，因为我儿子是在了解世界，他要触摸实物，有时是玩具，有时是自己的衣服，有时就应该是他父亲的脸。

然后就是出生了。孩子没有生在北京，而是生在我的老家浙江海盐。我的父母都是医生，他们希望我和陈虹回浙江去生孩子。我儿子是1993年8月27日出生的，是剖腹产，出生的日子是我父亲选定的，他问我和陈虹："27日怎么样？"

我们说："行。"

陈虹上午八点半左右进了手术室，我在下面我父亲的值班室里等着，我将一张旧报纸看了又看，我一点都不担心，因为作为医生的我父母都在手术室里，他们恭候着孙儿的来临。我只是感到有些无所事事，就反复想想自己马上就要成为父亲了，我觉得这是一个有趣的事实，当然我更关心的是我儿子是什么模样。到了九点半，我听到我父亲在喊叫我，我一下子激动了，跑到外面看到父亲，他大声对我说："生啦，是男孩，孩子很好，陈虹也很好。"

我父亲说完又回到手术室里去了，我一个人在手术室外面走来走去，孩子出生之前我倒是很平静，一旦知道孩子已经来到世上，并且一切都好后，我反倒坐立不安了。过了一会，我母亲将孩子抱了出来，我母亲一边走过来一边说："太漂亮了，这孩子太漂亮了。"

　　我看到了我的儿子，刚从他母亲子宫里出来的儿子，穿着他祖母几天前为他准备的浅蓝色条纹的小衣服，睡在襁褓里，露出两只小手和小脸。我儿子的皮肤看上去嫩白嫩白的，上面像是有一层白色的粉末，头发是湿的，黏在一起，显得乌黑发亮，他闭着眼睛在睡觉。一个护士让我抱抱他，我想抱他，可是我不敢，他是那么的小，我怕把他抱坏了。

　　那天上午阳光灿烂，从手术室到妇产科要经过一条胡同，当护士抱着他下楼时，我害怕阳光了，害怕阳光会刺伤我儿子的眼睛。有趣的是当护士抱着我儿子出现在胡同里时，阳光刚好被云彩挡住了。就是这样，胡同里的光线依然很明亮，我站在三层楼上，看到我儿子被抱过胡同时，眼睛皱了起来，这是我看到自己儿子所出现的第一个动作。虽然很多人说孩子出生的第一月里是没有听觉和视觉的，但我坚信我儿子在经过胡同时已经有了对光的感觉。

　　儿子被护士抱走后，我又是一个人站在手术室外面，等着陈虹被送出来，我在那里走来走去，这时的感觉与儿子出生前完全不一样，我实实在在地感到自己是父亲了，一想到自己是父亲了，想到儿子是那么的小，才刚刚出生，我就一个人嘿嘿地笑。

我儿子在婴儿室里躺了两天，我一天得去五六次，他和别的婴儿躺在一起，浑身通红，有几次别的婴儿哇哇哭的时候，他一个人睡得很安详，有时别的婴儿睡的时候，他一个人在哭。为此我十分得意，我告诉陈虹：这孩子与众不同。

我父亲告诉我，这孩子是屁股先出来的，出来时一只眼睛睁着，另一只眼睛闭着，刚一出来就拉屎撒尿了。然后医生将他倒过来，在他背上拍了几下，他哇地哭了起来，他的肺张开了。

陈虹后来对我说，她当初听到儿子第一声哭声时，感到整个世界变了。陈虹从手术室里出来时脸上挂着微笑，我俯下身去轻声告诉她我们的儿子有多好，她那时还在麻醉之中，还不觉得疼，听到我的话她还是微笑，我记得自己说了很多感谢的话，感谢她为我生了一个很好的儿子。

其实在知道陈虹怀的是男孩以前，我一直希望是女儿，而陈虹则更愿意是男孩。所以我认准了是女孩，而陈虹则肯定自己怀的是儿子。这样一来，我叫孩子为女儿，陈虹一声一声地叫儿子。我给孩子取了一个小名，叫漏漏。这一点上我们意见一致，因为我们并没有具体的要孩子的计划，他就突然来了。我说这是一条漏网之鱼，就叫他漏漏吧。

漏漏没有受过胎教，我和陈虹跑了几个书店，没看到胎教音乐，也没看到胎教方面的书籍。事情就是这样怪，想买什么时往往买不到，现在漏漏七个多月了，我一上街就会看到胎教方面的书籍和音乐盒带。另一方面我对胎教的质量也有些怀疑，倒不是怀疑它的科学性，现在的人只管赚钱，很少有人把它作为事业来从事。

所以我就自己来教，陈虹怀孕三四个月之间，我一口气给漏漏上了四节胎教课，第一节是数学课，我告诉他：1+1=2；第二节是语文课，我说：你是我儿子，我是你父亲；第三节是音乐课，我唱了一首歌的开始和结尾两句；第四节是政治课，是关于波黑局势的。四节课加起来不超过五分钟，其结果是让陈虹笑疼了肚子，至于对漏漏后来的智力发展有无影响我就不敢保证了。

陈虹怀漏漏期间，我们一直住在一间九平米的平房里，三个大书柜加上写字台已经将房间占去了一半，屋内只能支一张单人床，两个人挤一张小床，睡久了都觉得腰酸背疼。有了漏漏以后，就是三个人挤在一起睡了，整整九个月，陈虹差不多都是向左侧身睡的，所以漏漏的位置是横着的，还不是臀位。臀位顺产就很危险，横位只能是剖腹产。

漏漏八月下旬出生，我们是8月2日才离开北京去浙江，这个时候动身是非常危险了，我在北京让一些具体事务给拖住，等到动身时真有点心惊肉跳，要不是陈虹自我感觉很好，她坚信自己会顺利到达浙江，我们就不会离开北京。

陈虹的信心来自于还未出世的漏漏，她坚信漏漏不会轻易出来，因为漏漏爱他的妈妈，漏漏不会让他妈妈承受生命危险。陈虹的信心也使我多少有些放心，临行前我让陈虹坐在床上，我坐在一把儿童的塑料椅子里，和漏漏进行了一次很认真的谈话，这是我第一次以父亲的身份和未出世的儿子说话。具体说些什么记不清了，全部的意思就是让漏漏挺住，一直要挺回到浙江家中，别在中途离开他的阵地。

这是对漏漏的要求，要求他做到这一点，自然我也使用了贿赂的手段，我告诉他，如果他挺住了，那么在他七岁以前，无论他多么调皮捣蛋，我也不会揍他。

漏漏是挺过来了，至于我会不会遵守诺言，在漏漏七岁以前不揍他，这就难说了。我的保证是七年，不是七天，七年时间实在有些长。儿子出生以后，给他想个名字成了难事。以前给朋友的孩子想名字，一分钟可以想出三四个来，给自己作品中的人物取个名字，也是写到该有名字的时候立刻想一个。轮到给自己儿子取个名字，就不容易了，怎么都想不好，整天拿着本《辞海》翻来看去，我父亲说干脆叫余辞海吧，全有了。

漏漏取名叫余海果，这名字是陈虹想的，陈虹刚告诉我的时候，我看一眼就给否定了。过了两天，当家里人都在午睡时，我将余海果这三个字写在一个白盒子上，看着看着觉得很舒服，嘴里叫了几声也很上口，慢慢地我越来越喜欢这个名字了，等到陈虹午睡醒来，我已经非这名字不可了。我对陈虹说："就叫余海果。"

儿子出生了，名字也有了，我做父亲的感受也是越来越突出，我告诉自己要去挣钱，要养家糊口，要去干这干那，因为我是父亲了，我有了一个儿子。其实做父亲最为突出的感受就是：我有一个儿子了。这个还不会说话，经常咧着没牙的嘴大笑的孩子，是我的儿子。

1994年2月

（录自《没有一条道路是重复的》，作家出版社，2013年版）

父子之战

余 华

　　我对我儿子最早的惩罚是提高自己的声音，那时他还不满两岁，当他意识到我不是在说话，而是在喊叫时，他就明白自己处于不利的位置了，于是睁大了惊恐的眼睛，仔细观察着我进一步的行为。当他过了两岁以后，我的喊叫渐渐失去了作用，他最多只是吓一跳，随即就若无其事了。我开始增加惩罚的筹码，将他抱进了卫生间，狭小的空间使他害怕，他会在卫生间里"哇哇"大哭，然后就是不断地认错。这样的惩罚没有持续多久，他就习惯卫生间的环境了，他不再哭叫，而是在里面唱起了歌，他卖力地向我传达这样的信号——我在这里很快乐。接下去我只能将他抱到了屋外，当门一下子被关上后，他发现自己面对的空间不是太小，而是太大时，他重新唤醒了自己的惊恐，他的反应就像是刚进卫生间时那样，号啕大哭。可是随着抱他到屋外次数的增加，他的哭声也消失了，他学会了如何让自己安安静静地坐在楼梯上，这样反而让我惊恐不安，他的无声无息使我不知道外面发生了什么，我开始担心他会出事，于是我只能立刻终止惩罚，开门请他回来。当我儿子接近四岁的时候，他知道反抗了，有几次我刚把他抱到门外，他下地之后以难以置信的速度跑回了屋内，并且关上了门。他把我关到了屋外。现在，他已经五岁了，而我对他的惩罚黔驴技穷以后，只能启动最原始的程序，动手揍他了。就在昨天，当他意识到我可能要惩罚他时，他像一个小无赖一样在房间里走来走去，高声说着："爸爸，我等着你来揍我！"

我注意到我儿子现在对付我的手段，很像我小时候对付自己的父亲。儿子总是不断地学会如何更有效地去对付父亲，让父亲越来越感到自己无可奈何，让父亲意识到自己的胜利其实是短暂的，而失败才是持久的，儿子瓦解父亲惩罚的过程，其实也在瓦解着父亲的权威。人生就像是战争，即便父子之间也同样如此。当儿子长大成人时，父子之战才有可能结束。不过另一场战争开始了，当上了父亲的儿子将会去品尝作为父亲的不断失败，而且是漫长的失败。

我不知道自己五岁以前是如何与父亲作战的，我的记忆省略了那时候的所有战役。我记得最早的成功例子是装病，那时候我已经上小学了，我意识到父亲和我之间的美妙关系，也就是说父亲是我的亲人，即便我伤天害理，他也不会置我于死地。我最早的装病是从一个愚蠢的想法开始的，现在我已经忘记了究竟是什么原因促使我装病，我所能记得的是自己假装发烧了，而且这样去告诉父亲，父亲听完我对自己疾病的陈述后，第一个反应——几乎是不假思索的反应就是将他的手伸过来，贴在了我的额头上。那时我才想起来自己犯了一个致命的错误，我竟然忘记了父亲是医生，我心想完蛋了，我不仅逃脱不了前面的惩罚，还将面对新的惩罚。幸运的是我竟然蒙混过关了，当我父亲洞察秋毫的手意识到我什么病都没有的时候，他没有去想我是否在欺骗他，而是对我整天不活动表示了极大的不满，他怒气冲冲地训斥我，警告我不能整天在家里坐着或者躺着，应该到外面去跑一跑，哪怕是晒一晒太阳也好。接下去他明确告诉我，我什么病都没有，我的病是我不爱活动，然后他让我出门去，爱干什么就干什么，两个小时以后再回来。我父亲的怒气因为对我身体的关心一下子转移了方向，使他忘记了我刚才的过错和他正在进行中的惩罚，突然给予了我一个无罪释放的最终决定。我立刻逃之夭夭，然后在一个很远的安全之处站住脚，满头大汗地思索着刚才的阴差阳错，思索的结果是以后不管出现什么危急的情况，我也不能假装发烧了。

于是，我有关疾病的表演深入到了身体内部，在那么一两年的时间里，我经常假装肚子疼，确实起到了作用。由于我小时候对食物过于挑剔，所以我经常便秘，这在很大程度上为我的肚子疼找到了借口。每当我做错了什么事，我意识到父亲的脸正在沉下来的时候，我的肚子就会疼起来。刚开始的时候我还能体会到自己是在装疼，后来竟然变成了条件反射，只要父亲一生气，我的肚子立刻会疼，连我自己都分不清是真是假。不过这对我来说已经不重要了，重要的是我父亲的反应，那时候我父亲的生气总会一下子转移到我对食物的选择上来，警告我如果继续这样什么都不爱吃的话，我面临的就不仅仅是便秘了，就连身体和大脑的成长都会深受其害。又是对我身体的关心使他忘记了应该对我做出的惩罚，尽管他显得更加气愤，可是这类气愤由于性质的改变，我能够十分轻松地去承受。

这似乎是父子之战时永恒的主题，父与子之间存在着的那一层隐秘的和不可分割的关系，那种仿佛是抽刀断水水更流的关系，其实是父子间真正的基础，就像是河流里的河床那样，不会改变。很多年过去了，当我开始写作以后，我父亲对我写下的每一篇故事，都是反复地阅读，这几乎是他一生里最为认真的阅读经历了。当我出版一部新作，给他寄出后，他就会连续半个月天天去医院的传达室等候我的书，而且几乎每天都给我打电话，对我的书迟迟未到显得急躁不安。我父亲这样的情感其实在我小时候就已经充分显露了，从而使我经常可以逃脱他的惩罚。

我装病的伎俩逐渐变本加厉，到后来不再是为了逃脱父亲的惩罚，而是为摆脱扫地或者拖地板这样的家务活而装病了。有一次我弄巧成拙了，当我声称自己肚子疼的时候，我父亲的手摸到了我的右下腹，他问我是不是这个地方，我连连点头，然后父亲又问我是不是胸口先疼，我仍然点头，接下去父亲完全是按照阑尾炎的病状询问我，而我一律点头。其实那时候我自己也弄不清是真疼还是假疼了，只是觉得父亲有力的手压到哪里，哪里就疼。然后，在这一天的晚上，我躺到了医院的手术台上，两个护士将我的手脚绑在了手术台上。当时我心里充满了迷惘，父亲坚定的神态使我觉得自己可能是阑尾炎发作了，可是我又想到自己最开始只是假装疼痛而已，尽管后来父亲的手压上来的时候真的有点疼痛。我的脑子转来转去，不知道如何去应付接下去将要发生的事，我记得自己十分软弱地说了一声：我现在不疼了。我希望他们会放弃已经准备就绪的手术，可是他们谁都没有理睬我。那时候我母亲是手术室的护士长，我记得她将一块布盖在了我的脸上，在我嘴的地方有一个口子，然后发苦的粉末倒进了我的嘴里，没多久我就什么都不知道了。

等到我醒来的时候，我已经睡在家里的床上了，我感到哥哥的头钻进了我的被窝，又立刻缩了出去，连声喊叫着："他放屁啦，臭死啦。"然后我看到父母站在床前，他们因为我哥哥刚才的喊叫而笑了起来。就这样，我的阑尾被割掉了，而且当我还没有从麻醉里醒来时，我就已经放屁了，这意味着手术很成功，我很快就会康复。很多年以后，我曾经询问过父亲，他打开我的肚子后看到的阑尾是不是应该切掉。我父亲告诉我应该切掉，因为我当时的阑尾有点红肿。我心想"有点红肿"是什么意思，尽管父亲承认吃药也能够治好这"有点红肿"，可他坚持认为手术是最为正确的方案。因为对那个时代的外科医生来说，不仅是"有点红肿"的阑尾应该切掉，就是完全健康的阑尾也不应该保留。我的看法和父亲不一样，我认为这是自食其果。

1999年1月31日

（录自《没有一条道路是重复的》，作家出版社，2013年版）

女儿

北　岛

　　田田今天十三岁了。准确地算，生日应在昨天，这儿和北京有十六个小时时差。昨天晚上我做了意大利面条，给她斟了一小杯红酒。"真酸，"她呷了一口，突然问，"我现在已经出生了吗？"我看看表，十三年前这会儿，她刚生下来，护士抱来让我看，隔着玻璃窗。她头发稀少，脸通红，吐着泡沫。

　　十三岁意味深远：青少年，看PG13的电影，独自外出，随时会堕入情网。让父母最头疼的，是第二次反抗期的开始。心理学家认为，第一次反抗期在三岁左右——行动上独立，第二次在十四五岁左右——思想意识上独立。

　　我还没做好足够的心理准备，变化已有迹可循：她开始注意穿戴，打耳洞，涂指甲，留披肩发，和全美国的女孩子们一起，迷上电影《泰坦尼克号》（Titanic）的男主角。她们个个会唱主题歌。为了顺应潮流，避免沉船，我给她买来《泰坦尼克号》

的音乐磁带。

在音乐上的对立早就开始了。平时还行，关门各听各的。去年圣诞节开车去拉斯维加斯，她的范晓萱嗲声嗲气，磁带像丢了转，何止影响驾驶，简直让我发疯。倘若有一天警察用范晓萱的歌过堂，我立马招供。换上我的革命歌曲，她堵着耳朵，大喊大叫。一代人一代歌，不可能沟通。音乐是植根于人的生理本能的，我一听《春节序曲》，嘴里就有股烂白薯味。1958年冬天志愿军从朝鲜回来。堆在我们家阳台上的白薯正发霉。这两件本来不相干的事让《春节序曲》给连起来了：当我坐板凳上啃白薯，电台播个不停。

中国人在西方，最要命的是孤独，那深刻的孤独。人家自打生下来就懂，咱中国人得学，这一课还没法教，得靠自己体会。

上没老人，下没弟妹，父母够不着，在中年云雾里忙碌。怎么办？放了学，田田旋风般冲进来，自己弄点儿吃的，就地卧倒，开电视，看脱口秀（talk show）。那是媒体用大量废话，变成笑料，填充人与人之间沉默的深渊。威尔·史密斯（Will Smith），那个电视上快乐的黑人小伙儿，眼见着成了我们家一员。田田一边做功课，一边跟着他咯咯地乐。

她最爱看的还是《我爱我家》。这个一百二十集的电视连续剧，她至少看了几十遍，几乎都能背下来。这是她在寻根，寻找北京话耍贫嘴的快感，寻找那个地理上的家，寻找美国经验以前人与人的亲密、纠葛与缠斗。

去年田田暑假回北京，那个地理上的家。回来我问她，若能选择，你想住在哪儿？

她闪烁其词，我知道我问了个愚蠢的问题。在国外住久了，你爱哪个家？这恐怕连大人也答不上来，你只能徘徊在那些可能被标明为家的地点之间。

我带田田去宠物商店，让她选个生日礼物。她转来转去，竟看中了只小耗子。我坚决反对，理由一：她妈妈最怕耗子；理由二：耗子最怕猫，我们家有恶猫两只，隔着笼子，也会吓出心脏病。给耗子做心脏手术，我们负担不起。

三个星期前，她妈妈回北京办画展，我跟田田在家。我们的时间表不同：她出门早，我还没起床；她放了学，我刚睡醒午觉；她开电视，我去健身房；她做功课，我上夜校；回到家，她该上床了。田田开始抱怨，抱怨我睡懒觉、贪玩、在家时间少、电话多。

我跟田田分开了六年，从她四岁到十岁。我满世界漂流时，暗自琢磨，恐怕只有田田这个锚，才能让我停下来。有一天，住在英格兰的朋友告诉我，他们乡下有幢老房子正出售，便宜得难以置信。他还找来照片：歪斜的石头房子和开阔的田野。这成了我的梦，我愿客死他乡，与世无争，只求做麦田里的守望者，把田田带大。

昨夜惊醒，田田站在我床前，用手蒙着眼睛，嘟嘟囔囔。她做了噩梦，梦见吸血鬼。我不知道她是否梦见过那幢石头房子。她告诉我，她总是在梦里飞翔，自由自在。看来事与愿违，她想远走高飞，留下无边的麦田和影子西斜的老父亲。

田田上初一，功课多，我得帮她做功课。我对数学一窍不通，只能磕磕绊绊带她穿过历史。历史课本相当生动，我也跟着上课。最近我们一起进入中世纪的黑暗：黑死病消灭了欧洲人口近三分之一；《圣经》译成英文前，仅少数懂拉丁文的牧师掌握解释权，这是导致教会腐败的原因之一。

一天她告诉我，历史老师宣布：考试成绩前五名的同学每人交五块钱，分数可再提高。其余同学都傻了，继而怒火中烧。田田考砸了，也加入抗议的行列。我跟着拍案而起：造反有理！我们全都上了当。原来这与历史课本有互文关系。在马丁·路德的宗教改革以前，富人只要捐钱给教会，杀人放火，照样可赦免上天堂。老师略施小计，让学生外带个跟班的家长体会一下当时穷人的愤怒。

田田胸无大志。问她今后想干什么？她懒洋洋地说，找份轻松的工作就行。这好，我们那代人就被伟大志向弄疯了，扭曲变态，无平常心，有暴力倾向，别说救国救民，自救都谈不上。人总是自以为经历的风暴是唯一的，且自诩为风暴，想把下一代也吹得东摇西晃。这成了我们的文化传统。比如，忆苦思甜，这自幼让我们痛恨的故事，现在又轮到我们讲了。田田还好，走开。我朋友一开讲，他儿子用英文惊呼：Oh, my God！（我的天哪！）

下一代怎么活法？这是他们自己要回答的问题。

那天，午觉醒来，大雨撼动屋顶。看表，三点十分，田田正要下课。开车到学校，找不到停车位，开紧急灯，打伞冲进去。学生们正向外拥，一把把伞迎风张开。我到处找田田那件红绒衣。男孩子五大三粗，女孩子叽叽喳喳。我逆流而行。很快，人去楼空。我转身，雨停，天空变得明朗。

（录自《北岛作品精选》，长江文艺出版社，2011年版）

陪考一日

莫　言

7月6日晚，带着书、衣服、药品、食物等诸多在这三天里有可能用得着的东西，我们搭出租车去赶考。我们很幸运，女儿的考场排在本校。而且提前在校内培训中心定了一个有空调的房间，这样既是熟悉的环境，又免除了来回奔波之苦。信佛的妻子说：这是佛祖的保佑啊！我也说，是的，这是佛祖的保佑。坐在出租车上，看到车牌照上的号码尾数是575，心中暗喜，也许就能考575分，那样上个重点大学就没有问题了。车在路口等灯时，侧目一看旁边的车，车牌的尾数是268，心里顿时沉重起来。如果考268分那就糟透了。赶快看后边的车牌尾数，是629，心中大喜，但转念一想，女儿极不喜欢理科而学了理科，二模只模了540分，怎么可能考629？能考575就是天大的喜事了。

车过了三环路，看到一些学生和家长背包提篮地向几家为高考学生开了特价房间的大饭店拥去。虽说是特价，但每天还是要四百元，而我们租的房间只要一百二十元。在这样的时刻，钱是小事，关键是这些大饭店距考场还有一段搭车不值、步行又嫌远的尴尬距离，而我们的房间距考场只有一百米！我心中满是感动，为了这好运气。

安顿好行李后，女儿马上伏案复习语文，说是"临阵磨枪，不快也光"。我劝她看看电视，或者到校园里转转，她不肯。一直复习到深夜十一点，在我的反复劝说下，才熄灯上床。上了床也睡不着，一会儿说忘了《墙头马上》是谁的作品，一会儿又问高尔基到底是俄国作家还是苏联作家。我索性装睡不搭她的话，心中暗暗盘算，要不要给她吃安定片。不给她吃怕折腾一夜不睡，给她吃又怕影响了脑子。终于听到她打起了轻微的鼾，不敢开灯看表，估计已是零点多了。

凌晨，窗外的杨树上，成群的麻雀齐声噪叫，然后便是喜鹊喳喳地大叫。我生怕鸟叫声把她吵醒，但她已经醒了。看看表，才四点多钟。这孩子平时特别贪睡，别说几声鸟叫，就是在她耳边放鞭炮也惊不醒，常常是她妈搬着她的脖子把她搬起来，一松手，她随即躺下又睡过去了，但现在几声鸟叫就把她惊醒了。拉开窗帘，看到外边天已大亮，麻雀不叫了，喜鹊还在叫。我心中欢喜，因为喜鹊叫是个好兆头。女儿洗了一把脸又开始复习，我知道劝也没用，干脆就不说什么了。离考试还有四个半小时，我很担心到上考场时她已经很疲倦，心中十分着急。

早饭就在学校食堂里吃，这个平时胃口很好的孩子此时一点胃口也没有。饭后，劝她在校园里转转，刚转了几分钟，她说还有许多问题没有搞清楚，然后又匆匆上楼去复习。从七点开始，她就一趟趟地跑卫生间。我想起了我的奶奶。当年闹日本的时候，一听说日本鬼子来了，我奶奶就往厕所跑。解放后许多年了，我们恶作剧，大喊一声：鬼子来了！我奶奶马上就脸色苍白，提着裤子往厕所跑去。唉，这高考竟然像日本鬼子一样可怕了。

终于熬到了八点二十分，学校里的大喇叭开始广播考生须知。我送女儿去考场，看到从培训中心到考场的路上拉起了一条红线，家长只许送到线外。女儿过了线，去向她学校的带队老师报到。

八点三十分，考生开始入场。我远远地看到穿着红裙子的女儿随着成群的考生涌进大楼，终于消失了。距离正式开考还有一段时间，但方才还熙熙攘攘的校园内已经安静了下来，杨树上的蝉鸣变得格外刺耳。一位穿着黄军裤的家长仰脸望望，说：北京啥时候有了这玩意儿？另一位戴眼镜的家长说：应该让学校把它们赶走。又有人说：没那么悬乎，考起来他们什么也听不到的。正说着蝉的事，看到一个手提着考试袋的小胖子大摇大摆地走了过来。人们几乎是一起看表，发现离开考还有不到十分钟了。几个带队的老师迎着那小胖子跑过来，好像是责怪他来得太晚了。但那小胖子抬腕看看表，依然是不慌不忙地、大摇大摆地向考场走。家长们都被这个小子从容不迫的气度所折服。有的说，这孩子，如果不是个最好的学生，就是一个最坏的学生。穿黄裤子的家长说，不管是好学生还是坏学生，他的心理素质绝对好，这样的孩子长大了可以当军队的指挥官。大家正议论着，就听到从学校大门外传来一阵低声的喧哗。于是都把身体探过红线，歪头往大门口望去，只见两个汉子架着一个身体瘦弱的男生，急急忙忙地跑了进来。那男生的腿就像没了骨头似的在地上拖拉着，脖子歪到一边，似乎支撑不了脑袋的重量。一个中年妇女——显然是母亲——紧跟在男孩的身后，手里拿着考试袋，还有毛巾药品之类的东西，一边小跑着，一边抬起胳膊擦着脸上的汗水与泪水。一群老师从考试大楼里跑出来，把男孩从那两个男人手里接应过去，那位母亲也被拦挡在考试大楼之外。红线外的我们，一个个都很感慨很同情的样子，有的叹气，有的低声咕哝着什么。我的觉悟不高，心中有对这个带病参加考试的男生的同情，但更多的是暗自庆幸，不管怎么说，我的女儿已经平平安安地坐在考场里，现在已经拿起笔来开始答题了吧。考试正式开始了，蝉声使校园里显得格外安静。我们这些住在培训中心的幸运家长，站在树荫里，看到那些聚集在大门外强烈阳光里的家长们，心中又是一番感慨。因为我们事先知道了培训中心对外营业的消息，因为我们花了每天一百二十元钱，我们就可以站在树荫里看着那些站在烈日下的与我们身份一样的人。可见世界上的事情，绝对的公平是不存在的。譬如这高考，本身也存着很多不公平，但它比当年的推荐工农兵大学生是公平得多了。对广大的老百姓的孩子来说，高考是最好的方式，任何不经过考试的方式，譬如保送，譬如推荐，譬如各种加分，都存在着暗箱操作的可能性。

有的家长回房间里去了，但大多数的家长还站在那里说话，话题飘忽不定，一会儿说天气，说北京成了非洲了，成了印度了，一会儿又说当年的高考是如何的随便，不像现在的如临大敌。学校的保安过来干涉，让家长们不要在校园内说话，家长们很顺从地散开了。

将近十一点半时，家长们都把着红线，眼巴巴地望着考试大楼。大喇叭响起来，说时间到了，请考生们立即停止书写，把卷子整理好放在桌子上。女儿的年级主任跑过来，兴奋地对我说：莫先生，有一道18分的题与我们海淀区二模卷子上的题几乎一样！家长们也随着兴奋起来。一位不知是哪个学校的带队老师说：行了，明年海淀区的教参书又要大卖了。

学生们从大楼里拥出来。我发现了女儿，远远地看到她走得很昂扬，心中感到有了一点底。看清了她脸上的笑意，心中更加欣慰。迎住她，听她说：感觉好极了，一进考场就感到心中十分宁静，作文写得很好，题目是"天上一轮绿月亮"。

下午考化学，散场时，大多数孩子都是喜笑颜开，都说今年的化学题出得比较容易，女儿自觉考得也不错。第一天大获全胜，赶快打电话往家报告喜讯。晚饭后，女儿开始复习数学，直至十一点。临睡前，她突然说：爸爸，下午的化学考卷上，有一道题，说"原未溶解……"我审题时，以为卷子印错，在"原未"的"未"字上用铅笔写了一个"来"字，忘记擦去了。我说这有什么关系？她突然紧张起来，说监考老师说，不许在卷子上做任何记号，做了记号的就当作弊卷处理，得零分。我说你这算什么记号？如果这也算记号，那作文题目是不是也算记号？另外，即便算记号，你知道谁来判你的卷子？她听不进我的话，心情越来越坏，说我完了，化学要得零分了。我说，我说了你不信，你可以打电话问问你的老师，听听她怎么说。她给老师打通了电话，一边诉说一边哭。老师也说没有事。但她还是不放心。无奈，我又给山东老家在中学当校长的大哥打电话，让他劝说。总算是不哭了，但心中还是放不下，说我们是在安慰她。我说：退一万步说，他们把我们的卷子当成了作弊卷，给了零分，我们一定要上诉，跟他们打官司。爸爸认识不少报社的人，可以借助媒体的力量，把官司打赢……

　　凌晨一点钟，女儿心事重重地睡着了。我躺在床上，暗暗地祷告着：佛祖保佑，让孩子一觉睡到八点，但愿她把化学卷子的事忘记，全身心地投入到明天的考试中去。明天上午考数学，下午物理，这两项都是她的弱项……

（原载2002年第2期《散文·海外版》）

面对没有父亲的男孩儿

徐 晓

丈夫去世时，儿子刚好六岁，那是5月。6月，我带他去小学校报名。填表时我固执地把"父亲"那一栏空着，好像不知道那是根本躲不过去的。一个大嗓门的女老师喊着儿子的名字，让我当众补上。我没想到自己会如此的脆弱，填着表，眼泪止不住地流。从那一天起，我开始面对一个没有父亲的男孩儿。

第二年，我把儿子送进了寄宿学校。做出这个选择，在当时对我来说是极为困难的。首先，我必须拼命地工作，来支付高昂的学费；其次，我并不认为寄宿制学校会有最好的教学质量，也清楚所谓贵族学校的优越感对孩子更是绝对的负面。但是，我有更重要的理由说服自己：一个只有六七岁的孩子，怎么可能有足够的心智承受我这份欠得太多拖得太久的母爱？况且，一个没有父亲的男孩儿，只有在现实中和心理上都离母亲尽可能远一点儿，才能多一点儿独立，少一点儿逆反。当然，这是一种冒险。我不能判断可能在多大程度上失去我的儿子；但我可以肯定，如果不这样做，一定会在更大的程度上失去他。所以我宁愿冒这个险。

儿子小时候是一个几乎从不犯错误的孩子。丈夫住院时，有一次我带他到医院去看爸爸，路上给他和爸爸一人买了一根雪糕，坐在自行车后座上，他问："妈妈，你自己为什么不吃？""妈妈不喜欢吃凉东西呀。"他说："不对！你不是不喜欢吃，是咱们家没有那么多钱，等我长大了，一定买三根雪糕，你一根，我一根，爸爸一根。"有朋友曾经说，他乖得让人心痛。

丈夫生病的那些年，我常常把他一个人反锁在家里自己去医院。那次因为得肺炎没上幼儿园，等他午睡后我抽身走了，本想能在他醒之前回来，不记得因为什么事在医院耽搁了。已经是深秋，天开始黑得早。我风风火火地冲进楼门，一眼看见他站在黑乎乎的楼道里，穿着一件天蓝色的毛衣，印象最深的是脚下那双小兔子拖鞋，黄的，还缀着两只红眼睛。因为拖鞋是毛茸茸的，那两条穿着棉毛裤的细腿显得更加突兀。我不知道那天他为什么会跑出来找妈妈，我也不知道他把自己反锁在外面已经站了多久。他没哭，在看到妈妈之后他仍然没哭，而且没问我为什么回来得这么晚，好像他天生就知道妈妈得先去照顾爸爸。在任何时候，不管是他生病，还是临睡前正讲着图画书，我走，他从不以任何方式表示抗议，从不和爸爸争夺我。除了天性，当然更重要的是环境使然。如同穷人的孩子早当家一样，家里有灾难的孩子早懂事。

　　往事回首才感到沉重和无奈是那样的不堪，一些原本不经意的事情浮现出来。不记得儿子为什么冒犯了我，我把他的一辆玩具小汽车摔得粉身碎骨。我说过，他几乎是个从来不犯错误的孩子，不爱哭不任性甚至不活泼。即使是我无意识地滤掉了原因，也很难想象他会惹得我如此公然粗暴。在以后的这些年里，我想象着他那惊恐的表情，体会着他的无辜和无助，这一幕反复地尖锐地刺激着我。我像祥林嫂一样给好几个朋友讲这件事，并且说：我居然欺负一个孩子！朋友安慰我，说我不必对此过于自责，每一个做父母的都可能做出这种事。但我并没有就此原谅自己。我无法回避他是一个从小缺少父爱，随后又完全失去父爱情境的孩子，我自责没有给他足够的母爱，虽然我自己也无法表述母爱的完整与缺失的边界在哪里。

　　在三岁到六岁这段对孩子的性格成长最重要的时期，我跨越了时间，跨越了母亲的本能。记忆中我对儿子很少有亲近爱抚和柔声细语，甚至没有丢下过病人哪怕一天，带他去郊外去电影院去游乐场。即使晚上九点钟回到家，独自一人在家的儿子已经高烧到了快40度，我都没想到过应该对他说一声："对不起！"我是一个过于理性的，理性得有点儿冷酷的母亲。我太清楚，自己没有痛苦悲哀诉苦抱怨的权利，也没有儿女情长婆婆妈妈的权利。我只能在心里对儿子说：妈妈欠你的时间，欠你的爱抚，就算是你为妈妈出了一份力，为爸爸尽了一份孝心吧。

丈夫去世后我第一次带他去樱桃沟玩儿，前一天晚上说好的，第二天一早我发起了高烧，但我以近乎自虐的心态坚持和他一起爬山蹚水。直到坚持不了躺倒在公园的长椅上。我不知道，除此我可以用什么方式偿还对他的亏欠。他寄宿的最初两年，每个周末去接他时，我都会习惯性地问他想不想妈妈，他会非常有节制地说，有一点点儿想。我会接着问，一点点儿是多少？他用两只手比画着，有时大，有时小，我的心就会随着他小手开合的大小或者多一分欣慰或者多一分失落。最痛苦的是期末考试后的周末，不管我怎样事先告诫自己一定要从容地面对他的成绩，可到头来总是紧张得不可理喻。考得多好才应该表扬和奖励，考得多差就应该批评甚至惩罚？智商和自信在这种时候仿佛降到了最低点，对于如何与孩子相处简直完全没有把握。经过最初两三年的自我折磨，我得出结论：时间是不可逆的，体验是不可重复的。一个孩子在三岁时应该得到他三岁该得的，六岁时应该得到他六岁该得的，失去的不能复得。因而补偿的心愿无法实现越加使我感到沉重。

我无法体验离婚的单身母亲对待子女的心情，但我想那和丧偶的单身母亲一定是很不同的。她们会与前夫争夺情感，会与继母或继父计较责任，但她们不会像我这样敏感，这样自己和自己过不去。一次，他在宿舍玩儿时不小心碰破了同学的脸，事后那个同学的父亲恶狠狠地威胁他说：我要找你爸爸，让你爸爸狠狠地教训你！这个情景是班里另一个同学的母亲亲眼看

208

到后打电话告诉我的。她还说，你儿子只是哭，一句都不还嘴，样子可怜极了。想象着这么一个小人儿被别人的父亲教训，而自己却没有同样高大的父亲保护该是多么难过。我不知道他会不会像一个成年人一样，为没有哪怕是可以狠狠教训自己一顿的父亲而感到自卑。但是我又非常清楚，这是他必然时时面对的现实，必须在这种磨难中接受并且适应。那天我几乎一夜未眠，想到他受的委屈心痛得受不了，考虑在这件事情中我是该旁观还是该介入其中。第二天午饭时我跑到离家二十公里的学校，在饭厅门口等他，我克制着没有流泪，没有过多地表示温情，听到他像个男子汉似的说"我没事"，我才稍稍宽了点心。好不容易到了周末，我有点儿歇斯底里地找那位家长，指责他单方面介入孩子之争，更没有权利教训别人的孩子。除了儿子的事，我从没对任何事情如此踌躇不前而又反应过度。每遇这种情况，对我的情感都是一次折磨，对我的理性都是一次挑战。我觉得做一个没有父亲的男孩儿的母亲真难。

一年一度，已经五年了，每到清明和祭日，带儿子去扫墓成了我们这两口之家最重要的家事。5月，是北京最好的季节，有春风有蓝天有绿草和紫的黄的野花。有时候和很多朋友同去，有时候就我们母子俩。从山下走到陵园需要个把小时，我们俩捧着鲜花，我一束，他一束，边走边说。那种时刻，我的内心充满了宁静，或者说宁静超越了悲伤。无法想象，没有儿子的陪伴，我将如何年复一年地走在这通向墓地的山路。有朋友劝我，孩子还小，总让他经历这种场面会使他非常压抑，对他性格的发展不利。我也曾犹豫过，最终还是决定带他去。我无意营造孤儿寡母的悲壮气氛，也不想借此强化他的孝心。我只是想，应该让他认识这条路，熟悉这条路。如果有一天他远走他乡，等他回来时我已经老得爬不上那座山走不到那座墓，或者我干脆早已不在人世，起码他不会忘记这条走了十几二十年的路，还能一个人来为爸爸扫墓。想起曾经有那么多叔叔阿姨和我们一起来看望爸爸，他会不会为爸爸而骄傲并因此而生长出尊严？想起和妈妈单独来的情景，他会不会被妈妈感动并因此而懂得什么是善良仁爱？如果能够这样不是也挺好嘛。

　　说出来有点儿可笑，到了对功名甚至异性都已超脱了虚荣的年龄，我却常常在一个十来岁的男孩儿面前禁不住扮演虚荣。比如，有时候我会把自己根本都不看重的所谓业绩对他小小地吹一吹牛；再比如，到他的学校去我会刻意地打扮自己，让他不会觉得丢面子；还比如，评高级职称是为了将来对他有个交代。我一厢情愿地这样做，不过是希望他觉得妈妈有点儿了不起。不是说"榜样的力量是无穷的"吗？我还有另外的小私心，想让他对我服气，否则等他长成了一米七八的大小伙子，我一个小女人怎么管得了他？

　　年前，有朋友从重庆来，送我一件"琉璃工房"的工艺品，一只大天鹅背上驮着三只小天鹅，大天鹅用翅膀护着它们。精美的包装盒里有一张卡片上写着："一辈子带着，又甜蜜又幸福又骄傲地带着。"她说，看见这句话就想起你们母子。其实，世上哪个当母亲的不是这样呢？又劳累又操心又生气，同时又甜蜜又幸福又骄傲。我遇到的每一个问题，可能是所有做母亲的女人都会遇到的，只因为我的儿子是一个没有父亲的男孩儿，一切悲喜愁欢就变得不一样了。

2000年

（录自《半生为人》，同心出版社，2005年版）

我吻女儿的前额

阎　纲

美丽的夭亡。她没有选择眼泪。

女儿阎荷，取"延河"的谐音，爸妈都是陕西人。菡萏初成，韵致淡雅，越长越像一枝月下的清荷。大家和她告别时，她的胸前置放着一枝枝荷花，总共三十八朵。

女儿1998年查出肿瘤，从此一病不起。两次大手术，接二连三地检查、化疗、输血、打吊针，"那瓶走尽这瓶流，点滴何时是个头？"祸从天降，急切的宽慰显得苍白无力，气氛悲凉。可是，枕边一簇簇鲜花不时地对她绽出笑容，她睁开双眼，反而用沉静的神态和温煦的目光宽慰我们。我不忍心看着女儿被痛苦百般折磨的样子，便俯下身去，梳理她的头发，轻吻她的前额。

神使鬼差般地，我穿过甬道，来到协和医院的老楼。二十一年前，也是协和医院，我在西门口等候女儿做扁桃体手术出来。

女儿说："疼极了！医生问我幼儿时为什么不做，现在当然很痛。"其状甚惨，但硬是忍着不哭，怕我难过。羊角小辫，黑带儿布鞋。

十九年前，同是现在的六七月间，我住协和医院手术。

穿过甬道拐进地下室，再往右，是我当年的病房，死呀活呀的，一分一秒的，就是在这里度过的，这里还留着女儿的身影。此前，我在隆福医院手术输血抢救，女儿十三岁，她用两张硬板椅子对起来睡在上面陪住，夜里只要我稍重的一声呼吸或者轻微地一个翻动，她立刻机警地、几乎同步地坐起俯在我的身边，那眼神与我方才在楼上病房面对的眼神酷似无异。替班的那些天，她不敢熟睡。她监视我不准吸烟。有时，女儿的劝慰比止痛针还要灵验。

回到病房，我又劝慰女儿说："现在我们看的是最好的西医郎景和，最好的中医黄传贵，当年我住院手术不也挺过来了？那时好吓人的！"女儿嘴角一笑，说："你那算什么？'轻松过关'而已。"她千叮咛、万嘱咐，一定提醒那些对妇科检查疏忽大意的亲友们，务必警惕卵巢肿瘤不知不觉癌变的危险，卵巢是个是非之地，特别隐蔽，若不及时诊治，就跟我一样受大罪。

最后的日子里，五大痛苦日夜折磨着我的女儿：肿瘤吞噬器官造成的剧痛；无药可止的奇痒；水米不进的肠梗阻；腿、脚高度浮肿；上气不接下气的哮喘。谁受得了呵？而且，不间断地用药、做检查，每天照例的检血、挂吊针，不能将痛苦减轻到常人能够忍受的程度。身上插着管子，都是捆绑女儿的锁链，叫她无时无刻不在炼狱里经受煎熬。"舅妈……舅妈！"当小外甥跑着跳着到病房看望她时，她问了孩子这样一句话："小镁，你看舅妈惨不惨呀？"孩子大声应道："惨——"声音拉得很长，病房的气氛顿觉凄凉。同病房有个六岁的病友叫明月，一天，阎荷坐起梳头，神情坦然，只听到一声高叫："阎荷阿姨，你真好看，你用的什么化妆品呀？"她无力地笑着："阿姨抹的是酱豆腐！"惹出病房一阵笑声。张锲和周明几位作家看望，称赞："咪咪，真坚强！"女儿报以浅笑，说："病，也坚强！"又让人一阵心酸。

胃管里流出黑色的血，医生急忙注射保护胃黏膜和止血的针剂，接着输血。女儿说："现在最讨厌的是肠梗阻。爸，为什么不上网求助国际医学界？"我无言以对。女儿相信我，我会举出种种有名有姓的克癌成果和故事安抚她，让她以过人的毅力，一拼赢弱不堪的肢体，等待奇迹的出现。我的心情十分矛盾：一个比女儿还要清醒、还要绝望的父亲，是不是太残忍？可是，我又能怎么做呢？只能把眼泪往肚里咽，只能以最大的耐心和超负荷的劳碌让她感受亲情的强大支持。夜深了，女儿周身疼痛，但执意叫我停止按摩，回家休息。我离开时，吻了吻她的手，她又拉回我的手不舍地吻着。我一步三回头地出了病房，下楼复上楼，见女儿已经关灯，枕边收音机的指示灯如芥的红光在黑暗中挣扎。一个比白天还要难过的长夜开始折磨她了。我多想返回她的身边啊！但不能，在这些推让上，她很执拗。

女儿在病房从不流露悲观情绪，她善良、聪颖，稳重而有风趣，只要还有力气说话，总要给大家送上一份真情的、不含苦涩的慰藉，大人孩子、护士大夫都喜欢她，说"阎荷的病床就是一个快乐角，什么心里话都愿意说给她听"。

7月18日凌晨四时，女儿喘急，不停地捯气儿，大家的心随着监护仪上不断闪动的数字紧张跳动。各种数字均出现异常，血氧降至十七。外孙女给妈妈擦拭眼角溢出的泪水。十时二十分，女儿忽然张口用微弱无力的语调问了声："怎么还不给我抽胸水？"这是她留给亲人们最后的一句话。她用捯气抵御窒息，坚持着、挣扎着，痛苦万分。我发现女儿的低压突然降到三十二，女婿即刻爬到她的胸前不停地呼叫："咪咪，咪咪，你睁眼，睁眼看我……咪！"女儿眼睛睁开了，但是失去光泽……哭声大作。大夫说："大家记住时间，十点三十六。这对阎荷也是一种解脱，你们多多保重！现在让我们擦洗、更衣、包裹……"可怜的女儿，疼痛的双腿依然跷着。护士们说："阎荷什么时候都爱干净。阎荷，给你患处贴上胶布，好干干净净地上路。"又劝慰大家说："少受些罪好。阎荷是好人！"女儿的好友甄颖，随手接过一把剪子，对着女儿耳语："阎荷，取你一撮头发留给妈妈，就这么一小撮。"整个病房惊愕不已。

女儿离去后，有泪皆成血，无声不断肠，但是我如梦如痴，紧紧抓住那只惨白的手，眼睁睁看着她的眸子渐渐地黯淡下来，却哭不出声来。我吻着女儿的前额。《文艺报》的李兴叶、贺绍俊、小韩、小娟闻讯赶来，痛惜之余，征询后事。我说："阎荷生前郑重表示'不要搞任何仪式，不要发表任何文字'。非常感谢报社和作协，你们给予她诚挚的关爱，在她首次手术时竟然等候了十个小时！"

妈妈的眼睛哭坏了。伴随着哭声，我们将女儿推进太平间，一个带有编号的抽屉打开了，已经来到另外一个世界。我抚摸着她僵硬疼痛的双腿，再吻她的前额，顶着花白的头发对着黑发人说："孩子，过不多久，你我在天国相会。"

八宝山的告别室里，悬挂着女儿的遗言："大家对我这么好，我无力回报。我奉献给大家的只有一句话，珍惜生命。"那天来的亲友很多，文艺报社和作家协会的领导几乎都到了，女儿心里受用不起，她生来就不愿意惊扰别人。

女儿的上衣口袋里，贴身装着一张纸片，是她和女婿的笔谈记录，因为她说话已经相当困难了。血书般的纸片，女婿至今不敢触目。

●等你好了，我们好好生活。

▲哪儿有个好啊？美好的时光只能回忆了。

●只要心中有我们，一定能够战胜疾病。

▲我心中始终有你们，却没能控制住疾病。如果还有来世，只盼来世我俩有缘再做夫妻，我将好好报答你。

●从今天开始咱俩谁也不能说过分的话，好吗？

▲这些都是心里话，因为我觉得特别对不住你们，你们招谁惹谁了，正常的生活都不能维持。

●你有病，我们帮不了忙，不能替你受苦。

▲谁也别替我受苦了，还是我一人承受了吧。我只希望这痛苦早些结束，否则劳民伤财。真的，我别无他求，早些结束对我来说是最大的幸福。

●别这么想，只要有一点希望咱们俩就要坚持，为了我，是不是我太自私了。

▲坚持下去又会怎样呢？你看你们每天跑来跑去，挺累的，为了你们，我看还是不再坚持为好，肠梗阻太讨厌了！

●生病没有舒服的，特别痛苦，你遇事不慌，想得开，我看是有希望的。

▲你看不行，你是大夫吗？（玩笑）

●你知道多少人惦着你呀？

▲大家对我这么好，我无力回报。我奉献给大家的只有一句话：珍惜生命。我真的爱大家，爱你，爱丝丝，爱咱们这个家，都爱疯了，怎么办？真羡慕你们正常人的生活，自由地行走，尽情地吃喝。没办法，命不好。酷刑！

胃液满了吧，快去看看。

后来，又在她的电脑里发现一则有标题短文，约作于第十一次化疗之后。惧怕的事情终于发生了，她却变得坦然。"思丝"即思恋青丝，女儿的女儿也叫丝丝。

思丝

做梦也没有想到，我，一个十二岁孩子的妈妈、满头青丝的妇女同志会以秃头示人。更没有想到，毅然剃发之后竟不在意地在房间内跑来跑去，倒是轻松，仿佛"烦恼丝"没了，烦恼也随之无影无踪，爽！

活了三十多岁，还没见过自己的头型呢，这次，嘿，让我逮个正着。没头发好。

摸着没有头发的脑袋，想一想也不错。往常这时候我该费一番脑筋琢磨这头是在楼下收拾收拾呢，还是受累到马路对面的理发店修理修理？是多花几块洗洗呢，还是省点钱自己弄弄？掉到衣服上的头发渣真麻烦，且弄一阵儿呢。没头发好。

没了头发才明白为什么有人愿意剃光头。盛夏酷暑，燥热难耐，哪怕悄悄过来一股小风，没有头发的脑袋立马就感到丝丝凉意，那是满头青丝的人无论如何也体会不到的。没头发好。

没有头发省了洗发水，没有头发节约护发素，没有头发不用劳驾梳子，没有头发不会掉头皮屑。没头发好。

没头发的时候，只能挖空心思发挥其优势，有什么办法呢？再怎么说，这头也得秃着啊。

我翘首盼着那一天，健康重现、青丝再生。到那时，我注定会跑到自己满意的理发店去，看我怎么摆弄这一撮撮来之不易的冤家。洗发水、护发素？拣最好、最贵的买喽！还有酷暑呀？它酷它的，我美我的，谁爱光头谁光去，反正我不！

衰惫与坚强，凄怆与坦荡，生与死，抚慰与反抚慰……生命的巨大反差，留给亲友们心灵上难以平复的创痛。

吻别女儿，痛定思痛，觉得死亡也没有什么可怕。死后，我将会再见先我一步在那儿的女儿和我心爱的一切人，所以，我活着就要爱人，爱良心未泯的人，爱这诡谲的宇宙，爱生命本身，爱每一本展开的书，与世界上第一流的思想家做精神上的交流。

女儿周年祭

（原载2001年第6期《散文》）

女儿不在家的日子

赵 玫

慢慢地开始适应这种没有女儿在身边的生活。

而要减轻因思念女儿所带来的苦痛，对我来说只有一种方式，那就是用做更多的事情来转移我的注意力。难以想象如果没有别的事情可做，而每时每刻想着我远去的女儿会是种怎样的情景。那是种折磨。我努力克制着自己。我要求自己去做那些我本该去做的事情，譬如写作，还有那些不该做而还是去做的事情。这样其实仅仅是为了占满我心灵的空间，所有的空间。那原本是被女儿充满的。

我真的已经开始了我的写作。我知道这是女儿最希望我做的。为了她的愿望，我写。除此之外在10月到来的时候，我又主动去做了一些我本来不会去做的事情来分散我的注意力。我先是用了五天的时间为报纸写了一篇很长的报告文学。紧接着我又作为天津市举办的世界体操锦标赛的一名特殊的作者，采访了大赛中的各种主持人，包括中央电视台的孙正平和宁辛。那是一段我让我自己非常非常忙的日子。我不仅要到体育中心观看体操比赛，要在现场采访那些辛勤工作的主持人，还要在他们休息的时间，到饭店去和他们聊天。总之，繁忙的采访和写作，差不多占据了我思维的所有空间，以至于在那段时间里，我竟然真的顾不上想念女儿了。接下来不久，我又参加了我的母校南开大学八十周年的校庆，那也是一段令人难忘的经历，母校的光荣历程让我们激动了很久。

于是女儿就这样被"遗忘"。或者，思念女儿的苦痛就这样被缓解了。当然我依然想着她并且惦记着她，但是这种思念已经变得很健康了。在那样的时刻，我知道我太需要这种健康的心态了。不能总是那样自己折磨自己。

健康的思念状态是：在观看"世体赛"的时候，我会将女儿最喜欢的俄罗斯体操名将聂莫夫和体操皇后霍尔金娜的表演拍成照片，我会买各种关于这次"世体赛"的纪念品，譬如T恤衫和纪念的徽章给女儿寄去；我会把我在母校校庆时听到的数学家陈省身先生精彩的讲话记录下来，写信告诉女儿，让她在遥远的地方也能和我一道共享这人类的思想与文化……

我这样努力使自己获得解脱，但是如果一些天接不到女儿的信，我还是会沉不住气，心绪恍然。我在这个金秋十月的日记中曾写道，她让我想念，也让我生气。因为她总是很少写信。当然我知道她很忙，就像我们大家都很忙一样。但没有她的消息，心里就惶惶的。是因为爱她才怪她。于是梦见她，连续梦见她。因为太想了，所以会做梦。感谢她来入梦。而梦里见到，白天就更是惶惶。我一定要给她打电话，一定要听到她的声音，一定要听到她亲口对我说，她很好，特别好。

然后在女儿的晚上，就拨通了她的电话听到了她的声音。声音是她走后唯一我能够感触到她的东西，除此我不再拥有她的任何东西，我甚至看不到她的微笑……而电话多么好。那种和女儿通过电话之后的踏实感和安全感让我满足。尽管那感觉的获得是昂贵的，是以高额的电话资费支撑的。

进入10月，最先是国庆节，而且是五十年大庆。记得国庆节一早就和女儿通了电话。告诉了她我们大家正在电视上看天安门广场盛大的阅兵式。

然后在10月1日的晚上，我就收到了若若《国庆节快乐！！！》的E-mail。那是她代表南希和John的国庆节祝福。她在那封信里说：

> 希望你们节日快乐。我一切都好。因为我的生活很快乐。周末的时候，一对英国口音的夫妇来家里吃饭。很难想象我是多么喜欢他们的口音，那种英国的口音。丈夫是化学家，喜欢文学。他在牛津上的大学，而他告诉我，哈佛才是最好的。此外我还见到了John的表妹和她的男朋友。那个男朋友曾经是一所非常有名的加州大学的校长。

他大约六十五岁，也许更多。他有七个学位，知道所有的事情。他并且自己造字，非常酷。总之我总是能遇见很酷的人。所以我的生活总是很有意思的。

国庆期间，作为礼物，我还收到了 John 在网上为我们发来的女儿非常沉静美丽的照片，很艺术的那一种，是在照相馆拍摄的。无疑那是南希和 John 最喜欢的照片，因为发送这些照片的那个标题就是：一张照片胜过千言万语！！！

然后 John 在照片的下面写道，这是世界上最漂亮的女儿。你看她是不是正在成为明星？希望这对于你们的节日来说是最好的礼物。

后来知道那是女儿为她的诺维尔中学年刊拍摄的照片。后来女儿也在她的信中问我，妈妈你觉得我漂亮吗？我说真的很漂亮，并且你的漂亮的照片带给了我们长长的欢乐和幸福。

收到照片，看到了女儿，本来应该心满意足了，可是反而又迫不及待地给她打了电话。那是她的晚上，电话打得很长。从她的声音中听出了她感冒了（那是女儿在美国一年中唯一的一次感冒），于是着急，问她，是不是不舒服？她立刻说她已经好了。她反复说她真的已经好了。不知道在听到女儿感冒的声音时是怎样的一种忧虑，好像连天空都立刻变得灰暗。她病了，不舒服，而我又不能在她的身边照顾她，这是最让一个母亲难受的。

她说妈妈你真的不用担心。她说你想知道我的学习吗？你要是再乱着急我就不和你说了。她说我的英语继续很好，最近欧洲历史也赶上来了，刚刚得到了一个一百分。她还说她在音乐小组里的表现也非常好，音乐老师特别喜欢她，并且这个周末她的钢琴就会到家了。

她还特别说了一些在马萨诸塞州读大学的事。她说这里的大学太好了，你只要走进这里的校园，就会觉得你如果不能到这样的大学读书，将会是终生的遗憾。所以她特别希望能到美国来读书。她说 John 答应我临走之前在美国考一次托福。而且他们也会在她来美国读书的问题上帮助她。她说在这里可以边上大学边打工。甚至这里给别人看小孩每小时都可以赚六美金，这还是赚钱最少的。美国正在使女儿改变着她的价值观念，她甚至已经觉得打工赚钱是一件能够帮助她成长的事情了。

若若还介绍了她的朋友们。她说那个哥伦比亚男孩迪戈确实不错，还有丽兹，丽兹也是她的好朋友。这个周末丽兹就会住在他们的家里。而且从周五开始，他们要连续放假四天，因为这是美国的哥伦布节。哥伦布显然在美国的文化中很重要。因为是他航海发现了美洲大陆，所以在某种意义上说，没有哥伦布也就没有美国。所以哥伦布将主宰着美国。他将是美国永远的父亲。

总之女儿很好。她说她可能希望我给她寄一些 CD 过去，她说她会写信告诉我她想要听的是什么。但是最终她还是没有要她原先的那些CD盘，因为她欣赏音乐的品位，已经和她在国内时大相径庭了。

若若说最近他们刚刚给我寄来了包裹。其中有给我的哈佛T恤、哈佛水杯、一封信，还有她送给李雨珉的一本关于美国歌手茱儿的书，她知道她的朋友真正喜欢的是什么。

她还告诉我两个月来，她总共才花了八十美金。因为她没有什么可买的，但是南希和John为她买了很多东西，并为此花了很多钱。

若若还说了南希波士顿银行将要和纽约银行合并的事。她告诉我南希已经不想在那家银行做了，她想找一个新工作。但在此期间，银行将为南希这样的资深主管人员提供一年半的全工资。

南希去了南卡罗来纳州，今晚才会回来。

然后她说到莫莉和奥维尔，就像是在说她的兄弟姐妹。她说莫莉在她的房间里睡觉。奥维尔是坏蛋，她总是和奥维尔打架。

诺维尔已经很冷。她要穿长裤和绒衣了。问她要不要什么衣物，她说她什么也不需要。

她最后还说他们去摘了苹果，摘了很多很多苹果到家里来。

电话中主要是若若在说。听得出她非常开心，她的心情是舒畅的。而让我特别高兴的是，女儿已经开始独立思考她的未来。譬如她想在美国上大学，譬如她想在美国考托福，譬如她想到了要边上学边打工。总之她开始设计自己，哪怕那仅仅是梦想。

我欣赏女儿这样的姿态。因为有了目标她才可以为此而努力。想想我生她养她把她带大，事实上也只有一个愿望，那就是她能读最好的大学，受最好的教育。我们一直在为此而奋斗着，如今女儿也加入到这个为她的前途而奋斗的行列中，我怎么能不为她的这一份对自己的责任而欣慰呢？

几天后网上又出现了女儿的另一组照片。她戴着很"酷"的五颜六色的头套，并且和她的好朋友丽兹在一起。和那些很"酷"的照片一道，女儿又写来了信，她说，嗨，妈妈，这些照片是我。你觉得怎么样？我用英语给你写信，所以你不得不改变你的阅读方式，你觉得这个主意怎么样？

那是10月10日。若若说今天我们去了一家商场买东西。我买了一条 CK 牌的牛仔裤，它看上去很酷。丽兹·肯尼迪——不是前任总统肯尼迪的亲戚——和我们一道度过了周末。她是个非常好的女孩，我很喜欢她，将来我想让她来中国。

今天对我来说是一个重要的日子，因为我的钢琴来了。从此我每天都可以在家练琴了。John 正尝试着为我的演奏制作录音并 E-mail 给你。尽管他一直在非常努力地工作，但我还是不能够确信他是不是真的能成功。

照片上的我看上去怎么样？但不论怎样，我依然是几个星期以前离开你的那个甜女儿。我希望你好，并期盼着不久再和你说话。

喜欢接到女儿这样的信并且和她通电话。我们已别无选择，因为这就是我们的生活。有一天我发现因为常常在日历上记录下和女儿的各种联系，结果日历上遍布着各种密密麻麻的记号，来来往往，热闹非凡：若若的电话、南希的信、若若的 E-mail、我写给他们的信，或者寄来寄去的包裹。如此频繁的各种方式的联络，在日历上显示出了一派热火朝天的气象。单单是10月18日那一天，先是早晨和若若通电话，然后是去邮局取回了他们寄来的包裹，同时又寄走了若若生日的包裹。下午给女儿写信，说他们寄来的包裹所带来的是怎样的爱。晚上在电脑上给她发 E-mail。第二天清晨又跑到邮局发走了给女儿的信。

如此地繁忙着，那是因为我们深深地想念而又不能在一起的生活。每天的生活。

当完成这一切，我便又开始写日记：

今天是20日，若若离家已经整整六十天了。想六十天后，她在美国的生活一定已经很适应了。六十天已经度过，一年的时间就一定也能如此转瞬即逝。就像是眨眨眼睛，这个小女孩就已经离开了两个月；那么再眨眨眼睛，她肯定就能回家了。所以一切都是能度过也是能承受的。就像我们这样。

为了两个月——8月20日到10月20日——又和女儿在电话中说话。这一次打电话真的没有任何事情，只是想用她自信的声音来证明这两个月的光阴。

　　她说她很好。她马上就要吃晚饭了。她说这里有一个瑞士姐姐家的朋友来哈佛讲学。他懂中文。于是这个懂中文的瑞士朋友便开始在电话中和我用中文交谈。他的中文竟然如此之好，他说他是在北京语言学院学习中文的。他说今后如果有机会再来中国，一定会来天津看我们。后来女儿一家和这个朋友一道去了一个非常漂亮的岛上玩。后来我在若若寄来的照片中，看到了这位来自瑞士的中文说得非常好的朋友。

　　然后南希接过来电话和我讲话，她并且要那位瑞士的朋友为我们做翻译。她说玫，我们就像是最好的姐妹。她说我们是那么爱若若。瑞士的朋友果然把南希的英文翻译得极好。接下来南希又和那个瑞士朋友用德语对话。南希用德语说他们明天会一道去哈佛，而南希的德语也是瑞士朋友翻译给我的。就这样在朋友间，在英语、德语和汉语的不停转换中，生活充满了欢乐。

　　后来若若才接过来电话，她问我，你听懂他们说的那些话了吗？是不是很有意思？她说确实一切都很好。只是诺维尔的温度一进入10月就已经到了0℃。所以她只好穿上那件黑色的外套了。她还说她胖了。我说你不要太胖。然后她就笑了。还说这里的甜点实在是太好吃了，她难以拒绝。她又说她现在自己就会烤那种小甜点了，非常好玩。她喜欢做，也很喜欢吃，所以她只能长胖了，但是她对于她的胖好像一点儿也不怕。后来父亲说，在高寒地带，人就是需要一些脂肪御寒。

她又问我是不是喜欢他们在哈佛给我买的那件T恤衫？问我是不是喜欢哈佛所特有的那种颜色？她又说她参加了那个女生的合唱组。她们的合唱组在一次橄榄球的比赛前还演唱了美国的国歌。并且她现在可以在家中每天坚持弹琴了。

这就是女儿在美国的第六十天。

然后他们就开始吃晚饭了。在他们的电话中，听得见背后的那种家里来了客人的兴奋和欢乐，那么熙熙攘攘的。而且显然若若已经完全融入了这样的家庭氛围中。真是好极了。这是我最最愿意看到和听到的。这就是六十天后的女儿。她很快乐，并且已经满怀了生活的信心。

就是这样，若若很忙，我们也很忙。大家都在各自做着自己的事情，并且在其中追求尽善尽美，包括对若若的想念和照料。其实生活就是这样的。

我今天早上八点起床。开始做各种各样的事情。因为很忙，竟也觉得生活是如此之好。我要努力享用我所经历的每一天。我要好好工作，我想若若也会喜欢我这样的，在她不在家的日子里。

（录自《十七岁，骑向美国的单车》，重庆出版社，2012年版）

辑四　情理之思

女孩子的花

唐　敏

　　相传水仙花是由一对夫妻变化而来的。丈夫名叫金盏，妻子名叫百叶。因此水仙花的花朵有两种，单瓣的叫金盏，重瓣的叫百叶。

　　"百叶"的花瓣有四重，两重白色的大花瓣中夹着两重黄色的短花瓣。看过去既单纯又复杂，像闽南善于沉默的女子，半低着头，眼睛向下看的。恋也默默，喜也默默。

　　"金盏"由六片白色的花瓣组成一个盘子，上面放一只黄花瓣团成的酒盏。这花看去一目了然，确有男子干脆简单的热情。特别是酒盏形的花芯，使人想到死后还不忘饮酒的男人的豪情。

　　要是他们在变成花朵之前还没有结成夫妻，百叶的花一定是纯白的，金盏也不会有洁白的托盘。世间再也没有像水仙花这样体现夫妻互相渗透的花朵了吧？常常想象金盏喝醉了酒来亲昵他的妻子百叶，把酒气染在百叶身上，使她的花朵里有了黄色的短花瓣。百叶生气的时候，金盏端着酒杯，想喝而不敢，低声下气过来讨好百叶。这样的时候，水仙花散发出极其甜蜜的香味，是人间夫妻和谐的芬芳，弥漫在迎接新年的家庭里。

刚刚结婚，有没有孩子无所谓。只要有一个人出差，另一个就想方设法跟了去。炉子灭掉、大门一锁，无论到多么没意思的地方也是有趣的。到了有朋友的地方，就尽兴地热闹几天，留下愉快的记忆。没有负担的生活，在大地上遛来逛去，被称做"游击队之歌"。每到一地，就去看风景，钻小巷走大街，袭击眼睛看得到的风味小吃。

可是，突然地、非常地想要得到唯一的"独生子女"。

冬天来临的时候开始养育水仙花了。

从那一刻起，把水仙花看作是自己孩子的象征了。

像抽签那样，在一堆价格最高的花球里选了一个。

如果开"金盏"的花，我将有一个儿子；如果开"百叶"的花，我会有一个女儿。

用小刀剖开花球，精心雕刻叶茎。一共有六个花苞。看着包在叶膜里像胖乎乎婴儿般的花蕾，心里好紧张。到底是儿子还是女儿呢？

我希望能开出"金盏"的花。

从内心深处盼望的是男孩子。

绝不是轻视女孩子，而是无法形容地疼爱女孩子。

爱到根本不忍心让她来到这个世界。

因为我不能保证她一生幸福，不能使她在短暂的人生中得到最美的爱情。尤其担心她的身段容貌不美丽而受到轻视，假如她奇丑无比却偏偏又聪明又善良，那就注定了她的一生将多么痛苦。

而男孩就不一样。男人是泥土造的，苦难使他们坚强。

"上帝"用泥土创造了男人，却用男人的肋骨造出了女人。肋骨上有新鲜的血和肉，只要轻轻一碰就会痛彻心肠。因此，女子连最微小的伤害也是不能忍受的。

从这个意义来说，女子是一种极其敏锐和精巧的昆虫。她们的触角、眼睛、柔软无骨的躯体，还有那艳丽的翅膀，仅仅是为了感受爱、接受爱和吸引爱而生成的。她们最早预感到灾难，又最早在灾难的打击下夭亡。

一天和朋友在咖啡座小饮。这位比我多了近十年阅历的朋友说："男人在爱他喜欢的女人的过程中感到幸福。他感到美满是因为对方接受他为她做的每件事。女人则完全相反，她只要接受爱就是幸福。如果女人去爱去追求她喜欢的男子，那是顶痛苦的事，而且被她爱的男人也就没有幸福的感觉了。这是非常奇妙的感觉。"

在茫茫的暮色中，从座位旁的窗口望下去，街上的行人如水，许多各种各样身世的男人和女人在匆匆走动。

"一般来说，男子的爱比女子长久。只要是他寄托过一段情感的女人，在许多年之后向他求助，他总是会尽心地帮助她的。男人并不太计较那女的从前对自己怎样。"

那一刹间我更加坚定了要生儿子的决心。男孩不仅仅天生比女孩能适应社会、忍受困苦，而且是女人幸福的源泉。我希望我的儿子至少能以善心厚待他生命中的女人，给她们的人生中以永久的幸福感觉。

"做男人最大的缺点就是，没有办法珍惜他不喜欢的女人对他的爱慕。这种反感发自真心一点不虚伪，他们忍不住要流露出对那女子的轻视。轻浮的少年就更加过分，在大庭广众下伤害那样的姑娘。这是男人邪恶的一面。"

我想到我的女儿，如果她有幸免遭当众的羞辱，遇到一位完全懂得尊重她感情的男人，却把尊重当成了对她的爱，那样的悲哀不是更深吗？在男人，追求失败了并没有破坏追求时的美感，在女人则成了一生一世的耻辱。

怎么样想，还是不希望有女孩。

用来占卜的水仙花却迟迟不开放。

这棵水仙长得结实，从来没晒过太阳也绿葱葱的，虎虎有生气。

后来，花蕾冲破包裹的叶膜，像孔雀的尾巴一样张开来。

每一个花骨朵都胀得满满的，但是却一直不肯开放。

到底是"金盏"还是"百叶"呢？

弗洛伊德的学说已经够让人害怕了，婴儿在吃奶的时期起就有了爱欲。而一生的行为都受着情欲的支配。

偶然听佛学院学生上课，讲到佛教的"缘生"说。关于十二因缘，就是从受胎到死的生命的因果律，主宰一切有形和无形的生命与精神变化的力量是情欲。不仅是活着的人对自身对事物的感觉受着情欲的支配，就连还没有获得生命形体的灵魂，也受着同样的支配。

生女儿的，是因为有一个女的灵魂爱上了做父亲的男子，投入他的怀抱，化作了他的女儿；生儿子的，是因为有一个男的灵魂爱上了做母亲的女子，投入她的怀抱，化作她的儿子。

如果我到死也没有听到这种说法，脑子里就不会烙下这么骇人的火印。如今却怎么也忘不了了。

回家，我问我的郎君，"要男孩还是女孩？"

"女孩！"他毫不犹豫地回答。

"男孩！"我气极了！

"为什么？"他奇怪了。

我却无从回答。

就这样，在梦中看见我的水仙花开放了。

无比茂盛，是女孩子的花，满满地开了一盆。

我失望得无法形容。

开在最高处的两朵并在一起的花说：

"妈妈不爱我们，那就去死吧！"

她俩向下一倒，浸入一盆滚烫的开水中。

等我急急忙忙把她们捞起来，并表示愿意带她们走的时候，她们已经烫得像煮熟的白菜叶子一样了。

过了几天，果然是女孩子的花开放了。

在短短的几天内她们拼命地开放所有的花朵。也有一枝花茎抽得最高的，在这簇花朵中，有两朵最大的花并肩开放着。和梦中不同，她们不是抬着头的，而是全部低着头，像受了风吹，花向一个方向倾斜。抽得最长的那根花茎突然立不直了，软软地东倒西歪。用绳子捆，用铅笔顶，都支不住。一不小心，这花茎就倒下来。

不知多么抱歉，多么伤心。终日看着这盆盛开的花。

它发出一阵阵锐利的芬芳，香气直钻心底。她们无视我的关切，完全是为了她们自己在努力地表现她们的美丽。

每朵花都白得浮悬在空中，云朵一样停着。其中黄灿灿的花朵，是云中的阳光。她们短暂的花期分秒流逝。

她们的心中鄙视我。

我的郎君每天忙着公务，从花开到花谢，他都没有关心过一次，更没有谈到过她们。他不知道我的鬼心眼。

于是这盆女孩子的花就更加显出有多么的不幸了。

她们的花开盛了，渐渐要凋谢了，但依然美丽。

有一天停电，我点了一支蜡烛放在桌上。

当我从楼下上来时，发现蜡烛灭了，屋内漆黑。

我划亮火柴。

是水仙花倒在蜡烛上，把火压灭了。是那枝抽得最高的花茎倒在蜡烛上。和梦中的花一样，她们自尽了。

蜡烛把两朵水仙花烧掉了，每朵烧掉一半。剩下的一半还是那样水灵灵地开放着，在半朵花的地方有一条黑得发亮的墨线。

我吓得好久回不过神来。

这就是女孩子的花，刀一样的花。

在世上可以做许多错事，但绝不能做伤害女孩子的事。

只剩了养水仙的盆。

我既不想男孩也不想女孩，更不做可怕的占卜了。

但是我命中的女儿却永远不会来临了。

1986年妇女节写于厦门

（原载1986年第7期《福建文学》）

爱情的灵肉一致

舒　芜

　　"他们的爱不是自私的情欲，而是肉体也要求参预一分的深刻的友谊。"这是《约翰·克利斯朵夫》里面说到克利斯朵夫同女演员法朗梭阿士的关系时一句意思深刻的话。为什么男女之间的友谊深刻的时候，"肉体也要求参预一分"呢？仿佛正好回答这个问题似的，英国作家卡本忒在他所著的《爱的成年》第一章里说："专靠知识道德的接近，所生的友谊，很少能够深固永久。无论什么形式，如果没有生理方面的基础，那相知的友谊，就像无根的植物，是不得不就消灭的。有许多地方（特别是妇女的），若不先感动了性的情感——虽很微渺——本性恐不能实在发露出来。所以我们又该记忆，为要两人完全亲密起见，彼此的身体随境遇的自然，应该自由。肉体的亲密虽不是他们接近的目的，然而一拒绝了彼，就不能发生安定信赖的意念，因而彼此的关系也就游移不安，以及不满足。"

从小我就知道这《爱的成年》是一部好书，因为周作人《谈龙集》里就有一篇读书记《爱的成年》，说他读了这部书，"关于两性问题，得了许多好教训，好指导。"此书原作者英国作家卡本忒，周作人译为凯本德（Edward Carpenter，1844—1929）。周作人读的是原文，其后北京晨报馆有从日译本转译的节本，1929年上海大江书铺又出版了郭昭熙的全译本，1988年湖南岳麓书社又将郭译本重印收入"凤凰丛书"中。我读了觉得确实是一部好书，薄薄一本小册子，精言妙义甚多，如上所引即其一例。

这里说的男女间的最深刻的友谊，换言之就是真正意义上的恋爱。这种恋爱不是纯灵的，也不是纯肉的，而是灵肉一致的。这种"有肉体参预一分的友谊"，是不应该受到责备的。反过来说，恋爱的肉的方面，或者说有爱情的肉体关系，也是不应受到责备的。所以应该认清，《查泰莱夫人的情人》中写到的关系，不是"淫"，而是"情"。这并非"腐朽的资产阶级思想"。恩格斯在《家庭、私有制和国家的起源》中论及现代性爱的三个特点，第三点就是："对于性交关系的评价，产生了一种新的道德标准，不仅要问它是结婚的还是私通的，而且要问是不是由于爱情，由于相互的爱而发生的？"过去我们常常把这段话的意思概括为"婚姻是否以爱情为基础"，其实不符恩格斯的本意。恩格斯谈的是"对于性交关系的评价"，并不是"对于婚姻关系的评价"。他既是把"是否结了婚"同"是否有爱情"

作为平行并列的两个标准，那么根据分类学，必然分成四类：
一，有爱情的婚姻的性交；二，有爱情的非婚姻的性交；三，
无爱情的婚姻的性交；四，无爱情的非婚姻的性交。恩格斯显
然认为前二者同样符合现代性爱的道德标准，后二者同样不符
合现代性爱的道德标准。罗曼·罗兰和卡本戏说的也就是这个
意思罢了。

《爱的成年》里还有许多精彩的话。例如书中反复说到，
高贵的妇女观"应当是女子在处理性的方面有完全的自由。而
且确信——即使在各个人有多少不同——她们能够正当地适宜
地处理这自由"。我也觉得说得极好。一切愚昧黑暗的妇女观
和残酷野蛮的性道德，全是否认妇女有处理自己的性的自由，
认为如果让她们有此自由，她们就会乱用恶用，自己堕落，还
会成为亡家破国的"祸水"。持这种妇女观的人现在还是不少，
他们主张的性道德就是对女子必须实行严厉的性管制和苛酷的
性干涉。卡本戏却指出："在性的方面，妇女的本能大概是非
常清洁，正直，和深埋在种族的需要中的，所以如其不受男子
的管辖，她们是不会像现在那么堕落的。"我见闻狭隘，还没
看到过别人有如此透辟之论。

1989年5月3日

（录自《串味读书》，辽宁教育出版社，1995年版）

关于贤妻

张中行

　　望文生义，这个题目不妥当。一是有男性本位气。如果是上一世纪及其前，那就没有问题，因为就是女性，也认为夫唱妇随是理所当然。事实是现在已经是二十世纪的近于尾声，由门户开放到一切开放，女性走出家门，与男性并肩挤汽车，对面跳交谊舞，还是讲唱，讲随，就真是落伍了。二是范围太大。野史、笔记之类且不算，单是正史，屈居于尾部小块块与道释为邻的"列女"，数目也大有可观；而且盛德有各种类型，梳理，分组表扬，又谈何容易。所以这个标题，如果求名实相副，就应该改为：关于旧时代的我认为值得说说的某种类型的所谓贤妻。如果还允许加注，最好进而解说：一，是说旧时代，新时代的诸位女士可不必在意；二，是我的私见，本诸思想有自由的大道理，无妨"情动于中而形于言"；三，只是某种类型，非全体列女，可不避挂一漏万，又决不意味着其他类型就无足取；

四，"贤妻"前加"所谓"，表明这名称是沿用世俗的，适当与否可不必多管。但不知根据什么成文法或不成文法，且不说加注，文题也不容许这样唠叨，无可奈何，只好文题从简，这里先加一点解释。

且说本篇所谓贤妻，是指谦退型的。大概是受了圣道的"天行健，君子以自强不息""知其不可而为"的感染吧，就连照例要在深闺中伤春悲秋的女性，也是"刑天舞干戚，猛志固常在"。这志也表现在于归之前，格调低的老爹爹嫌贫爱富，有悔婚之意，累得佳人借聪明伶俐、主持正义的丫环之助，月夜花园赠金，勉励才子求取功名，于是而上天不负苦心人，不久之后，果然状元及第，衣锦荣归，赢得全家大喜，邻里艳羡，只有老爹爹灰溜溜。总之，是进取，因而胜利了。于归之后，因进取而获得胜利的更多，如乐羊子妻之流，竟至用割断机上丝缕的办法，把害相思的良人赶回学塾，其后当然也是学成释褐，飞黄腾达了。

严格说，飞黄腾达不是老牌的儒家思想，因为依孔孟之道，腾达要有条件，曰"不义而富且贵，于我如浮云"。当然更不是道家思想，因为庄子是宁"曳尾于涂（途）中"。用这个标准衡量，衣锦荣归的进取，十之九也是受世俗思想的支配，说穿了不过是，名利与荣誉合二为一罢了。但与"思想"相比，"世俗"是看得见、摸得着的，由朱漆大门、锦衣玉食直到路人的笑脸、青史的列传都是。看得见，摸得着，力量就大，力量大，违抗就难。违抗难，似乎也有性别之别。举时下的情况为例，进门屋里不见彩色电视，出门身上没有黄色饰物，一般说，男士的心情不过是不满足，女士的心情就是难忍受了。在这类事情上，女性的表现常常是更进取，因而逼得男士也就不得不随着进取。

有没有例外呢？或者说，有没有偏偏不进取而甘心谦退的呢？对于时下，语云，没有调查就没有发言权。还是说昔日，人总是人，因而也不多。唯其因为不多，物以稀为贵，所以就是我这健忘的人，看闲书，偶尔碰到一两位，也是较长时期、较清楚地记在心里。推想世上人多，心之不同，各如其面，一定也有同于我而偏爱这种怪脾气的，取什么什么"与朋友共"之义，抄一些如下。

一见于刘向《列女传》卷二的"贤明"一类，题目是《楚老莱妻》：

楚老莱子之妻也。莱子逃世，耕于蒙山之阳，葭墙蓬室，木床著席，衣缊食菽，垦山播种。人或言之楚王曰："老莱，贤士也。"王欲聘以璧帛，恐不来。楚王驾至老莱之门，老莱方织畚。王曰："寡人愚陋，独守宗庙，愿先生幸临之。"老莱子曰："仆山野之人，不足守政。"王复曰："守国之孤，愿变先生之志。"老莱子曰："诺。"王去，其妻戴畚莱、挟薪樵而来，曰："何车迹之众也？"老莱子

244

曰："楚王欲使吾守国之政。"妻曰："许之乎？"曰："然。"
妻曰："妾闻之，可食以酒肉者，可随以鞭捶；可授以官
禄者，可随以铁钺。今先生食人酒肉，授（受）人官禄，
为人所制也，能免于患乎？妾不能为人所制！"投其畚莱
而去。老莱子曰："子还，吾为子更虑。"（妻）遂行不顾。
至江南而止，曰："鸟兽之解毛，可绩而衣之；据（当作
"捃"）其遗粒，足以食也。"老莱子乃随其妻而居之。

这老莱子就是年及古稀，装小孩，穿花衣服在地上打滚，以图
二老不知老之已至，因而得入《二十四孝图》的那一位。可是
走出家门，对付世事，站在某种生活态度的立场看，显然就没
有其贤妻高明，至少是听到训诫还表示再想想，是没有其贤妻
坚决。不过无论如何，最后还是跟着贤妻走了，如果容许以成
败论人，总当还算作好样的。这情况有时使我想到阮大铖之流，
以及历代的老朽无用而不肯告退的诸公，如果有幸而也有这样
的贤妻，也许就不至于堕落为千千万万人的笑料吧？

又一见于《东坡志林》卷二的"隐逸"一类，题目是《书
杨朴事》：

昔年过洛，见李公简言："（宋）真宗既东封（祭泰山），
访天下隐者，得杞（今河南郑州）人杨朴，能诗。及召对，
自言不能。上问，'临行有人作诗送卿否？'朴曰，'惟臣

妾有一首云，更休落魄耽杯酒，且莫猖狂爱咏诗。今日捉将官里去，这回断送老头皮。'上大笑，放还山。"余在湖州，坐作诗追赴诏狱，妻子送余出门，皆哭。无以语之，顾语妻曰："独不能如杨子云（杨朴号）处士妻作诗送我乎？"妻子不觉失笑。余乃出。

这位贤妻的处世，大道理与老莱妻相同，是不沾染官场；实行却后来居上，能够用幽默的诗句，化决绝为委婉。碰巧真宗皇帝也识趣，用现在的话说是勇于接受批评，不"捉"了，于是"老头皮"就得以保全。男方杨朴，与老莱子相比也是后来居上，因为，如果自己不能富贵于我如浮云，答皇帝问，就会把这样的妙句藏起来，那就成为把老头皮豁出去，贤妻的一片苦心也就枉费了。妻贤，夫也不差，此之谓珠联璧合。

珠联璧合，比较少见。但只举这一点点嫌孤单，怎么办？忽然想到又一位，也是北宋人物，虽然谦退的程度差一些，但总是没有明白表示进取，也就无妨抄在这里，算作聊以充数也好。这故事见于欧阳修《归田录》卷二：

梅圣俞（名尧臣）以诗知名三十年，终不得一馆职。晚年与修《唐书》，书成，未奏而卒，士大夫莫不叹惜。其初受敕修《唐书》，语其妻刁氏曰："吾之修书，可谓猢狲入布袋矣。"刁氏对曰："君于仕宦，亦何异鲇鱼上竹竿耶？"闻者皆以为善对。

对于"鲇鱼上竹竿"的坎坷之境，刁氏有谅解或怜悯之意，算作与老莱妻、杨朴妻鼎足而三，也不能说是牵强附会吧？

有人会问，这样凑成鼎足而三，誉为贤，何所取义？曰，除了发思古之幽情以外，还略有古为今用之意。对于"三月无君，则皇皇如也""天下有道，丘不与易也"，这类为理想献身的精神和行为，我向来也是高山仰止。但理想终归是理想，至于实际，正如韩非子所说，多数人还是"今之县令，一日身死，子孙累世絜驾（有车坐）"，说穿了不过是，做官与权势富厚常常是一回事。权势富厚，老莱妻和杨朴妻看到的连带物只是不安，其实还有更重大的，是容易以他人之肉肥己身，无所不为。"人之所以异于禽兽者几希"，是孟老夫子的感慨。这意思还可以从积极方面发挥，是，既然生而为人，就应该争取异于禽兽。争取，应致力处很多，其中之一，或重要的之一，是不热衷于权势富厚。这当然很难，因为想活得适意，至少就一般人说，与权势富厚划清界限必是十之九做不到。或者说，取难舍易，除传说的巢父、许由等少数人以外，大量的男士都会感到不轻易。不轻易而志在必成，那就不得不求助于内力和准内力。内力是己身的进德修业，准内力就是贤妻，因为依传统，她是内助，又多在家门之内打转转也。这准内力，还常常能够在许多或应看作小节的事上大显神通，比如不少男士，并未入

247

朝，可是也容易头脑发热，于是而听到一点什么，不再思三思就奋臂而起，想冲到长街去混入人流，山呼万岁，如果这时候家有贤妻，用一盆冷水从头浇下，使十分狂热变为五分清醒，岂不是功德无量吗？

（录自《负暄续话》，黑龙江人民出版社，1990年版）

有家可归

刘心武

　　羊年伊始的中央电视台春节晚会上，有以"中性造型"著称的台湾歌星潘美辰演唱了一曲《我想有个家》，歌中唱道："我想有个家，一个不需要华丽的地方……一个不需要多大的地方，在我受惊吓的时候，我才不会害怕……"

　　这当然是一首无论男女老少都乐于接受的歌，谁不愿有个家呢？

　　什么是家？

　　从最宽泛的意义上说，家就是属于个人的私人空间。

　　睡办公室、住集体宿舍，当然都不算有家。家至少是一间独立的屋子，门钥匙属于自己，里面的物品是个人的私有财物，非经同意，外人不得擅入。自己在这间屋里可以做自己喜欢的事，或者什么事也不做，可以松弛下来，可以浮想联翩，也可以什么都不想。家是一个完整的私人空间，里面为法律和道德所容许藏有个人的隐私。

单身汉（当然还有单身女郎）都可以拥有自己的家。以为家必须至少是丈夫加妻子，乃至必须是1＋1＝3，那就界定得太狭隘了。在目前的中国，城市中大龄的未婚男女往往不得不同父母同住或住集体宿舍，周围的人们总或明或暗地催促着他们"成家"，结果他们往往不得不放弃原有的追求，将就着"成家"，以便能够分配到一处可以同父母和同事分开的住房。有的"成家"后渐渐品尝到家的甘美，有的"成家"后却怎么也体味不出家的快乐。"月亮弯弯照九州，几家欢乐几家愁"，真是一点也不错。其实，倘若我们的社会进一步繁荣昌盛，不一定非得结婚才能分配到私人空间，那么，所有单身的男女也都可以有自己的家，结合的男女也便可以更加慎重，因而更加幸福，破碎的家随之也会减少，社会因之会更加稳定更加和谐。

潘美辰那首关于家的歌，就没有唱爱情和婚姻，唱丈夫或妻子，唱儿子或女儿，显然，她就是把家理解成一个属于个人的世界，那世界的精髓既不是华丽也不是宏大，而是个人心灵的安适。

作为当今世界上的一个人，我们当然不可避免也不应当避免首先是一个社会人，也就是说，我们要为社会服务，承担社会责任和社会义务。一般我们把一天分为三个"八小时"，其中一个八小时作为睡眠时间——很遗憾，人类直到目前还不可能摆脱睡眠；另外两个八小时，我们习惯上称为"八小时之内"

和"八小时之外","之内"就是指个体为社会尽责的时间,"之外"一般是指个体自由支配的时间;在"之外"中而无私人空间可享用时,就是无家可归之人。

作为社会人,我们应当好好为社会服务。作为个人,我们应当有自己的私人空间即自己的家。社会则应为个人拥有自己的家提供必要的条件。

但有的拥有私人空间的单身汉或单身女郎,常叹息说他们感到寂寞,他们那个"窝儿"终究还不是一个"家",确实也是,倘若你到他们的居室一看,就会发觉他们也许什么用品都不缺少,然而总有种形容不出的萧索和落寞,单身汉的家更往往还要添加上凌乱与荒唐。这就说明,拥有私人空间的单身汉或单身女郎固然可以算是有一个自己的家,但那绝不是家的理想模式,家的理想模式毕竟应由一对恩爱夫妻组成,并最好还有一位宁馨儿或乖千金。这样的家我们就要加上一个"庭"字,称为家庭了。

家庭是社会的基本细胞。家庭的健康关系着社会的健康。关于家庭的研究是社会学中极重要的课题。家庭学可以单独构成一门学问。夫妻间应如何相处? 父母和子女间应如何相处? 现今中国一般的家庭往往是三世同堂,就是除夫妻子女外,总至少有祖父母和外祖父母中的一位老人与儿女孙辈同住,这就又有一个晚辈应如何对待老人和长辈如何对待儿孙问题。

我虽置身在一个具体的家庭之中,却对家庭学素无研究,不过，倒是可以坦陈一些零星的经验与心得。

夫妻之间，应真情相待，坦诚相见，自不必多议。但男子汉在社会上惹了事、出了岔、窝了气、吃了亏，回到家中往往出于自尊，出于羞涩，不能及时坐下来同妻子陈述原委，倾泄心绪，商讨对策，平衡心理，不是闷然无语，弄得全家索然无趣，便是烦躁发火，搅得全家不得安宁，这样子次数多了，日子长了，家便不像个家了，甚或因而夫妻反目、家庭破碎，酿成悲剧。其实，既然家是私人空间，那么，在这个首先由夫妻共享的私人空间中，应当无所顾忌，无所隐瞒，遇上了什么糟心事，完全可以或心平气和或尽情宣泄地和盘托出。男子汉一方应当如此，反之，妻子在外有类似情况，也应当如此。倾诉时一方既然毫无遮掩地"竹筒倒豆子"，倾听的一方当然要全身心地予以理解和谅解。理解指理解其心理，谅解指谅解其倾诉，并不意味着因为对方是自己的亲人，便放弃社会道德准则的衡量和判断，不予必要的辨析与规劝。

"门外事门内诉""门内无不可诉之事"，夫妻间建立起一种超级信任，能接受对方的宣泄，能坐到一处谈心，能共同面对有时是相当令人难堪的现实，能相互调节心理状态使之平衡，能相约相戒地以正确和正当的方式处理门外所遇之事，当是家庭幸福中最重要的组成部分。

夫妻吵架是不可避免的。也不必完全避免。一对夫妻绝对不吵架的家庭未必是一个幸福的家庭。倘若夫妻之间做到了上面所说的"门内无不可诉之事"，则因枝节问题、一时情绪上的波动，乃至生理上的某些因素，一语不合争吵起来，甚或大吵一番，只要能适可而止，一方（我以为男子汉应更多地成为此方）在吵后数小时之内能主动"递台阶"，或爽性道歉赔不是，重归于好，则此种争吵未必不是家庭生活中的一种"佐料"。我已说过家应当是一个私人空间，夫妻既然共享这一私人空间，当然迈进这空间后都不必像对待"八小时之内"的上级、同事以及家门外的朋友、邻里那样至少要绷紧一根以上的弦，在家这个空间里我们完全可以放松所有的"社会人琴弦"，使自己的"真面目"彻底而自如地亮相。因此，在这种彻底的松弛中夫妻间发生一些性格冲突，是非常自然的事，也反证出双方都不是在"做客""做戏""做人"——因为面对社会或许的的确确应学会"做人"（精于为人处世），而在家里"我就是我"，夫妻习惯于同对方的"真面目"相处，也就真正成"合二而一"了，从社会上迈进家门后，"回家"的感觉便更鲜明也更温馨了。

不管我们怎么忙碌，做父母的千万不能长时间地不同哪怕是尚处稚龄的子女玩耍，还有对幼小子女的搂抱、爱抚和亲吻，那是为父为母应尽的人类义务，也是一个幸福家庭必不可少的爱的花朵。一位青年人曾经很沉痛地对我说："我小时候，父母从来没有用手掌细细地爱抚过我——至少我记事以后就没有一点这样的印象，所以，现在每当我看见年轻的父母爱抚他们的儿女，我的皮肤就一阵阵地发痒，心理上有很微妙的反应，似乎是嫉妒，还夹杂着自卑与愤懑——有一位大夫说，我这是患有一种皮肤饥渴症……我父母目前都还健在，可能没有对他们说起这个，因为，我已经不再幼小，我所丧失掉的东西已经不能追回……"相信还有一些童年已逝的人，对此深有同感。

反过来，不管我们怎么疼爱子女，做父母的千万不能总陪着子女玩耍，一定要他们有独自玩耍的习惯，并且一定要使他们走出家门到院子里到楼外同邻居的孩子们一起玩耍，应当适当地允许他约请别人家的孩子到你家来玩，并允许他应别的孩子之约去别人家玩，否则，他的想象力会萎缩，他的应变能力会永无长进，他进入社会的能力会比其他同龄人差。

夫妻走到一起，构筑一个家，为的是白头相守到底；而子女，则起初生养于这个家，长大成人后则要走出这个家，另外去构筑他们的新家。

也常有人询问我的家庭。我的家庭于我个人自然十分珍贵，也颇为多彩，然而搁到社会大坐标上加以衡量，却是异常的平凡，也十分的平淡。我的妻子吕晓歌，与我结发已逾二十年，她的爱好很广泛，三十多岁才学弹钢琴，如今居然能弹奏《致爱丽丝》《少女的祈祷》《牧童短笛》自娱，琴声叮咚作响时，我以为也是在娱我。对我的小说，她以为然时少，不以为然时多。我从未烦请她为我誊抄过文稿，也从不让她做"第一读者"，但我这些年来能成为一个作家，她的作用很大。我们有一个儿子，已经奔二十岁，在北京工业大学学低温制冷技术。若问：你儿子为什么不学文？我要反问：为什么他就得学文？我的书他大多没读过，我在他书架上放了好些本扉页上写着许多只有老子对儿子才写得出的热切的话语的我的著作，他到如今竟仍未通读。但他其实是热爱文学的，读过不少中外文学名著，像《大卫·科波菲尔》他就读过不止一遍，提起《三国演义》和《水浒传》中的人物，他比我熟，我只是对《红楼梦》人物比他熟，但他也能欣赏比如说贾芸遭卜世仁舅舅冷落路遇醉金刚倪二那一连串的描写，他常说："我要写小说我也能写得挺好的。"但到目前为止他还没写出过一篇算得上小说的文章。他从不对同学和家门外的其他人提到我的名字，倘人家问到他，他便脸红，实在是我连累得他这样害臊。我自己的父母已然双亡，岳父也已去世，现在岳母与我们同住，岳母身体很弱，但家中有个老人看家，我们夫妻及儿子外出时，心里都有种踏实感。

前些时我完成了一个"家庭婚恋连载小说"，供广东《家庭》杂志分期刊用，题目叫《一窗灯火》。我以为夜晚徜徉于街头，朝居民的窗户望去，无论平房还是楼房，那一窗窗的灯火，可以引发出丰富的关于家的联想，特别是那些两个以上成员构成的、共用一个屋顶的家庭的悲欢离合、生死歌哭，似乎都浓缩在那粲然的灯火中。不知道别人怎样，我自己每当外出归家，逢到入夜走近所住的那幢居民楼时，常忍不住驻足观望自己家的那一窗灯火，一种莫可名状的意绪便陡然充塞于我的心头，弥漫于我的灵魂。

为自己庆幸，我有家可归。

1991年5月27日于北京安定门

（录自《刘心武文集》第7卷，华艺出版社，1993年版）

离婚的人有胆　不离婚的人有心

周　涛

我没离过婚。

但是，我并没有因此而放松了对离婚这件事的注意和观察，我的观察几乎可以进入"研究"的范畴了。在世间活着的人们的人际关系当中，合法的破裂，没有比离婚更令人触目惊心的了。

结婚是男女双方灵肉交往的最高形式、最大信赖，离婚就是这种交往最彻底的失败、最惨痛的结局。

不知道经常离婚的人是怎么感受的，我每每听到这个词，都感到一股寒凉的雾气从心的深处浮起，感到心肺的撕裂、血肉的切割、背叛的羞耻和人间信赖感情的虚无……面对过它的人，还有什么更恐惧、更疼痛、更割舍不下的东西呢？这种人为的、因感情破裂或种种因素造成的妻离子散，远比战争加给人们的离乱更痛苦、更无望！

离婚在感情上造成的创痛应该是甚于强奸的。

但是我并不一般地谴责离婚，因为许许多多的离婚是对爱情错误的纠正，还有许许多多的离婚是对婚姻痛苦的解脱，倘使没有这样正视的勇气和决断的决心，世上同样会有许多无望的人生和痛苦的熬煎！

没有比离婚更复杂、具体、牵肠挂肚的了，有一千个离婚的家庭就有一千个以上细微的、深刻的、性情的、社会的、可以痛陈的、难于启齿的……诸多原因。"幸福的家庭是相似的，不幸的家庭各有各的不幸"，这句名言是大量的社会现象被托翁用两个指头逮住了的结果，托尔斯泰是高明的，他像小孩子捉蜻蜓一样捏住了这件事的尾巴。

不幸的家庭……离婚的家庭应该说都是不幸的（除了应该离婚的家庭以外），但是"应该离婚的家庭"的当初结婚，也同样是一种不幸。

这类不幸在当前是如此之多，已经到了"懒得离婚"的地步，甚至到了"离婚不奇怪，不离婚才奇怪呢"的境界，仿佛当代人在情感的医学上有了重大的、划时代的突破，有了"无痛麻醉手术"，可以轻而易举地消除家庭破裂、血亲分离造成的创伤和痛苦！

活得多么潇洒轻松，像吹了一声口哨。

但是我不信——

我不相信装得如此轻松潇洒的人们会真的忘却自己生活的

另一部分。经过掩饰和化妆的不幸，比起真实的不幸，更为不幸。

我还不相信自有家庭以来人类亲族感情的深厚积淀会在一个时期烟消云消。因为时髦浪潮的冲击而溃散的婚姻，是两个软弱的人儿随手搭起来的窝窠，经不起些微风浪，也是不幸。

我更加不相信无端的背叛会是一种快意的行为，它的身后能够不紧紧跟随着一个长长的道德的影子，在一些有光亮的地方，追问你、纠缠你、审视你……不知道这算不算是一种更大的、发自本体的不幸？

我在叶尔羌河畔见到过一位须发皆白的老翁，这位年届七十的老者不仅是强健的，而且还可以称得上是漂亮的，他满脸晒得红褐色的皮肤衬出长须白发的飘萧。当时，他正孤独地蹲在茅舍前，旁无一人。

"你没结过婚吗？"我问他。

"怎么没结过——"他非常纯朴地笑着告诉我说，"苞谷地小结婚不算，大结婚二十多次！"

二十多次！这是一种风俗还是一种习惯？反正这个偏远落后地区的老翁在孑然一身的结局当中微笑着，他完全不知道自己早已成为当代领风气之先的人物，在离婚这件事上，他是一位先驱者。

还有一位昆仑山下的老翁，他刚从监狱放出来不久，娶了一个十八岁的姑娘。老翁非常善良，保持着昆仑山人的古朴村风。他招待了一位素不相识的艺术家，却坚决不收艺术家递过来的十元钱。艺术家很感动，就和他聊起天来："您在监狱待了多久？""二十年。"

"为什么关了监狱？"

"我们强奸了两个人嘛。"他把"我"总说成"我们"，这是一种谦虚并不是一种推卸，但是他对这件事的浑朴的坦然是罕见的：他把强奸了两个人看作是十分正常的事，把关二十年监狱也看作理所当然、十分正常。这个昆仑山人真算是混沌未开、人智未启，令艺术家大为吃惊。对于他，无所谓幸与不幸，他是山人。

原始如初的叶尔羌老翁和昆仑山人毕竟不属于本世纪末叶的代表，浑朴也罢，坦荡也罢，和这个时代的文明还有大距离，他们仍是年迈的孩童，尚未启蒙时期的罪过也还带有几分天真可爱和可笑。

都市里的现代婚姻和家庭的不幸可不是这般浑朴，它在每个敏感、细腻、体察入微的心灵里造成的互相伤害，当不亚于"灵魂深处爆发革命"！

它之所以如此触目惊心，是由于这件事本身就包含着感情的巨大反差、色彩的强烈对比，像瀑布从悬崖跌落，也像眩目的阳光之于暗夜。从"以身相许"到"形同路人"，这段几乎比整部人生还要漫长的感情历程在时代的剧烈催化下迅速演变，它的形式和效果都是激烈的，它在有些时候产生的迅猛如同地震，令人猝不及防、难以应变！

"婚"意味着结合，"离"却表现为拒斥，这两个字眼联系在一起，在不和谐中发出恨恨的怨怒声！这个词还是好的，文明的，"婚变"就显得更强烈，突兀，有一种"兵变"式的灾难意味儿。最文明的说法是"离异"，使相异的一对儿离开，带有双方都情愿的语调，不显得残忍。

中国人过去对婚姻有一种非常宿命的理解，一种对"缘"的无奈认可。除去其茫然的因素，有一点是智慧的，即不完全责怪两个具体的人。在一切婚姻的不幸中，真正的操纵者是一个更大的、宿命的力量。两个在时代的浪潮当中乘着"婚姻"的筏划行的人哪，你撞了礁石了，你被风浪打翻了，你由于羡慕更新式的舟船而弃筏离去了，你因为在茫茫大海上寻找的方向不同而分手"拜拜"了，这当然不能完全责怪你。

在大海上，你们是渺小的。

你们的求生无可指责，你们为免于被大浪沉没的挣扎甚至令人敬佩，你们有一切渺小生命天赋的生存权利，然而你们也是具有人类一切弱点的生物。

你们的弱点并无光辉，而是不幸的根源。

伟大无形的操纵者正是在你们的弱点上击沉你们，使你陷于万劫不复的痛苦深渊。不幸恰恰就是这么产生的，它表面上看起来是两个渺小的人之间的感情、道德分裂，而实质上是人们所处的时代特定的政治、经济、文化的波及和影响。所谓"宿命"，正是它们。

它们是伟大的、无形的操纵者。

我之所以说人"渺小"，并不是想要贬低人的个体价值，而是我看到，在历史的局限也就是时代的影响下，具体的人是很难摆脱、超越这位操纵者的。一切价值观都是由它的决定形成的。包括每一个人，每一个人的自身价值。超越时代从而进入历史的人生价值毕竟是极少的，何况看起来已经"不朽"的人当中还将面临着被新的时期淘汰。

人们在结婚的时候就是带着它赋予我们的价值眼光去择偶的，后来它改变了价值取向，它崇尚的东西变了，婚姻这可怜的小船，就开始面对逆风和动荡的水域。

无数的船在"道德"的缆绳上得到系固，还有一部分船泊在"感情"和"习惯"的避风港里，"血统"的锚也使一些船不致被狂风刮跑……这就是现实生活的海面上大多数船儿们的状况，"圆天罩着大海，黑水托着孤舟"。剩下的呢？有的舟沉了，有的在风浪中樯倾楫摧，有的漂着一块帆板的残骸，有的组织了新的船艇继续划向前方……人生的千姿百态，婚姻的林林总总，可叹、可爱、可怜、可敬！自始至终划向彼岸的又有多少呢？这中间又有多少是幸福的？多少是勉强的？有多少说不尽的人生，就有多少说不尽的婚恋，对于这样一些最简单的人生方程式，其奥妙无尽、变化无穷，竟是任何大贤大哲所无法概括的！

有的人像小鸟一样跳来跳去，它一生都在选择枝杈，然而总没有合适的，它落在哪一个枝头，眼睛就看见另一个枝头好，天真的好奇心使它们无法安静下来，它跳到跳不动为止。

有的人像狗熊掰苞谷，掰一个，扔一个，丢到最后，捡起丢的第一个嗅嗅，"咦，这个最新鲜！"愚蠢使它不知所措。

还有的人的轻浮是天生的，他们无法影响别人，也无法使自己不受影响。他们或许能够使异性见爱，却永远无法使人从灵魂上产生敬重。别人离开他就像当初接受他一样迅速，毫不留恋，也没有影响别人的那种越是日积月累越能显示出来的力量。

更为荒谬的离婚者是追随时髦的产物，凡是别人都在做的事，他不能不做，他没有力量抗御社会上兴起的任何风浪，哪怕是死水微澜呢，他也会翻船。他太灵活了，灵活到了没有根源、没有土壤的地步，任何叛离行为对他都不存在心理障碍，这是一类"飘蓬"，在时髦的风气中团团旋转，不得归宿。

还有呢，向第三届、第五届夫人进军的人们，一路遗留下"土生子"，难道他们是在追求"幸福"吗？

匆忙的人们，被繁华所吸引，仓皇辞别故土；为金钱所诱惑，随手遗弃家园；让浅薄的欲望牵引，扑向一个又一个美丽的幻影，内心没有痛楚吗？没有感到一种不可弥补的东西从此永不为我所有的空虚失落吗？家园荒芜，故土依旧，一切的一切，不会再从头开始了。

给了你一次机会，你便失去了全部。

假如你不懂得珍惜别人，你总该学会从深层去珍惜自己，珍惜那些属于你的岁月、生命乃至一切。

时代给了你选择自己生存的可能性时，你应知道，你获得的这种自由是从历史那儿花了大价钱换来的，是敲掉了封建伦理的门牙作为出口放生的，自由从桎梏和限制中诞生出来，却消失于无限。

欲望……生命力……爱情，这些被肤浅诗人涂脂抹粉、打扮得花枝招展的字眼，这些被愚蠢的世人误认为永恒真理的字义，是被误解得太久了！在这些看起来"真善美"的意义深处，在它们的本质中，暗藏着的正是恶的力量，假的伎俩，丑的作用！

人啊，恰恰是在这些字眼前面受骗的！

你们多么可笑。你们敢正视你们自己吗？什么都可以滥用——金钱、小小的权势，广告式的吹嘘，但是对自由、对时代交给你的人生选择权利，却万万不可以滥用。它是前人从深重的苦难和鲜血里结晶出来的一种晶体，它是极其脆薄易碎的，它就托在我们每个人的手上，请君小心珍惜啊！

我并不想贬低谁、指责谁，关于婚姻这件更主要是关乎两个具体人生活的事，究竟是离呢还是不离，所有的具体家庭都有具体的原因，我不是法庭，无法评断。但是这个命题和那位著名的悲剧王子所吟咏的难题是同样深刻、同样难解的，"活着呢还是去死?"

我不说谁对谁不对,也不说谁应该谁不应该,我只觉得这句话用起来还比较合尺寸,所以我只说:"离婚的人有胆,不离婚的人有心。"

1992年10月12日

(录自《感谢生命》,时代文艺出版社,1997年版)

千古男女

韩小蕙

·一

女人怨恨男人是有道理的。那一年我在产科住院半月，看到每个产妇在经受撕裂身体的巨大痛苦中，无一不在痛骂她们的男人。有一个少妇甚至把枕头当作她丈夫的替身，当强大的疼痛袭来时，就对着枕头又咬又骂。

而男人怨恨女人则是没有道理的。有些男人凑在一块，就要抱怨妻子每月一次的怒火喷发。他们其实太不明白，这是因为女人不愿单独承受生命的痛苦，而想要男人一起分担。

男人是太应该分担了。因为造物主实在是弄错了——本来按照生命原来的分工，苦难应该是让强壮的男人承受的，可是因为喝醉了酒，造物主糊里糊涂地把位置弄颠倒了，就变成倒让柔弱的女人来遭受种种不堪，而且这一错就永世也不能翻身。

从这个意义上说，女人其实是在替男人忍受苦难，这一点男人应该明白。

• 二

所以，如果真有"原罪"一说的话，我觉得男人是欠了女人一笔重债。因此他们应该以自己后世的努力，来偿还女人们……

优秀的男人们应该是沉稳的山岳，挺起大山的胸膛，为女人挡住风，挡住雨，挡住虎，挡住狼，挡住一切艰难困苦、流血牺牲、崎岖坎坷……

优秀的男人应该是挺拔的大树，举起坚强的手臂，为女人撑住天，撑住地，撑住腰杆，撑住心灵，撑住一切孤苦、冷寂、悲愤、羞辱、无助、绝望的打击……

优秀的男人应该是宽广的天空，敞开博大的胸怀，为女人寻觅幸福，寻觅安宁，寻觅欢笑，寻觅友爱，寻觅宽容、谦让、温柔、贤惠、典雅、文静……

优秀的男人应该是无垠的大地，站稳坚实的脚跟，为女人懂得爱，懂得恨，懂得摧毁，懂得创造，懂得正义、是非、善良、公正、自由、平等、博爱……

优秀的男人应该是奔腾的江河，扬起滔天巨浪，和女人一道去努力，去创造，去开拓，去把世界、人生、社会变得无限美好……

总之，优秀的男人应该比女人更无私、更坦荡、更光明、更磊落、更勇敢；应该比女人更坚韧不拔、更锲而不舍、更百折不挠、更大义凛然、更视死如归；应该比女人更多优点、更少缺点、更忠于爱情、更珍视友情、更热爱人类；还应该比女人更有事业心和责任感，从而更勤奋、更刻苦、更聪明、更博学、更有造诣……

　　如同大丈夫尤其不能做忸怩女儿态一样，男人尤其不能平庸懒惰、心胸狭窄、嫉贤妒能、猥琐若鼠、卑鄙若狈、狠毒若蛇蝎。更不能为了过眼的功名利禄，为了车子、票子、房子、位子、儿子、孙子而充当狡猾的骗子、伪善的混子和凶残的刽子手。

　　这是叫女人最不齿的男人。

· 三

　　请别报怨我对你们要求过高，尊敬的男士们，我实在是想使你们变得更加伟岸，使女人更爱你们。

　　这几年"阴盛阳衰"已成为不争的事实，体育的例子最明显，以至于孩子们都对你们失去了耐性和信心。其实几块金牌不过是最表层的现象，男人最深刻的失去，是精神的委顿和进取雄心的颓丧。用一句北京土话来形容，就叫作没有了"精气神儿"。

　　不要以为女人们对此会沾沾自喜或扬扬得意，不，怎么可能呢？其实我们比自己的失败还要悲伤和着急。我们是恨铁不成钢。情急之中，我们恨不能替你们冲上去，可惜由于造物主的错误使我们欲上不成，由此才出现了一连串的抱怨、讽刺、失望和蔑视。

就心灵来讲，女人堆里高贵的确实比较多些。她们不像男人那样以自我为世界的中心，而是生来就想要为别人的幸福做点什么。她们善良、仁爱、有同情心，对素不相识的受苦人也会解囊相助。一旦哪个男人被这样的女人爱上了，他简直就得到了帝王也享受不到的幸福——女人会以他之悲为悲，以他之乐为乐，以他的奋斗目标为终生的奋斗目标；会为他献上青春、热血、才华、时间、生命乃至全部自我；还会随时随地为他披荆斩棘、赴汤蹈火、流血牺牲……没有哪个男人是单枪匹马打下江山或开创出事业的，当他寻找不到这样的女人，他的才能再高雄心再大，他的天时、地利、人和再契合也无以成功。

女人天生就是男人的阶梯，男人则不是。女人可以无怨无悔地任心爱的男人踩着她的身躯去奋斗，也不愿躲到平庸、胆怯、愚蠢、苟且、低俗的男人那里金屋藏娇。

只是因为女人们越来越寻找不到可以为之献身的男人，她们才自我奋斗起来。其实哪个女人都希望她所爱的男人比她强大，这是前世早已排定的秩序。

· 四

作为世界的两部分有大地和海洋，作为天空的两部分有太阳和月亮，作为时间的两部分有白天和黑夜，作为树叶的两部分有正面和反面，作为人类的两部分有男人和女人。男人和女人的关系是千古之谜，即使再过亿万年，只要有人类存在，我认为就议论不清、调理不顺、破译不完。有一些山峰是要人类永无止境地登攀的，譬如男人和女人的关系就是。

早有智者这样说过："与好女人生活是生命暴风雨中的避风港，与坏女人生活则是港中的暴风雨。"

这是对男性而言，反过来对于我们女性来说，亦然。

（录自《千古男女》，知识出版社，2001年版）

说家庭

贾平凹

家庭是组织的。年轻人组织家庭从没有想到过它的不测——西方人借钱只借给年轻人，因为年轻人能挣得钱来还——年轻人无所畏惧，所以年轻人去当兵，去唱：我想有个家。是的，人活到一定的时候就要有家，这如同小孩子从没有死的恐惧一样。没有家，端一颗热烫烫的心往哪里放？流浪，心只有流浪四方。但是，家庭组成了，淑女一变成佳妇，从此奇男已丈夫，人生揭开了新的一页，新的一页是一张褪色的红纸，惊喜已不产生，幻想的翅膀疲软，朝朝暮暮看惯了对方的脸，再不是读你如读唐诗宋词、看你如看街上流行杂志的封面。我们常常惊叹街上人多如蚁，更惊叹一到晚上，人又到哪儿去了，怎么没有听说谁走错了家门？各自有家庭，想回的回，不想回的也得回，家庭里边有日子。男女组合了家庭，家庭里的男女或许是土金相生，或许是水火相克，一加一或许等于二，

271

一加一或许等于零甚或为负，一件苦恼或许二一分半或许一分为二。姑且不说那如漆如胶的夫妇（往往太热乎的夫妇不到头），广而大之的家庭，日子是整齐地过去，烦恼是无序而来，家家都有了一本难念的经。所谓三十而立，以至四十不惑，五十知天命，便是从三十以后，家庭的概念就是烦恼和责任。烦恼是存在的内容，责任是忍耐的哲学，而这个时候孩子是最好的精神寄托，也是最大的维护家庭的借口。家庭难道没有它的好处吗？不，它的好处诗人们有整本整本的礼赞，且不论对于社会的安定，对于种族的延续，对于长涉人的休息，对于寒冷的人的温暖，爱情即便是有过一年两年，一天半天时，真诚的爱情永不能让我们否认，蜡烛熄灭了，蜡烛确是辉煌过黑暗里的光明。但是，当烦恼的日子变成家庭存在的内容的时候，家庭最大的好处是并不意识到家庭的好处。于是，家庭的负担呀，家庭的责任呀，由此要养老抚小而发生摩擦，因油盐酱醋而产生啰唆，所以，有了家庭后才真正有了佛的意识，神的意识。（我到四川专门去朝拜了乐山大佛，曾书写了一联：乐山有佛，你拜了，他拜；苦海无岸，我不渡，谁渡？）如果做一般人，这样的日子就这么过去了，如牧羊人赶一群羊，举着鞭子不停地拦拦这边跑出队形的羊，拦拦那边跑出队形的羊，呼呼啦啦就那么一群一伙地漫过去了。而要命的偏有心比天高者，总不甘心灰色的人生，要出人头地，要功名事业，或许厌烦这种琐碎与无奈，看到了大世界的精彩，要寻找新的生命活力和激情，那么，种种种种的矛盾苦闷由之而来，家庭慢慢变得是一个阻碍。太年轻的人受不得各种诱惑，已不再年轻的这个时候亦是受不得诱惑。既是诱惑，必是以已有的短比外边的长，长的越长，短的越短。中国的家庭哪里又都是不平凡的男女组合呢，普遍的家庭偏偏是不允许有这种诱惑，家庭在这时就是规矩，是封闭的井，是无始无终的环，是十足真金的锁，是苗圃里的一棵树，已经长大了不许移栽。这样的日子，规划着而发着霉气，夜沉静听着蝉鸣。许多许多人都在有意与无意间哀叹：没有个家多好呀！说这样话的人并不就是存心要撕碎家庭，但如果男女的一方因有事出长差去了，一年或数月不见对方了，都有一种超脱之轻松。且慢，这种暂时的分别与因此而闹成了离婚却是多么的不同！假若真的离婚了，没有这个家庭了，家庭的好处猛地凸现了无与伦比的地位，这如同一个人从甲地往乙地去，因甲地到乙地之间荒无人烟，没有饭店，他是饿了一整天的肚子，他知道了饿肚子的难过，可这种没饭吃的难过毕竟不能类比真正贫困之人吃了这一顿还不知下一顿吃什么的难过。没有了家庭对人的打击是巨大的，失落是残酷的，即使双方已经反目，一时有解脱感，而静定下来，也是泪眼婆娑，一肚子苦楚无以言说。正因为是这种心绪，一般情况下，没了家庭的人是不愿再见到原是一个家庭的人的，有一种怨和恨，他不能回首往事。他即使在时间的销蚀下和新生活的代替下恢复了精神，仍是要在梦里出现那一个故人的美好形象，仍在随时的动作里，猛然地记起那一个而失态发呆。（我在西游四川剑门关时路经唐明皇闻铃处，相传唐明皇处死杨玉环逃往蜀地，夜宿此地，忽闻杨玉环口叫"三郎"，起床寻觅，以为生还，后才知是驿楼的风铃叮当而误听。听了传说，我抚了那"唐明皇闻铃处"的石碑，感念到唐明皇是真人、伟人！）家庭就是如此让人无法捉摸，一道古老而新鲜的算术，各人有各人的解法，却永远没有答案。世上什么都有典型，唯家庭没有典型，什么都有标准，唯家庭没有标准，什么事情都有公论，唯家庭不能有公论，外人眼中的一切都不可靠，家庭里的事只有家庭里的人知，这如同鞋子和脚。家庭是房子的围墙，如果房子一旦没有了围墙，家庭又变成了没有窗子的房子。现在的社会，不组织家庭的人可能被认作怪人，组织了家庭，人可能正常，正常却易是俗人，没有了家庭的人却从身到心，从别人到自己都是半残废了。独自坐望东出的日头和西落的日头，孤寂想想，也好，我们不是常常叹息一个人从小学到大学，学呀学呀，一切都成熟了，生命又快结束了，为什么生下孩子，孩子不就直接有父亲的成熟思维呢？如果那样该多好！真要那样，这世界就不是现在的世界，这人也不是现在的人，世界也不必要这么多人。托尔斯泰说过：每个家庭的幸福都是一样的，不幸却是一个家庭与一个家庭不同。人生的意义是在不可知中完满其生存的，人毕竟永远需要家庭，在有为中感到了无为，在无为中去求得有为吧，为适应而未能适应，于不适应中觅找适应吧，有限的生命得到存在的完满，这就是活着的根本。所以，还是不要论他人短长是非，也不必计较自己短长是非让人去论，不热羡，不怨恨，以自己的生命体验着走，这就是性格和命运。命运会教导我们心理平衡。

1993年10月31日夜于病室

（录自《贾平凹散文全编·时光长安》，时代文艺出版社，2015年版）

爱情问题

史铁生

• 一

有人说，世界上，每分每秒都有贝多芬的乐曲在奏响在回荡，如果真有外星人的话，他们会把这声音认作地球的标志（就像土星有一道美丽的环），据此来辨认我们居于其上的这颗星星。这是个浪漫的想象。何妨再浪漫些呢？若真有外星人，外星人爷爷必定会告诉外星人孙子，这声音不过是近二百年来才出现的，而比这声音古老得多的声音是"爱情"。爱情，几千年来人类以各种发音说着、唱着、赞美着和向往着它，缠绵激荡片刻不息。因此，外星人爷爷必定会纠正外星人孙子：爱情——这声音，才是银河系中那颗美丽星星的标志呢。

二

但，爱情是什么？爱情，都是什么呢？

大约不会有人反对：美满的爱情必要包含美妙的性（注：本文中的"性"意指性吸引、性行为、性快乐），而美满的性当然要以爱情为前提。因为世上还有一种叫作"友爱"的情感，以及一种叫作"嫖娼"和一种叫作"施暴"的行为。因而大约也就不会有人反对：爱情不等于性，性也不能代替爱情。如同红灯区里的男人或女人都不能代替爱人。

这差不多能算一种常识。

问题是：那个不等同于性的爱情是什么？那个性所不能代替的爱情，是什么？包含性并且大于性的那个爱情，到底是怎么一种事？

三

也许爱情，就是友爱加性吸引？

就算这机械的加法并不可笑，但是，为什么你的异性朋友不止十个，而爱人却只有一个（或同时只有一个）呢？因为只有一个对你产生性吸引？是吗？

也许有人是。可我不是。我不是而且我相信，像我这样不止从一个异性那儿感受到吸引的人很多，像我这样不止被一个美丽女人惊呆了眼睛和惊动了心的男人很多，像我这样公开或暗自赞美过两个以上美妙异性的人肯定占着人类的多数。

证明其实简单：你还没有看见你的爱人之时你早已看见了异性的美妙，你被异性惊扰和吸引之后你才开始去寻找爱人。你在寻找一个事先并不确定的异性做你的爱人，这说明你在选择。你在选择，这说明对你有性吸引力的异性并不只有一个。那么，选择的根据是什么？若仅仅是性，便没有什么爱情发生，因而那是动物界司空见惯的事件与本文无关。你的根据当然是爱情。

但是爱情是什么眼下还不知道。

现在只知道了一件事：性吸引从来不是一对一的，从来是多向的，否则物种便要在无竞争中衰亡。

· 四

我读过一篇小说，写一对恋人（或夫妻）出门去，走在街上、走进商店、坐上公共汽车和坐进餐厅里，女人发现男人的目光常常投向另外的女人（一些漂亮或性感的女人），于是她从扫兴到愤怒终至离开了那男人。这篇小说明显是嘲讽那个男人，相信他不懂得爱情和不忠于爱情。

但该小说作者的这一判断只有一半的可能是对的，只有一半的可能是，那个男人尚未走出一般动物的行列。另外一半的可能是那个女人不懂爱情。首先她没弄清性与爱的分别，性是多指向的，而性的多指向未必不可以与爱的专一共存。其次她把自己仅仅放在了性的位置上，因为只有在这个位置上她与另外那些女人才是可比的。第三，那男人没有因为众多的性吸引而离开她，她可想过这是为什么吗？她显然没想过，因为倒是她仅仅为了性妒忌而离开了她的恋人或丈夫。

恋人们或夫妻们，应该承认性吸引的多向性，应该互相允许（公开或暗自）赞赏其他异性之魅力。但是！但是恋人们或夫妻们，可以承认和允许多向的性行为么？不，当然不，至少我不，至少当今绝对多数的人都——不！这，是为什么？这是一个最严重也最有价值的问题。

· 五

毫无疑问，是因为爱情，因为必须维护爱情的神圣与纯洁，因为专一的爱情才受到赞扬。但是，这就有点奇怪，这就必然引出两个不能含混过去的问题：

一是，爱情既然是一种美好的情感，为什么要专一？为什么只能对一个人？为什么必须如此吝啬？为什么这吝啬或自私倒要受到赞扬，和被誉为神圣与纯洁？

二是，性吸引既然是多向的，为什么性行为不应该也是多向的？为什么性行为要受到限制，而且是以爱情（神圣与纯洁）的名义来限制？为什么对性的态度，竟是对爱情忠贞与否的（一个很重要的）证明？为什么多向的性吸引可与爱情共存，而多向的性行为便被视为对爱情的不忠？

・ 六

先说第二个问题。

这不忠的观念，可能是源于早先的把爱情与婚姻、家庭混为一谈，源于婚姻、家庭所关涉的财产继承。所以这不忠，曾经主要是一个经济问题，现在则不过是旧观念的遗留问题。这不无道理。但，这么简单吗？那么在今天，爱情已不等同于婚姻、家庭，已常常与经济无涉，这不忠的观念是否就没有了基础就很快可以消逝了呢？或者这不忠的观念，仅仅是出于动物式的性争夺，在宽厚豁达和更为进步的人那儿已不存在？

我知道一位现代女性，她说只要她的丈夫是爱她的，她丈夫的性对象完全可以不限于她，她说她能理解，她说她自己并不喜欢这样但是她能理解她的丈夫，她说："只要他爱我，只要他仍然是爱我的，只要他对别人不是爱，他只爱我。"可是，当那男人真的有了另外的性对象而且这样的事情慢慢多起来时，这位现代女性还是陷入了痛苦。不，她并不推翻原来的诺言，她的痛苦不是因为旧观念的遗留，更不是性嫉妒，而是一个始料未及的问题："可我怎么能知道，他还是爱我的？"她说，虽然他对她一如既往，但是她忽然不知道为什么他还是爱她的。她不知道在他眼里和心中，她与另外那些女人有什么不同。她不知道为什么她不是与另外那些女人一样，也仅仅是他的一个性对象？她问："什么能证明爱情？"一如既往的关心、体贴、爱护、帮助……这些就是爱情的证明么？可这是母爱、父爱、友爱、兄弟姐妹之爱也可以做到的呀？但是爱情，需要证明，需要在诸多种爱的情感中独树一帜表明那不是别的那正是爱情！

什么，能证明爱情？

· 七

曾有某出版社的编辑，约我就爱情之题写一句话。我想了很久，写了：没有什么能够证明爱情，爱情是孤独的证明。

这句话很可能引出误解，以为就像一首旧民谣中所表达的愿望，爱情只是为了排遣寂寞。（那首旧民谣这样说：小小子儿，坐门墩儿，哭着喊着要媳妇儿。要媳妇儿干吗呀？点灯说话儿，吹灯就伴儿，早上起来梳小辫儿。）不，孤独并不是寂寞。无所事事你会感到寂寞，那么日理万机如何呢？你不再寂寞了但你仍可能孤独。孤独也不是孤单。门可罗雀你会感到孤单，那么门庭若市怎样呢？你不再孤单了但你依然可能感到孤独。孤独更不是空虚和百无聊赖。孤独的心必是充盈的心，充盈得要流溢出来要冲涌出去，便渴望有人呼应他、收留他、理解他。孤独不是经济问题也不是生理问题，孤独是心灵问题，是心灵间的隔膜与歧视甚或心灵间的战争与戕害所致。那么摆脱孤独的途径就显然不能是日理万机或门庭若市之类，必须是心灵间戕害的停止、战争的结束、屏障的拆除，是心灵间和平的到来。心灵间的呼唤与呼应、投奔与收留、袒露与理解，那便是心灵解放的号音，是和平的盛典是爱的狂欢。那才是孤独的摆脱，是心灵享有自由的时刻。

但是这谈何容易，谈何容易！

让我们记起人类社会是怎样开始的吧。那是从亚当和夏娃偷吃了禁果于是知道了善恶之日开始的，是从他们各自用树叶遮挡起生殖器官以示他们懂得了羞耻之时开始的。善恶观（对与错、好与坏、伟大与平庸与渺小等等），意味着价值和价值差别的出现。羞耻感（荣与辱、扬与贬、歌颂与指责与唾骂等等），则宣告了心灵间战争的酿成。这便是人类社会的独有标记，这便是原罪吧。从那时起，每个人的心灵都要走进千万种价值的审视、评判、褒贬乃至误解中去（枪林弹雨一般），每个人便都不得不遮挡起肉体和灵魂的羞处，于是走进隔膜与防范，走进了孤独。但从那时起所有的人就都生出了一个渴望：走出孤独，回归乐园。

那乐园就是，爱情。

·八

寻找爱情，所以不仅仅是寻找性对象，而根本是寻找乐园，寻找心灵的自由之地。这样看来，爱情是可以证明的了。自由可以证明爱情。自由或不自由，将证明那是爱情或者不是爱情。

自由的降临要有一种语言来宣告。文字已经不够，声音已经不够，自由的语言是自由本身。解铃还须系铃人。孤独是从遮掩开始的，自由就要从放弃遮掩开始。孤独是从防御开始的，自由就要从拆除防御开始。孤独是从羞耻开始的，自由就要从废除羞耻开始。孤独是从衣服开始，从规矩开始，从小心谨慎开始，从距离和秘密开始，那么自由就要从脱去衣服开始，从破坏规矩开始，从放浪不羁开始，从消灭距离和泄露秘密开始……（我想，相视如仇一定是爱的结束，相敬如宾呢，则可能还不曾有爱。）

性行为是一种语言。在爱人们那儿，袒露肉体已不仅仅是生理行为的揭幕，更是心灵自由的象征；炽烈地贴近已不单单是性欲的催动，更是心灵的相互渴望；狂浪的交合已不只是繁殖的手段，而是爱的仪式。爱的仪式不能是自娱，而必得是心灵间的呼唤与应答。爱的仪式，并不发生在一个与世隔绝的孤岛，爱的仪式是百年孤独中的一炬自由之火。在充满心灵战争的人间，唯这儿享有自由与和平。这儿施行与外界不同甚或相反的规则，这儿赞美赤身裸体，这儿尊敬神魂颠倒，这儿崇尚礼崩乐坏，这儿信奉敞开心扉。这就是爱的仪式。爱的表达。爱的宣告。爱的倾诉。爱之祈祷或爱之祭祀。

·　九

君王与嫔妃、嫖客与娼妓、爱人与爱人，其性行为之方式的相同点想必很多，那是由于身体的限制。但其性行为之方式的不同点肯定更多，因为，即便是相同的行动也都流溢着不同的表达，那是源自心灵的创造。

譬如哭，是忧伤还是矫情，一望可知。譬如笑，是欢欣还是敷衍，一望可知。譬如西门庆和查泰莱夫人的情人，其境界的大不同一读可知。这很像是人们用着相同的文字，而说着不同的话语。相同的文字大家都认得，不同的话语甚至不能翻译。

顺便想到：什么是淫荡呢？在不赞成禁欲的人看来，并没有淫荡的肉身，只有淫荡的心计。只要是爱的表达（譬如查泰莱夫人与其情人），一切礼崩乐坏的作为都是真理，并无淫荡可言。而若有爱之外的指向（譬如西门庆），再规范再八股的行动也算流氓。

·　十

性是爱的仪式，爱情有多么珍重，性行为就要多么珍重。

好比，总不能在婚礼上奏哀乐吧，总不能为了收取祭品就屡屡
为亲娘老子行葬礼吧。仪式，大约有着图腾的意味，是要虔敬
的。改变一种仪式，意味着改变一种信念，毁坏一种仪式就是
放弃一种相应的信念。性行为，可以是爱的仪式，当然也可以
是不爱的告白。

这就是为什么，对性的态度，是对爱情忠贞与否的一个重
要证明。这就是为什么，性要受到限制，而且是以爱情的名义。

爱情，不是自然事件，不是荒野上交媾的季节。爱情是社
会事件，在亚当夏娃走出伊甸园之后发生，爱情是在相互隔膜
的人群里爆发的一种理想，并非一种生理的分泌。所以性不能
代替爱情。所以爱情包含性又大于性。

· 十一

再说第一个问题：爱情既然是美好的感情，为什么要专
一为什么不该多向呢？为什么不该在三个以至一万个人之间实
现这种感情呢？好东西难道不应该扩大倒应该缩小到只是一对
一？多向的爱情，正可与多向的性吸引相和谐，多向的性行为
何以不能仍然是爱的仪式呢？那岂不是在更大的范围里摆脱孤
独么？岂不是在更大的范围里敞开心扉，实现心灵的自由与和
平么？这难道不是更美好的局面？

不能说这不是一个美好的理想。这差不多与世界大同类似，

而且不单是在物质享有上的大同。在我想来，这更具有理想的意味。至少，以抽象的逻辑而论，没有谁能说出这样的局面有什么不美和不好。若有不美和不好，则必是就具体的不能而言。问题就在这儿，不是不该，而是不能。不是理想的不该，不是逻辑的不通，也不是心性的不欲，而是现实的不能。

为什么不能？

非常奇妙：不能的原因，恰恰就是爱情的原因。简而言之：孤独创造了爱情，这孤独的背景，恰恰又是多向爱情之不能的原因。倘万众相爱可如情侣，孤独的背景就要消失，于是爱情的原因也将不在。孤独的背景即是我们生存的背景，这与悲观和乐观无涉，这是闭上眼睛也能感受到的事实，所以爱情应当珍重，爱情神圣。

倘有三人之恋，我看应当赞美，应当感动，应当颂扬。这与所谓第三者绝无相同，与群婚、滥交、纳妾、封妃更是天壤之别。唯其可能性微乎其微。更别说四。

· 十二

我知道有一位性解放人士，他公开宣称他爱着很多女人，不是友爱而是包含性且大于性的爱情，他的宣称不是清谈，他宣称并且实践。这实践很可能值得钦佩。但不幸，此公还有一个信条：诚实。（这原不需特别指出，爱情嘛，没有诚实还算什么？）于是苦恼就来了，他发现他走进了一个二律背反的处境：要保住众多爱情就保不住诚实，要保住诚实就保不住众多爱情。因为在他众多地诚实了之后，众多的爱人都冲他嚷：要么你别爱我，要么你只爱我一个！于是他好辛苦：对 A 瞒着 B，对 B 瞒着 C，对 C 瞒着 AB，对 B 瞒着 AC……于是他好荒唐：本意是寻找自由与和平，结果却得到了束缚和战争，本意要诚实结果却欺瞒，本意要爱结果他好孤独。他说他好孤独，我想他已开始成人。他或者是从动物进化成人了，或者是从神仙下凡成人了，总之他看见了人的处境。这处境是：心与心的自由难得，肉与肉的自由易取。这可能是因为，心与心的差别远远大于肉与肉的差别，生理的人只分男女，心灵的人千差万别。这处境中自由的出路在哪儿？我想无非两路：放弃爱情，在欺瞒中去满足多向的性欲，麻醉掉孤独中的心灵，和，做爱情的信徒，知道它非常有限，因而祈祷因而虔敬，不恶其少恶其不存，唯其存在，心灵才注满希望。

· 十三

不过真正的性解放人士，可能并不轻视爱，倒是轻视性。他们并不把性与爱联系在一起，不认为性有爱之仪式的意义，为什么吃不是爱的告白呢？性也不必是。性就是性如同吃就是吃，都只是生理的需要与满足，爱情嘛，是另一回事。这不失为一个聪明的主张。你可以有神圣的专注的爱情，同时也可以有随意的广泛的性行为，既然爱与性互不相等，何妨更明朗些，把二者彻底分割开来对待呢？真的，这不见得不是一个好主意，性不再有自身之外的意义，性就可以从爱情中解放出来，像吃饭一样随处可吃，不再引起其他纠葛了。但是，爱，还包含性么？当然包含，爱人，为什么不能也在一块吃顿饭呢？爱情的重要是敞开心扉不是吗，何须以敞开肉体作其宣布？敞开肉体不过是性行为一项难免的程序，在哪儿吃饭不得先有个碗呢？所以我看，这主张不是轻视了爱，而是轻视了性，倘其能够美满就真是人类的一次伟大转折。

但是这样，恐怕性又要失去光彩，被轻视的东西必会变得乏味，唾手可得的东西只能使人舒适不能令人激动，这道理相当简单，就像绝对的自由必会葬送自由的魅力。据说在性解放广泛开展的地方，同时广泛地出现着性冷漠，我信这是真的，这是必然。没有了心灵的相互渴望，再加上肉体的沉默（没有另外的表达），性行为肯定就像按时的服药了。假定这不重要，但是爱呢？爱情失去了什么没有？

爱情失去了一种最恰当的语言。这语言随处滥用，在爱的时候可还能表达什么呢？还怎么能表达这不同于吃饭和服药的爱情呢？正所谓"假作真时真亦假，无为有处有还无"了。爱情，必要有一种语言来表达，心灵靠它来认同，自由靠它来拓展，和平靠它来实现，没有它怎么行？而且它，必得是不同寻常的、为爱情所专用的。这样的语言总是要有的，不是性就得是其他。不管具体是什么，也一样要受到限制，不可滥用，滥用的结果不是自由而是葬送自由。

既然这样，作为爱的语言或者仪式，就没有什么别的东西能够优于性。因为，性行为的方式，天生酷似爱。其呼唤和应答，其渴求和允许，其拆除防御和解除武装，其放弃装饰和袒露真实，其互相敞开与贴近，其互相依靠与收留，其随心所欲及轻蔑规矩，其携力创造并共同享有，其极乐中忘记你我刹那间仿佛没有了差别，其一同赴死的感觉但又一起从死中回来，曾经分离但现在我们团聚，我们还要分离但我们还会重逢……这些形式都与爱同构。说到底，性之中原就埋着爱的种子，上帝把人分开成两半，原是为了让他们体会孤独并崇尚爱情吧。上帝把性和爱联系起来，那是为了，给爱一种语言或一个仪式，给性一个引导或一种理想。上帝让繁衍在这样的过程里面发生，不仅是为了让一个物种能够延续，更是为了让宇宙间保存住一个美丽的理想和美丽的行动。

· 十四

可为什么，性，常常被认为是羞耻的呢？我想了好久好久，现在才有点明白：禁忌是自由的背景，如同分离是团聚的前提。

这是一个永恒的悖论。

这是一切"有"的性质，否则是"无"。

我们无法谈论"无"，我们以"有"来谈论"无"。

我们无法谈论"死"，我们以"生"来谈论"死"。

我们无法谈论"爱情"，我们以"孤独"来谈论"爱情"。

一个永恒的悖论，就是一个永恒的距离，一个永恒孤独的现实。

永恒的距离，才能引导永恒的追寻。永恒孤独的现实，才能承载永恒爱情的理想。所以在爱的路途上，永恒的不是孤独也不是团聚，而是祈祷。

祈祷。

一切谈论都不免可笑，包括企图写一篇以"爱情问题"为题的文章。某一个企图写这样一篇文章的人，必会在其文章的结尾处发现：问题永远比答案多。除非他承认：爱情的问题即是爱情的答案。

1994年

（录自《史铁生作品全编》第6卷，人民文学出版社，2017年版）

宽松的婚姻

周国平

一

　　关于婚姻是否违背人的天性的争论永远不会有一个结果，因为世上没有比所谓人的天性更加矛盾的东西了。每人最好对自己提出一个具体得多的问题：你更想要什么？如果是安宁，你就结婚；如果是自由，你就独身。

　　自由和安宁能否两全其美呢？有人设计了一个方案，名曰开放的婚姻。然而，婚姻无非就是给自由设置一道门栏，在实际生活中，它也许关得严，也许关不严，但好歹得有。没有这道门栏，完全开放，就不成其为婚姻了。婚姻本质上不可能承认当事人有越出门栏的自由，必然把婚外恋和婚外性关系视作犯规行为。当然，犯规未必导致婚姻破裂，但几乎肯定会破坏安宁。迄今为止，我还不曾见到哪怕一个开放的婚姻试验成功的例子。

与开放的婚姻相比，宽松的婚姻或许是一个较为可行的方案。所谓宽松，就是善于调节距离，两个人不要捆得太紧太死，以便为爱情留出自由呼吸的空间。它仅仅着眼于门槛之内的自由，其中包括独处的自由，关起门来写信写日记的自由，和异性正常交往的自由，偶尔调调情的自由，等等。至于门槛之外的自由，它便很明智地保持沉默，知道这不是自己力能管辖的事情。

· 二

要亲密，但不要无间。人与人之间必须有一定的距离，相爱的人也不例外。婚姻之所以容易终成悲剧，就因为它在客观上使得这个必要的距离难以保持。一旦没有了距离，分寸感便丧失，随之丧失的是美感、自由感、彼此的宽容和尊重，最后是爱情。

结婚是一个信号，表明两个人如胶似漆仿佛融成了一体。热恋有它的极限，然后就要降温，适当拉开距离，重新成为两个独立的人，携起手来走人生的路。然而，人们往往误解了这个信号，反而以为结了婚更是一体了，结果纠纷不断。

孔子说："唯女子与小人为难养也，近之则不逊，远之则怨。"这话对女子不公平。其实，"近之则不逊"几乎是一个规律，并非只有女子如此。太近无君子，谁都可能被惯成或逼成不逊无礼的小人。

好的爱情有韧性，拉得开，但又扯不断，相爱者互不束缚对方，是他们对爱情有信心的表现。谁也不限制谁，到头来仍然是谁也离不开谁，这才是真爱。

· 三

有一种观念认为，相爱的夫妇间必须绝对忠诚，对各自的行为乃至思想不得有丝毫隐瞒，否则便亵渎了纯洁的爱和神圣的婚姻。

一个人在有了足够的阅历后便会知道，这是一种多么幼稚的观念。

问题在于，即使是极深笃的爱缘，或者说，正因为是极深笃的爱缘，乃至于白头偕老，共度人生，那么，在这漫长岁月中，各人怎么可能、又怎么应该没有自己的若干小秘密呢？

爱情史上不乏忠贞的典范，但是，后人发掘的材料往往证实，在这类佳话与事实之间多半有着不小的出入，依我看，只要爱情本身是真实的，那么，即使当事人有一些不愿为人知悉甚至不愿为自己的爱人知悉的隐秘细节，也完全无损于这种真实性。我无法设想，两个富有个性的活生生的人之间的天长日久的情感生活会是一条没有任何暗流或支流、永远不起波澜的平坦河流。倘若这样，那肯定不是大自然中的河流，而只是人工修筑的水渠，倒反见其不真实了。

当然，爱侣之间应该有基本的诚实和相当的透明度。但是，万事都有个限度。水至清无鱼。苛求绝对诚实反而会酿成不信任的氛围，甚至逼出欺骗和伪善。一种健全的爱侣关系的前提是互相尊重，包括尊重对方的隐私。这种尊重一方面基于爱和信任，另一方面基于对人性弱点的宽容。羞于追问相爱者难以启齿的小隐秘，乃是爱情中的自尊和教养。

也许有人会问：宽容会不会助长人性弱点的恶性发展，以致毁坏爱的基本呢？我的回答是：凡是会被信任和宽容毁坏的，猜疑和苛求也决计挽救不了，那就让该毁掉的毁掉吧。说到底，会被信任和宽容毁坏的爱情本来就是脆弱的。相反，猜疑和苛求却可能毁坏最坚固的爱情。我们冒前一种险，却避免了后一种更坏的前途，毕竟是值得的。

· 四

喜新厌旧乃人之常情，但人情还有更深邃的一面，便是恋故怀旧。一个人不可能永远年轻，终有一天会发现，人生最值得珍惜的乃是那种历尽沧桑始终不渝的伴侣之情。在持久和谐的婚姻生活中，两个人的生命已经你中有我，我中有你，血肉相连一般地生长在一起了，共同拥有的无数细小珍贵的回忆犹如一份无价之宝，一份仅仅属于他们两人无法转让他人也无法传之子孙的奇特财产。说到底，你和谁共有这一份财产，你也就和谁共有了今生今世的命运。与之相比，最浪漫的风流韵事也只成了过眼烟云。

（录自《周国平散文》，中国广播电视出版社，1997年版）

我是哪一种女权主义者

王小波

因为太太在做妇女研究，读了一批女权主义的理论书，我们常在一起讨论自己的立场。作为一个知识分子，我们不可避免地会有一种接近某种女权主义的立场。我总觉得，一个人不尊重女权，就不能叫作一个知识分子。但是女权主义的理论门类繁多（我认为这一点并不好），到底是哪一种就很重要了。

社会主义女权主义者认为，性别之间的不平等是社会制度造成的，要靠社会制度的变革来消除。这种观点在西方带点阶段论的色彩，在中国就不一样了：众所周知，我国现在已是社会主义制度，党主张男女平等，政府重视妇女的社会保障，在这方面成就也不少。但恰恰在这种情况下，我们感到了社会主义女权理论的不足。举个例子来说，现在企业精简职工，很多女职工被迫下岗。假若你要指责企业经理，他就反问道：你何不问问，这些女职工自身的素质如何？像这样的题目报刊上讨论的已经很多了。很明显，一个人的生活不能单纯地依赖社会保障，还要靠自身的努力；而且一个人得到的社会保障越多，自身的努力往往就越少。正如其他女权主义门派指出的那样，社会主义女权主义向社会寻求保障的同时，也就承认了自己是弱者，这是一个不小的失策。在社会主义制度下，得到较多保障的人总是值得羡慕的——我年轻时，大家都羡慕国营企业的工人，因为他们最有保障。但保障和尊严是两回事。

　　与此有关的问题是：我们国家的男女是否平等了，在这方面有一点争议。中国人自己以为，在这方面做得已经很不错；但是西方一些观察家不同意。我认为这不是一个问题，而是两个问题，头一个问题是：在我们的社会里，是否把男人和女人同等看待。这个问题有难以评论的性质：众所周知，一有需要，上面就可以规定各级政府里女干部的比例，各级人代会里女代表的比例，我还听说为了配合1995年的世妇会，出版社正在大出女作家的专辑。因为想把她们如何看待就可以如何看待，这件事就丧失了客观性，而且无法讨论。另一个问题是：在我们国家里，妇女的实际地位如何，她们自身的素质、成就、掌握的决策权，能不能和男性相比。这个问题很严肃，我的意见是：当然不能比。妇女差得很多——也许只有竞技体育例外，但竞技体育不说明什么。我们国家总是从社会主义女权理论的框架出发去关怀女性，分配给她们各种东西，包括代表名额。我以为这种关怀是不够的。真正的成就是自己争取来的，而不是分配来的东西。

西方还有一种激进的女权主义立场，认为女性比男性优越，女人天性热爱和平、关心生态，就是她们优越的证明。据说女人可以有比男人更强烈、持久的性高潮，也是一种优越的证明，我很怀疑这种证明的严肃性。虽然女人热爱自己的性别是值得赞美的，但也不可走火入魔。一个人在坐胎时就有男女之分，我以为这种差异本身是美好的。别人也许不同意，但我以为，见到一种差异，就以为这里有优劣之分，这是一种市侩心理——生为一个女人，好像占了很多便宜。当然，要按这个标准，中国人里市侩更多。他们死乞白赖地想要男孩，并且觉得这样能占到便宜。将来人类很可能只剩下一种性别——男或女。这时候的人知道过去人有性别之分，就会不胜痛惜，并且说：我们的祖先是些市侩。当然，在我们这里，有些女人有激进女权主义者的风貌，中国话叫作"气管炎"。我个人认为，"气管炎"不是中国女性风范的杰出代表。我总是从审美的角度，而不是从势利的角度来看世界，而且觉得自己是个市侩——当然，这一点还要别人来评判。

西方女权主义者认为，性之于女权主义理论，正如劳动之于马克思的理论一样重要。这个观点中国人看来很是意外。再过一些年，中国人就会体会到这种说法的含义，现在的潮流正把女人逐渐地往性这个圈子里套。性对于人来说，是很重要的。但是单方面地要求妇女，就很不平等。西方妇女以为自己在这个圈子里丧失了尊严，这是有道理的。但回过头去看看"文化革命"里，中国的妇女和男人除了头发长几寸，就没有了区别，尊严倒是有的，只可惜了无生趣。自由女权主义者认为，男人也该来取悦妇女，这样就恢复了妇女的尊严。假如你不同意这个观点，就要在毫无尊严和了无生趣里选一种了。作为男子，我宁愿自己多打扮，希望这样有助于妇女的尊严，也不愿看到妇女再变成一片"蓝蚂蚁"，当然，按激进女权的观点，这还远算不上有了弃暗投明的决心。真正有决心应该去做变性手术，起码把自己阉掉。

我太太现在对后现代女权主义理论着了迷。这种理论总想对性别问题提供一种全新的解读方式。我很同意说，以往的人对性别问题理解得不对——亘古以来，人类在性和性别问题上就没有平常心，开头有点假模假式，后来就有点五迷三道，最后干脆是不三不四，或者是蛮横无理——这些错误主要是男人犯的——这是我对这个问题的看法，但和后现代女权理论没有丝毫的相近之处。那些哲学家、福柯的女弟子们，她们对此有着一套远为复杂和深奥的解读方法。我正盼着从中学到一点东西，但还没有学会。

作为一个男人，我同意自由女权主义，并且觉得这就够了。从这种认同里，我能获得一点平常心，并向其他男人推荐这种想法。我承认男人和女人很不同，但这种差异并不意味着别的：既不意味着某个性别的人比另一种性别的人优越，也不意味着

299

某种性别的人比另一种性别的人高明。一个女孩子来到人世间，应该像男孩一样，有权利寻求她所要的一切。假如她所得到的正是她所要的，那就是最好的——假如我是她的父亲，我也别无所求了。

（原载1995年第12期《健康世界》）

"奸近杀"

王小波

　　《廊桥遗梦》上演之前，有几位编辑朋友要我去看，并让我看完给他们写点小文章。现在电影都演过去了，我还没去看。这倒不是故作清高，主要是因为围绕着《廊桥遗梦》有种争论，使我觉得很烦，结果连片子都懒得看了。有些人说，这部小说在宣扬婚外恋，应该批判，还有人说，这部小说恰恰是否定婚外恋的，所以不该批判。于是，《廊桥遗梦》就和"婚外恋"焊在一起了。我要是看了这部电影，恐怕也要对婚外恋作一评判，这是我所讨厌的事情。对于《廊桥遗梦》，我有如下基本判断：第一，这是编出来的故事，不是真的。第二，就算是真的，也是美国人的事，和我们没有关系。有些同志会说，不管和我们有没有关系，反正这电影我们看了，就要有个道德评判。这就叫我想起了近二十年前的事：当时巴黎歌剧院来北京演《茶花女》，有些观众说：这个茶花女是个妓女啊！男主角也不是什么好东西，玛格丽特和阿芒，两个凑起来，正好是一对卖淫嫖娼人员！要是小仲马在世，听了这种评价，一定要气疯。法国的歌唱家知道了这种评论，也会说：我们到这里演出，真是干了件傻事。演一场歌剧是很累的，唱来唱去，底下看见了什么？卖淫嫖娼人员！从那时到现在，已经过了十几年。我总觉得中国的观众应该有点长进——谁知还是没有长进。

小时候，我有一位小伙伴，见了大公鸡踩蛋，就拣起石头狂追不已。我问他干什么，他说要制止鸡耍流氓。当然，鸡不结婚，搞的全是婚外恋，而且在光天化日之下做事，有伤风化；但鸡毕竟是鸡，它们的行为不足以损害我们——我就是这样劝我的小伙伴。他有另一套说法：虽然它们是鸡，但毕竟是在耍流氓。这位朋友长着鸟形的脸，鼻涕经常流过河，有点缺心眼——当然，不能因为人家缺心眼，就说他讲的话一定不对。不知为什么，傻人道德上的敏感度总是很高，也许这纯属巧合。我们要讨论的问题是：在聪明人的范围之内，道德上的敏感度是高些好，还是低些好。

在道德方面，全然没有灵敏度肯定是不行的，这我也承认。但高到我这位朋友的程度也不行：这会闹到鸡犬不宁。他看到男女接吻就要扔石头，而且扔不准，不知道会打到谁，因此在电影院里成为一种公害。他把石头往银幕上扔，对看电影的人很有威胁。人家知道他有这种毛病，放电影时不让他进；但是石头还会从墙外飞来。你冲出去抓住他，他就发出一阵傻笑。

这个例子说明，太古板的人没法欣赏文艺作品，他能干的事只是扰乱别人……

我既不赞成婚外恋，也不赞成卖淫嫖娼，但对这种事情的关切程度总该有个限度，不要闹得和七十年代初抓阶级斗争那样的疯狂。我们国家五千年的文明史，有一条主线，那就是反婚外恋，反通奸，还反对一切男女关系，不管它正当不正当。这是很好的文化传统，但有时也搞得过于疯狂，宋明理学就是例子。理学盛行时，科学不研究，艺术不发展，一门心思都在端正男女关系上，肯定没什么好结果。中国传统的士人，除了有点文化之外，品行和偏僻小山村里二十岁守寡的尖刻老太婆也差不多。我从清朝笔记小说中看到一则纪事，比《廊桥遗梦》短，但也颇有意思。这故事是说，有一位才子，在自己的后花园里散步，走到篱笆边，看到一对蚂蚱在交尾。要是我碰上这种事，连看都不看，因为我小时候见得太多了。但才子很少走出书房，就停下来饶有兴致地观看。忽然从草丛里跳出一只花里胡哨的癞蛤蟆，一口把两个蚂蚱都吃了，才子大惊失色，如梦方醒……这故事到这里就完了。有意思的是作者就此事发了一通感慨，大家可以猜猜他感慨了些什么……

坦白地说，我看书看到这里，掩卷沉思，想要猜出作者要感慨些啥。我在这方面比较鲁钝，什么都没猜出来。但是从《廊桥遗梦》里看到了婚外恋的同志、觉得它应该批判的同志比我要能，多半会猜到：蚂蚱在搞婚外恋，死了活该。这就和谜底相当接近了。作者的感慨："奸近杀"啊。由此可以重新解释这个故事：这两只蚂蚱在篱笆底下偷情，是两个堕落分子。而那只黄里透绿、肥硕无比的癞蛤蟆，却是个道德上的义士，看到这桩奸情，就跳过来给他们一点惩戒——把他们吃了。寓意是好的，但有点太过离奇：癞蛤蟆吃蚂蚱，都扯到男女关系上去，未免有点牵强。我总怀疑那只蛤蟆真有这么高尚。它顶多会想：今天真得蜜，一嘴就吃到了两个蚂蚱！至于看到人家交尾，就义愤填膺，扑过去给以惩戒——它不会这么没气量。这是因为，蚂蚱不交尾，就没有小蚂蚱；没有小蚂蚱，癞蛤蟆也会饿死了。

（原载1996年第16期《三联生活周刊》）

谈孝

季羡林

孝，这个概念，在世界上许多国家中都是有的，而在中国独为突出。中国社会，几千年以来就是一个宗法伦理色彩非常浓的社会，为世界上任何国家所不及。

中国人民一向视孝为最高美德。嘴里常说的，书上常讲的三纲五常，又是什么三纲六纪，哪里也缺不了父子这一纲。具体地应该说"父慈子孝"，是一个对等的关系。后来不知道是怎么一来，只强调"子孝"，而淡化了"父慈"，甚至变成了"天下无不是的父母"。古书上说"身体发肤，受之父母"，一个人的身体是父母给的，父母如果愿意收回去，也是可以允许的了。

历代有不少皇帝昭告人民"以孝治天下"，自己还装模作样，尽量露出一副孝子的形象。尽管中国历史上也并不缺少为了争夺王位导致儿子弑父的记载。野史中这类记载就更多，但那是天子的事，老百姓则是绝对不能允许的。如果发生儿女杀父母的事，皇帝必赫然震怒，处儿女以极刑中的极刑：万剐凌迟。在中国流传时间极长而又极广的所谓"二十四孝"中，就有一些提倡愚孝的故事，比如王祥卧冰、割股疗疾等都是迷信色彩极浓的故事，产生了不良的影响。

但是中华民族毕竟是一个极富于理性的民族。就在已经被视为经典的《孝经·谏诤章》中，我们可以读到下列的话：

> "昔者天子有诤臣七人，虽无道，不失其天下；诸侯有诤臣五人，虽无道，不失其国；大夫有诤臣三人，虽无道，不失其家；士有诤友，则身不离于令名；父有诤子，则身不陷于不义。故当不义，则子不可以不诤于父，臣不可以不诤于君；故当不义，则诤之，从父之令，又焉得为孝乎？"

这话说得多么好呀，多么合情合理呀！这与"天下无不是的父母"这一句话形成了鲜明的对立。后者只能归入愚孝一类，是不足取的。

到了今天，我们应该怎么对待孝呢？我们还要不要提倡孝道呢？据我个人的观察，在时代变革的大潮中，孝的概念确实已经淡化了。不赡养老父老母，甚至虐待他们的事情，时有所闻。我认为，这是不应该的，是影响社会安定团结的消极因素。我们当然不能再提倡愚孝，但是，小时候父母抚养子女，没有这种抚养，儿女是活不下来的。父母年老了，子女来赡养，就不说是报恩吧，也是合乎人情的。如果多数子女不这样做，我们的国家和社会能负担起这个任务来吗？这对我们迫切要求的安定团结是极为不利的。这一点简单的道理，希望当今为子女者三思。

1999年8月9日

（录自《人生漫谈》，文汇出版社，2007年版）

现代与家庭

梁晓声

男人和女人结婚一年多了。

他们的恋爱方式很现代，最初是在网上进行的。

他在网上有化名。

她也有。

他的化名特女性。

她的化名特男性。

"她"和"他"在网上聊得很投缘，遂将天长地久的情话输送给对方。

一次网上缠绵不休之际，"她"说："其实我早猜到了，你是女人。"

而"他"说："其实我也早猜到了，你是男人。"

"现在，是男人的我，郑重向你求婚。"

"现在，是女人的我，郑重接受你的求婚。"

于是他们都恢复了原本的性别，开始现实生活中的亲密接触。

他们的恋爱方式由他们自己一再向别人讲述了以后，听者皆曰："好现代的爱情哟！"

他们原本是有一套两居室的公房的。

可是她说："我们的恋爱方式很现代，我们的婚后生活也应该很现代，两居室太小了，而且这幢楼也太旧了。现代的家庭生活只能在现代的住宅里营造温馨，对吧？"

他完全同意她的看法。

于是他们贷款买了一套三居室，位于闹中有静的理想地段。当然，房价是一般没有经济实力的人们望洋兴叹的。并且，以贷款的方式雇家装公司高档装修。

为了使新居富有现代的家庭情调，几幅现代风格的油画是必不可少的。现代造型的工艺品也是必不可少的。还有，现代款式的家具，以及体现最高现代科技水平的电视机、录放机、音响装置等等。

到他们的新居去过的人皆曰："好现代的家庭哟！"

他们连听音乐也不稀罕听民族的，只听西方的，只听现代的。古典的偶尔欣赏，但一定要是大师们的，大师们谱的曲子，大师们指挥演奏的。

一天，她又说："我认为，是否拥有一辆轿车，是现代家庭的很重要的一个标准。"

而他说："我也正在为使我们的家庭真正现代化起来考虑轿车的事呢！"

于是不久他们拥有了一辆轿车。

他们很少在家里度周末。他们认为，只有传统的夫妻才习惯于在家里度周末。许多周末他们双双出入于酒吧、咖啡屋、舞厅等场所。他们都特别留意报上的文艺公演消息和电视预告。倘是国外文艺团体的演出而他们夫妻竟没看上，那他们是会遗憾好几天的。文艺在他们那儿已不仅仅是审美之事，而更是他们现代生活方式的一种证明了。

节假日他们是一定要旅游的。短则国内，长则国外。先是亚洲国家，再是欧洲国家。他们旅游之前每每一一告知朋友和同事们。那也并不意味着是对友情的周到，而更是为自己的现代生活方式做的宣传。

于是引起羡慕。都说："多现代的一对啊！"

现代的生活方式是以一定的经济基础为前提的。他们都是白领，收入可观，双方又都没有家庭负担，所以在别人看来，他们活得很潇洒。其实他们活得也并不怎么潇洒。贷款是要月月还息的。夜生活是要以白天充足的睡眠来补偿的。随团旅游往往落个疲惫不堪的结果。他们也舍不得花几百元买一张什么演出的票了，于是经常打电话四处讨要关系票。他们的贷款也有不能按日还息的时候了，于是免不了央人请求宽限几天。然而他们还要竭力维持现代家庭现代夫妻之名分，这使他们活得越来越累……

　　某日，在他们这个现代家庭，在他们这对现代夫妻之间，发生了激烈的争吵：

　　"你不要脸！你是有妇之夫！"

　　"我怎么了啊？"

　　"你拥抱了那个婊子！"

　　"不许你骂她！她是我的大学同学！再说我也只不过拥抱了她一下……"

　　"不是一下！是好一阵子！"

　　"那又怎么样？"

　　"你还吻了她！"

　　"你跟踪过我？！"

　　"你不要脸，我当然跟踪你！"

　　"没想到你会这样……她父亲住院了，是晚期癌症。她向我借钱，我安慰她……"

　　"你跟她睡觉更能安慰她！你还借钱给她！存折呢？存折呢……啊呸！"

　　于是他们由争吵而相互辱骂而大打出手——那情形也很现代。

　　现代的油画破损了……

　　现代的工艺品摔碎了……

　　现代款式的沙发泼上了鸡汤……

斯时组合音响送出着现代音乐……

却没人来劝架。在那一幢被开发商自誉为"具有现代住宅典范意味"的公寓楼里，邻居们是老死不相往来的……

幸亏一位他们共同的朋友坚持不懈地将门"按"开了——对方是为他们送两张外国现代芭蕾的关系票来的……

他们脸上都挂了彩……

不久他们离婚了。离婚手续办理得同样现代——由双方代理律师出面。

他们曾经的现代家庭的一应现代之物皆做了公平判决分配。贷款亦然。

熟悉他们的人皆"友邦惊诧"："呀，这么快就拜拜了？真够现代的！"

其实他们并没有互道"拜拜"，在这一点上倒是显得不太现代了。

"现代"一词源于科技的发展。

后来用及于文艺。

再后来用及于观念。

再再后来才影响到我们的生活方式。

家庭只不过是心灵休憩的地方，是为了心灵的需要而尽量阻隔外界纷扰和侵略的地方。但能利于此，现代不现代是无关紧要的。

窃以为，一纸结婚证书，并不该意味着就是对婚后的每一次吻，每一次拥抱，每一次情欲的波动，乃至每一次性行为的全面垄断。现代了的人，是对别人的情感更善于合理分析和更加体恤的人。

是对人性的先天弱点更持宽大态度的人。

是善于具体情况具体认识具体判断的人。

现代的夫妻应是深谙此点的男人女人。

现代的家庭，应是善于"解构"婚外情感的家庭，而不是充满敌意地消灭之，或动辄自行"解构"的家庭。如通风良好的厅堂，风既从窗口入，风亦得由门口出。

否则，一切现代之物，难令任何一个家庭真的现代起来……

（录自《人生真相》，湖南文艺出版社，2002年版）

家的疆域

毕淑敏

　　一个家就像一潭水，经常有风和石头经过，扰乱平静。夫妻间发生争执的人和事，有时同自家没一点关系，颇有株连的味道。比如遥远的地方有　个女人死了，妻子说，真吓人啊。丈夫说，有什么了不起？这世上每天死的人多了去了。妻子就说，想不到你是这么一个绝情的人，有朝一日我死了，只怕你也无动于衷。丈夫说，这不是强加于人吗？她死和你死有什么关系呢？真小题大做！妻子说，我都要死了，你还说是小题，在你心里，究竟谁才是大事？！……于是争吵就水到渠成地发生了。

　　家是一个那么容易发生地震的地方，其频率和烈度大大超乎我们的想象，震中却往往不足挂齿。好像人们相知得越多，越难以彼此从容地体谅。如果说我们对外界的人，还有耐心探讨动机的多种可能性，作出比较理性客观的判断，对在同一屋檐下爆发的争吵，几乎从一开始就认定对方是挑衅和非善意。

我们可能为一件毫不相干的人和事，发起剧烈的口角，直到完全忘记了唇枪舌剑的诱因，只遗留下锋利言辞对彼此心灵的伤害。每逢阴雨，那伤痕还会像蚯蚓似的蠢蠢欲动。

或许对家庭的势力范围，做个明确的划分会有益处。家是我们共同的领地，它从建立那天起，就是一个崭新的国度。每个男人和女人，在婚前都有自己的疆界和朋友。走到一起来的时候，除了携着自身，还举一反三地带来了原先的爱好、习惯和亲朋……要知道，新组家庭的国境线，并不是男女双方原有管辖区域简单的算术叠加。如果你悲惨地那样以为了，就会对不期而至的遭遇战惊诧莫名，被无穷的战火轻则熏伤重则灼灭。

每一对夫妻都需要细致地研究，这个刚刚诞生的小小联合体，有哪些不同的兴趣和特殊的禁忌。

当我们对某一人和事慷慨陈词的时候，也许表面上看不出血肉相依的联系，但实际上凸透的是自己对世间的特定视角。既然我们在其他场合，都可以谦虚地承认自己并非万能，在家中为什么要强硬地固执己见？想来是希望最亲近的人，能与自己心心相印。一旦遭到误解和反驳，愤怒和沮丧便呈现三倍的猛烈与尖锐。

所以，对于那些敏感而无关大局的话题，明智的办法就是像两个边境不清的邻国，各自后撤，以便维持和平共处。

无伤大雅的分歧，可避让与迂回。对远处的人和事，不妨模糊朦胧，求同存异。对那些有可能导致战火的危险话题，明智地腾挪躲闪。对共同感兴趣的部分，大张旗鼓同仇敌忾。

当然疆域可以渗透，可以磨合，可以扩展，可以融会贯通天下大同。但那需要时间，很漫长的时间，也许一生一世。涂抹疆域界线的橡皮，只能是爱。持之以恒的相互热爱，甘远醇厚。爱到心驰神往，爱到天人合一。

家可以延伸得很远很远，包容大千世界。家可以蜷缩得很小很小，仅两个人也打得不可开交。家的边陲可以绿树成阴繁花似锦，围起一个小鸟的天堂。家也可以狼藉一片血流漂杵，筑成一双男女的死牢。关键需每位成员既是国王也是兵，建设它守卫它，和谐地调整家的内政外交，处理好家的边关防务。

在家的日子，我们要更宽容，更聪慧，更善良，更真诚。

家无垠。

（录自《毕淑敏散文》，人民文学出版社，2009年版）

性别意识是一种基本的社会意识

梁 鸿

女性议题的兴起往往是重大社会变革的前兆，或者，就是其内容之一。第一个提出女性应当有继承权的人是先驱者，它奠定了现代文明的基础，第一个提出放足的人是一个伟大的人，他让女性可以自由地行走，男女平等不再只是观念和口号中的存在，而是实实在在和你并肩走在大地上。

在二十一世纪的今天，女性议题早已不是选举权、天足权、婚姻自主权、继承权等一些非常显著的话题了，它变得非常隐性，消解于日常生活之中。2017年的"Me Too"运动可以说是一次爆发，一个看似意外和偶然的事件牵带出背后的必然性和某些本质的存在。历史向来如此。

在运动发展之初，我曾经很乐观。

我把能看到的所有关于"Me Too"的帖子，亲历者陈述的、被举报者反驳的、法律界政治界的、不同理论角度探讨的等等，都存下来，一遍遍分析琢磨，感觉自己像接受了一次又一次洗礼。我感谢有生之年能够经历这样的时刻，能够有这样的机会，感受这场发自民间又蔓延至知识界、法律界和社会各个角落的思想运动。我害怕一些过于粗暴的声音，害怕那些二元对立式的、情绪化的话语，因为它们可能毁掉刚刚生长出来、极为重要的空间。

我敬佩那些实名举报的女孩子，敬佩那些从法律上权益上帮助她们的人，敬佩那些能够从理论上进行思辨给别人提供思考甚至是靶子的人，只有这样，这次运动才有可能更理性地向前行进。一场社会思潮，并非单向度的摧枯拉朽式的，它应该是一个多向教育、多向澄清，就像我们在讨论"Me Too"网络举报时同时考虑到法理，讨论女性勇敢发声时同时讨论如何辨析事实，讨论人与人界限时也讨论哪些是适度的分寸，这些可能会使狂飙意义的行进慢些，但它一定在长远意义上对男人女人，对社会观念的真正改变有好处。

观念的改变是最为艰难的事情，几千年来，在世界文明史上，女性在相当长的时间里都处于被物化、矮化的地位，这一观念已经在每个人（不只是男人，女人也是一样，制度、权力也一样）的潜意识深处，要想有真正的改动，不是一朝一夕的事情。这也是这场运动的伟大之处。我们要有奋斗、呼吁，也要有争论，既在争论中前行，也要在争论中修正自己。这是一种能力，每个人都需要学习。

我内心有一个更大的希望，即，希望通过这场运动，万千个细小声音都能够浮出历史地表，它们相互碰撞，甚至互相抵触，形成一个众声喧哗的场景。如果最终能够在社会层面产生一个个空间，女性，或者，每一个人，可以在广场里面表达自己，能够把自己对事情的理解开诚布公地表达出来并进行呼吁，那将是非常好的事情。因为，能够拥有一个广场，并不是那么容易的事情。

我以为一个伟大的时代即将来临。

这一伟大并不局限于男女关系的再次改革和改善上，而是从整个文明史上而言，它可以称之为一场新的"启蒙运动"。文艺复兴以来，"人"的存在被赋予价值和尊严，但是，如果细究，这一"人"更多地指的是男性，在东方，女性连抛头露面的机会都没有，而在西方，女性也是二十世纪才获得财产继承权和选票权，就更不用说女性在家庭中的位置了。二十世纪以来的女性解放运动一直在如火如荼地进行，到二十一世纪初，女性好像已经获得了充分的地位，工作权、生育权、家庭权，有许多人甚至哀号，女性在家庭中的地位已经远远超过男性，但是，当"Me Too"运动开始在全球范围内发酵、扩大之后，人们才突然发现，在权力结构的深处，女性地位并没有真的得到提高。这一权力结构包括男女之间的权力结构，社会制度设计中的隐性权力结构，文化缝隙深处根深蒂固的不平等，等等，几乎涵盖了生活、文化和政治的方方面面。在此意义上，我认为，如

果 "Me Too" 运动能够真的深入下去，那么，将发生的社会变革决不仅限于男女关系层面的变革，而是对深层文化偏见的动摇，对权力结构的重新设计都会产生巨大影响。它是人类文明发展的又一次契机。

但是，让人失望的是，在中国，"Me Too" 运动似乎没有机会得到真正的、相对健康的发展。人们仍然抱着一种猎奇的心理去围观那些当事人，情绪性的、谩骂式的发言远远多于理性的发言。而彼此之间的纷争更远远大于共识。其实，纷争并不可怕，可怕的是纷争过程中非理性思维的蔓延，它会动摇并且摧毁这场运动。一位学者发表了一篇关于 "Me Too" 相对理性的文章，被各方人士围追堵截，对其的仇恨甚至远远超过了 "Me Too" 中的性侵犯者，这样一种围攻很容易把一场社会思潮引向夭折。而当事人诉苦式的故事被听多之后，就像围观 "奇观" 一样，当失去新鲜感之后，就会很快被遗忘。

时至今日，"遗忘" 已经开始了。非但 "遗忘" 开始，并且，事情好像在走向反面。现在，大家几乎闻 "Me Too" 色变。那些被公众关注、有极大启发意义的事件悄无声息，媒体不关心后来的发展，反而是一些负面事件，譬如随意指控，被广泛报道且加以倾向性评价，似乎以此来证明 "Me Too" 的非正义性，认为其不过是女性公报私仇的工具。在这样的语境中，那些勇敢举报的女孩也被贬低，试图冲破沉重壁垒的勇气变为公开的被羞辱和被示众。

其实，负面事件的出现是一个大的社会运动过程中必然的现象，沉渣泛起，各种人性借此机会寻求滋生之地。我们所需要做的是不断厘清，不断思辨，在厘清和思辨过程中使问题更清晰和准确，而不是借此否定事件本身，进而成为对女性进一步污名化的手段。

历史再次走了一个圆圈，以闭合之态回到原点。

有一点特别值得关注，当"辨"出现一些负面例子时，民众的轻侮之意特别明显，色情的、调笑的、耻辱性的，集中体现在对女性身体的想象性贬低上。那些本来是重要社会议题的话语变为一种茶余饭后的窃窃私语、暧昧的眼神交流和突然爆发的哈哈大笑——这是几千年来在我们思维中流淌的最黑暗的血液，它一直在回旋、发力，毒害每一个人的思维。在这样的窃窃私语和哈哈大笑中，那些实名举报的女孩子，那些认真思考这场运动并提供思考路径的人，那些有可能形成的新的社会观念，统统被消解掉。

这也是我看重张莉发起的性别调查的原因。这是一种独特形式的参与，通过学术性调查，存留下所谓"个人"心中最鲜活的想法，让我们看到各种思维的路径和众多样态。多年之后，当我们再重新思考这一时期的"Me Too"运动或性别观念时，这肯定是一份不可忽略的报告。

这次性别观调查所设计的题目具有高度的专业性和开阔性。题目既有个人性别意识和创作心理的考察，也有关于作家与社会思潮呼应程度的问询；既有个人经验与公共经验关系的考察，也有对普遍文学概念的思辨。作家的观念意识一定会在作品中反映出来，有什么样的女性观、社会观，你的作品其实是藏不住秘密的，这也是作家为什么要厘清自我性别观念的原因之一。

"Me Too"运动并不止于性侵，它其实是性别意识在日常生活的极端投射。作为多年来一直研究女性主义文学的学者，张莉看到了这一运动背后所涵盖的大的社会问题，它应该被给予更广阔层面的理解。因此，她所设计的问题大多是日常化的，甚至是操作性的问题，譬如"你是否愿意被称为女作家？"关于这一问题的答案可能多是否定的，但是当每个女性作家在分析自己这一心理背后的形成原因时，就可以看到它与整个社会意识之间的联系。譬如问男性作家"在书写女性形象时，所遭遇的最大问题是性别吗？"这一问题也不单单是作家创作心理问题，而是作家在面对人物时的思维向度问题。男性在面对女性时（哪怕是在故事中），究竟以何种方式想象和建构女性，这一想象的原因是什么，这本身就是一个包容性很强的问题。

张莉把男性作家和女性作家放置于一起，就一个问题进行探讨，男女作家不同的回答可以看出微妙的社会心理和创作心理的不同，这样一种自然的差异能够看到彼此认知的不同和相互的理解程度。

我特别理解调查问卷中作家对某些问题的回避。

有一个现实的难题就是：对性别观和性别问题的讨论极容易二元对立化，作家们会认为"我最好不要蹚这趟浑水"。这说明两个问题：一，性别话题到今天还没有成为一种日常意识，它仍然是一个"特殊"话题；二，作家可能也没意识到，性别意识并非只是性别意识的问题，它的话语生成和内部逻辑，其实是整个人类文明内部思维的源头，也是我们语言的基本起点。如果不对此有基本思考，可能就很难在语言上、思维上有更深刻的突破。

性别问题不是男人和女人之间的问题，不是"男人是否尊重女人"之类的问题，它是一个社会问题和文明问题。这一社会问题不像其他社会问题一样，以显性的、事件性和突发性的方式存在，它是以最常态的方式消融于我们的生活内部，除非你有足够的敏感度，否则很难有辨别能力。

性别意识是作为一个文明社会状态中每个人都应该有的基本意识，是基本素养，是一个社会文明状态的体现。

我们对生物意义的性别都有基本认知，但是，对社会性别的认知却颇为匮乏。社会性别更多指性别的文化建构，它不只是个人家庭、教育背景等个人因素塑造，更多地与你整个生存共同体的文化样态相关。从更大意义上讲，它与整个父权制社会中的隐秘性别意识相关。譬如，人们总说女人偏感性，男人相对理性，这从生理性别来说，也许有道理。但是，在整个文明传统中，感性、情感多被与混乱、无序相关联，而理性、控制则代表着更高一层的智慧，这样一种高下之分不但对"感性"和"理性"进行优劣界定，更重要的是，它同比得出女性天生不如男性的结论，与此相对应的，则是私人领域与公共领域，自然与文化等二元对立的划分。这些都存在于我们话语和观念的方方面面，会影响到一个人性别观念的形成。

男权中心社会是几千年的文化现实和生存现实，简单地回避其实是对这一现实视而不见，进而，我们会忽略很多相关的现实。这样的匮乏和空白对于作家而言是非常致命的。没有性别意识，作家也会写出好作品，但拥有性别意识会使你对人性关系、两性关系及社会权力的微妙之处有深刻的把握。正如贺桂梅所言，好的写作是"你既有基于个人经验的对性别关系的复杂体验，同时也有对性别问题的自觉反思，但是你同时超越这两个，讲的是很具体的故事，但是那个故事里有无穷多的复杂性和可解读的可能"。

另一方面，性别意识并非从理论上完成的，恰恰相反，它是在我们的日常生活中完成的。当有人在面色绯红窃窃私语时，你在想什么做什么？当"Me Too"处于被围困甚至要走向反面的时候，你内心是否有所辨析，能否感受到来自历史深处的久远压迫？这些也许都只是瞬息之间的思想，但其背后所牵涉的话语和时代精神却如地火奔突，携带着过往无数信息。

在我的童年时代，常会看到乡村里的女性忙忙碌碌，在地里干完活，回家还要做饭干各种家务，而男人则和朋友们聊天喝酒，并且，会呵斥那些不愿意伺候他们的女人，说她们什么也不懂。当时并没有意识到更深的东西，只是一种奇怪的印象：为什么女人那么忙？二十岁左右读萧红《生死场》时，对我的震动特别大：女人怎么这么恨自己的身体？萧红几乎是带着切骨的痛去写女性身体，我感觉我能读出她内心激烈的愤怒和某种无能为力。而对性别观有真正认识还是接触到一些女性主义理论作品之后，我才慢慢明白，原来，很多事情并不是理所当然的，我们生活的世界是被建构的一个世界，只有对这种建构有某种认知，才可能对我们社会中的话语构成和权力形成有更清醒的意识。

不可否认，作家的写作常常会超出自己的设定和认知，丰满而鲜活的人物往往会携带超能量的神秘信息，在此意义上，即使一个对性别意识没有清晰认识的作家也可能塑造出一个拥有更深广存在的人物。但总体而言，性别意识是一种基本的社会意识，是活在目前我们的文明状态中必须面对的日常情形，如果对此没有一些认知，可能会使你对人物的理解缺少致命的元素，它会影响你的人物和故事的构建。《水浒传》中的"厌女症"其实就是这样的例子。我想，当年施耐庵在写作时肯定没有意识到他设定的女性有什么问题，因为那就是他的女性观，所以，虽然他写出了女性"豪杰""欲望"和"僭越"的一面，却只是把这些作为女人走向自毁的原因。

从另外意义来讲，好的性别写作并不会造成一种意义的狭窄，不会形成两性二元对立之势。譬如阿特伍德《使女的故事》。某一天，女人只成为"子宫"，只为繁衍后代而存在，没有财产权，没有情感权，在这一社会模式里面，女人没有任何一丁点自由，只是工具。作者由此出发，讲述乌托邦的社会构建，讲述自由与反抗。一开始，我们会被作者的极端设置所震惊，但细想之下，阿特伍德只不过是把我们曾经和正在经历的一切高度抽象化。那些被性侵的女性为什么沉默，就像霍桑的《红字》一样，红字是由无数最普通人的眼睛和行为烙制而成的，那些盛行的女德班，那些在求职过程中莫名的歧视，都有可能生产出更为严酷的性别关系，也有可能出现阿特伍特所设置的情况。最终，关于性别的故事一定与权力、社会结构相关，使女是"子宫"，也是社会彰显其权力结构的主要工具，"身体只是权力争夺的一个具体的场域，一个具体的实践场"。

其实，中国作家们早就意识到，与西方作家相比，我们缺乏一种知识体系和观念体系，由此，缺乏思维的多元、思辨和宽阔。但是，这一知识体系和观念体系如何生成，可能却并没有真正思考。并不是我们阅读一些历史、哲学、美学的作品，就完成了知识建构和思想建构。我们真正要思考的是：知识和观念在我们的时代以什么形态存在，它是如何影响我们的生活和思想的，进而，它是如何影响我们的行动、语言，包括，我们的写作。

我以为，所谓性别意识也是在这个意义上有它的价值的。

（原载2019年第4期《天涯》）

编辑凡例

一、以忠实于选文原作、整旧如旧为编辑原则，对选文写作时使用的专有名词、外文译名，以及作者写作时的语言和特色予以保留。

二、原文注释如旧，编者所作注释，均以"编者注"标明，以示与原文注释的区别。

三、原文偶有文字错讹脱衍之处，一律按现行出版规范予以改正，不再以其他符号标示。

四、文章中数字、标点符号用法，在不损害原文语义的情况下，做必要的规范。

图书在版编目（CIP）数据

家庭内外 / 陈平原，颜浩编. 一长沙：湖南人民出版社，2023.6
ISBN 978-7-5561-3194-5

Ⅰ.①家…　Ⅱ.①陈…②颜…　Ⅲ.①散文集－中国　Ⅳ.①I26

中国国家版本馆CIP数据核字（2023）第039994号

家庭内外
JIATING NEIWAI

编　　者：陈平原 颜 浩
出版统筹：陈 实
监　　制：傅钦伟
选题策划：北京领读文化
产品经理：领 读－孙 浩
责任编辑：陈 实 刘 婷
责任校对：谢 喆
装帧设计：广 岛 · UNLOOK

出版发行：湖南人民出版社有限责任公司［http://www.hnppp.com］
地　　址：长沙市营盘东路3号　邮编：410005　电话：0731-82683313

印　　刷：湖南天闻新华印务有限公司
版　　次：2023年6月第1版　　　　　印　　次：2023年6月第1次印刷
开　　本：880 mm × 1230 mm　1/32　印　　张：11.25
字　　数：216千字
书　　号：ISBN 978-7-5561-3194-5
定　　价：56.00元

营销电话：0731-82683348（如发现印装质量问题请与出版社调换）